司馬遼太郎短篇全集

一

文藝春秋

第一巻　目次

編集協力　司馬遼太郎記念財団

司馬遼太郎短篇全集　第一巻

カバー　著者自筆
装丁　斎藤深雪

わが生涯は夜光貝の光と共に

初出「ブディスト・マガジン」第一巻第一号（一九五〇年六月一日）。福田定一名で発表。

蒼洋《そうよう》は、京都美術協会主催の新古美術展に出品のため、四カ月がかりでやっと仕上げたばかりの画を加茂川ぶちで遊んでいた子供の一人に無造作にあたえると、その足で下河原月見町に住む師の月樵《げっしょう》のもとに暇を申し出た。

もう画には何の未練もない。少年時代、そのころまだ珍しかった油画を見て、その生々しい写実の魔術に魅せられ、十五歳で郷里の金沢を出て、明治洋画壇の草分けといわれた田村月樵の門に入ったのであるが、六歳で水墨画をかいて人々を驚かしたほどの幼年時代の画才は年齢と共には伸びなかったものと見え、月樵の塾では彼の画業は、ともすれば、弟弟子にさえ追われがちだった。月樵塾五カ年、努力すればするほど、おのれの才能のみじめさを知らされるばかりだった。

「いっそ、画筆を捨てようか」

と思う捨て鉢な気持を、からくも支えていたのは、富や才能の有無で弟子への愛情を使いわけようとしない師の温い人間味だけであったが、しかし今日という今日の蒼洋は「忘恩」という道徳的な圧迫すら感じられないほど、強い興奮でゆすられていた。

「ああ螺鈿《らでん》！」

体の底から、ふつふつと湧《わ》きあがってくる、くるめくような興奮に彼は思わず叫んだ。

「おれは、いまは死に絶えた螺鈿細工の復興と螺鈿芸術の完成に一生をぶちこむのだ。名も要《い》らん。富が何だ」

若い蒼洋は、もう人でなく鬼だった。


蒼洋を興奮させた今日の出来事は、こうである。

寺町の四条を下った所に一軒の小さな古道具屋がある。通りかかった彼が、何気なく、なかをのぞくと、店の中央に飾られた漆《うるし》の経箱のふたに入日がさしてチラチラと光るものを見たのである。

（何だろう）

手にとると、見事な漆の地に「もみじ」と「流れ」をかたどった貝殻がすり込まれている。螺鈿である。こんにちでは螺鈿などは粗雑ながらも多量に生産されて、どこの家庭の調度にも、ざらに見られはするが、当時はまだ相当上流の家庭でしか、こういうものは用いられなかった。田舎出の青年の眼に、珍しかったのも無理はない。「うるしの重厚な『黒』のなかに、七色に光るかと見まごう貝殻の神秘な光沢――私は、この妖《あや》しくも美しい芸術品をながめているだけでも、天上の宮殿に遊んでいるような気がしました」と蒼洋は、晩年当時の気持をこう語り、また「道具屋の主人から、それは光琳《こうりん》作の螺鈿というものだ。今じゃそんなものをやれる人はいなくなったが――と教えられたとき、私はどうという理くつなしに一生の方向をはっきりと決めたのです」と述懐している。

蒼洋からいとまごいの申出を聞いた師の月樵は、「そうか――」とうなずき、思いつめた弟子の様子をむしろ好もしそうに眺めながら「お前は幸福な奴だよ」と笑った。

「幸福？　どういうわけですか」

蒼洋のたずねに師は、絵師の割には頑丈な肩をゆすりながら、

「世間にはな、一生五十年、何をやったか、わけのわからぬ人が多い。立身出世の餓鬼のようになっているやつ。金もうけに精魂をすりへらしている連中。また、目先の享楽のみ追って水泡《みなわ》

のような生涯をすごす者。こんな手あいは実に多いが、さて人生の最後の幕をとじるときに〝お前は一体何をして来たんだ〟とたずねられて満足に答えられる者はそう多くはない。そう思えば、お前はお前の人生で身を打ちこんでやれる仕事を一つ持ったんだ……幸せなもんだよ」

語りながら月樵は、思い出すともなしに過ごして来たおのれの半生をふりかえっていた。

(まるで夢中だったな。おれの若いころも……)

「紅毛の画は、画中の悪俗魔界なり」

とまで罵《ののし》られた洋画は、江戸後期の司馬江漢以後、まったく跡を断ち、維新前後に世に出てこの洋画の荒れ地を耕そうとした月樵にとって、習うべき師もないどころか、参考にする画すら見る機会は、まれだった。

当時八坂下河原の七観音堂の住職だった彼は、

「洋画をまなぶには、まず英語だ」

とあって明治三年十月、京都にはじめて設けられた中学校に入学し、米人ボールドウィンについて英語をおさめた。

二条城の西にある中学校に、毎日リーダーをかかえて通う若い僧衣の中学生を見て当時の人々は目をまるくした。

画の師を求めるためには何でもした。最初の彼の洋画の師は「解剖図」だった。明治四年、いまの京都府立医大の前身である「粟田病院」につとめ、ここで解剖図をせっせと写した。

ほどなく彼は生き身の師を得た。それは、その病院の雇《やとい》外人医師である独人ランケックであったが、素人《しろうと》とはいえ、油画技術の手ほどきぐらいは教わることが出来た。

横浜にいるロンドンニュースの特派員が画の余技をもっていると聞いてワラジがけで東海道を横浜まで下って行ったこともあった。

「絵具を溶かすには、亜麻仁油《あまにゆ》を使えばよい」

という画技の初歩の初歩を、はじめて知ったのは明治五年ごろ、つまり彼が文久元（一八六二）年十六歳で遠近法による写実画に志してから十数年後のことである。

（貧乏だったなあ、当時は……。夢中ですごして来たから苦にもならなんだが、食わぬ日も多かった）

一生、貧乏に通した月樵ではあったが、若いころの貧乏ぶりは、のちに思いだしてもぞっとするほどだった。

「どうせ、金に縁のないことをシャニムニ一生かかってやるんだ。貧乏の度胸だけはつけておけよ」

これが門出する蒼洋への、月樵のはなむけだった。

あくる日、蒼洋はふたたび道具屋を訪ねた。

光琳の経箱は、恋人のように、人待ち顔だった。蒼洋は手にとって見た。匂《にお》うような、うるしの色あいは二百年を経たものとは到底思えぬほどである。そこに、はめこまれた螺鈿のかがやき——それは魂までもまばゆくなるような、微妙で複雑な反射光をまたたかせていた。

(神品——)

蒼洋は固唾《かたず》をのみ、眼ばたきも惜しんで、飽かずながめた。

(一体これはどうして作るのだろう。この貝殻は何という貝か。そのハメこみ方は?)

雲のように疑問は湧いては来たが「光琳」は謎《なぞ》のような微笑をなげかけているばかりだった。

そのあくる日も、朝めしをすますと、道具屋へ飛んで行った。

次の日も——。

道具屋の主人もさすがにあきれた。

「書生さん。まるで、おなごに会いにくるみたいな権幕やな」

蒼洋もさすがに照れてわけを話した。

「なるほど。いずれわけはあるのやろとは思うていたが……」と主人は改めて蒼洋の顔を見るように老眼鏡をはずした。

「しかしな、あんた。こいつはあんたの師匠がはじめて洋画の道を開いたのより、も一つむつかしい仕事や。洋画は外国と交通さえ盛んになれば、立派な外国の先生も来ようし、また留学も出来る。が、この螺鈿の道は、とっくの昔に日本でも、また本家の中国でも絶えてしもた道や。つまりあんたの師匠は墓場でもさがさんと居らんというわけや……」

主人は若い蒼洋が雲をつかむようなこの仕事に憑《つ》かれて、一生を徒労する無謀を説いた。

主人のいうのも道理だった。

朱と青に彩られた、からぶねに舶載されて、はるばると支那海のあらうみを渡って来た螺鈿芸術の名品のかずかずは、いまでも正倉院の御物《ぎよぶつ》の中に遺されて、その縹渺《ひようびよう》たる神韻を後世に伝えてはいるが、その芸術の法脈を継いだものは日本では、ほとんどまれであった。豊臣時代、加賀領主前田利家が蒔絵《まきえ》の職人を中国にやって螺鈿の正統の技法を輸入したほかは、桃山末期に光悦《こうえつ》、江戸前期に光琳の二人は出たが、天才光悦光琳ですらも、技法においてこの大陸古代芸術の純粋の伝承者ではなかった。

芸術としての螺鈿細工は光悦光琳ののちも細々とはこれを継ぐものも見られたが、元禄前後をさかいとして誰が最後ということもなく、この芸術の法燈は消え果ててしまったのである。

主人の話がいかにも尤《もつと》もであったにせよ、いまさら志を飜《ひるがえ》すには蒼洋の若い血は、あまりにもたぎりすぎていた。

（なあに。師匠がなければ、この経箱が師匠だ）

値は？　と聞くと五十円だという。一文銭がまだ通用していた明治二十八年ごろのことである。五十円は貧乏書生にとって、およびもつかぬ金額だった。

蒼洋は金沢在の両親を説き、親戚《しんせき》友人の端ばしにいたるまでかけずりまわってやっと十一円なにがしの金を作った。

不足の分は――といってもその方が多いのだが――自分の働きで埋めようと、日傭《ひよう》人夫からそば屋の出前もち、筆耕、出来ることは何でもやって、三カ月ののち何とか二十二円にまでこぎつけた。

そのあいだも彼はひまを見つけては経箱を見に道具屋に通っていたが、ある日四、五日忙しさのために通いをやめていたので、矢もたてもたまらず、仕事を休んで行ってみた。

「これは。しばらく来やへんかったな。〝光琳〟がさびしがっとったがな」と主人は散らばっていた道具を片づけ、いつになく茶の用意をしながら「蒼洋はん。なんぼ貯《たま》った」と問うた。

蒼洋は肌着の下にヒモで吊《つる》した巾着《きんちゃく》を解いて有金全部を出してかぞえた。体温で生温かくなっている大銭小銭が、あわせて二十二円二十五銭あった。

主人は金と蒼洋の顔とをかわるがわる眺めながら茶をすすめるのも忘れて「ほう――」と洩《も》らした。

「あんたほんものやな」

「ほんもの？」

「ほんものや。にせものなら、五十円と吹っかけられりゃ、尻っぽを巻くかと思うたが——。あんたの気持は、ただの若気やないとはっきりわかった。実はな、あの経箱は、ほんまのとこ、三十五円のものや。三十五円でもあんたのあり金は少し許《ばか》り足らん。そやが——わしはあんたの気性が気に入った。持って来ただけに負けたげる。それから——」

と主人は、手元の半紙に蒼洋から受取った金を丁寧に包んで彼の前にさし出した。

「どうも芝居めいた仕草やが……改めてこれをお前はんの門出の祝いに進ぜよう」


それから一年——。蒼洋は毎日、下宿屋の二階にとじこもって経箱と取りくんだ。食事も時々忘れた。夜中にもとび起きて箱に見入るときもあった。狂ったような眼でじっと箱をすかしたり、斜に見たり、裏返して叩《たた》いたりして、彼のあけくれは下宿屋の主人にも異様にうつったのであろう、体《てい》よく追いだされて両三度も転々した。

一年の研究で、何とかわかったのは貝はあわび貝だということだけであった。

「これじゃとてもだめだ。計画的に一歩一歩疑問点を縮めて行かなくては」

そこでまず二年間、うるしを習った。次の一年間は蒔絵師の弟子として過ごした。さらに一年間、木工を研究した。その間も寺などをたずねて螺鈿の名器に数多く接してみた。ふみ下す足もとの見当もつかない修業の道を五カ年歩んで来た彼は、あるとき奈良に多少この技法を知る人があると聞いて訪ねてみたが、その人はすでに昨年みまかり、その人の弟という人が「わしはこの道には詳しくないが、そんなに熱心なら一度、中国の浙江省《せっこう》に行ってみたら。あすこなら、むかし螺鈿細工の盛んだった所と聞くから、あるいはこれを今に伝える人も何人かは残っているかも知れない」と教えてくれた。

渡華！　蒼洋の胸は躍った。

早速、道具屋の主人の許《もと》に飛んで行ってこの計画をうちあけた。

主人は我が事のようによろこんでくれた。が「旅費はどうする」と聞かれて蒼洋は頭をかいた。「渡華」ということで頭が一ぱいで、ついぞそのことに念が及ばなかったのである。

「ははは。あんたらしい。旅費といっても、わしにはとても出せる余裕はない。だから――」と主人は智慧をかしてくれた。船会社のボーイになって渡航するのである。彼地に着けばあとは何とかなるだろう。

幸い主人の従弟《いとこ》が川崎汽船に関係していたからこれに頼んで計画を運んだ。

明治三十三年の夏。蒼洋は、はちきれるような希望とともに支那海を渡った。

上海で降された。

それから二年、ひろい華中を町から町へと放浪しつづけた。探《たず》ね続けた。

「あなたは、螺鈿をやる人を知っていますか」

質《たず》ねることは失望することだった。彼の青い鳥はそれが巣立ったはずの中国にすら、もういない、ということを知った。

蒼洋はある日浙江省の東、名もない湖のほとりの田舎町にたどりついた。

体じゅうホコリまみれだった。放浪中は、似顔画をかいて、生活の資にしていたのだが、ここ当分は仕事にあぶれ、二、三日ろくなものを口にしていない。

「もう、これ以上中国にいても無駄だ。領事館のある町まで、何とか行きついて、帰国の方法を相談してみよう」

こう思った彼は、通りがかりの若い中国人に、

「この近ぺんで日本領事館のある町はないか」とたずねた。

中国人は彼の顔を嶮《けわ》しい眼で探るようにみつめていたが「你是日本人麼?」と彼が日本人であるかないか二、三度念をおして訊《たず》ねた。

蒼洋は(これはいけない)と思った。日清戦争以後の日本の帝国主義的な非道ぶりが、とみに中国人の排日気勢をあおっていたころである。

見ると、周囲には、十五、六人の群衆がとりまいている。どの眼も嶮しかった。

（逃げよう。悪く行けば、殺されるかもしれない）

蒼洋はやにわにかけ出した。

「東洋鬼！」

群衆が喚《わめ》きながら追って来た。夢中で逃げた。ふりかえるたびに追手の数が増している。どこをどう通りぬけて来たか、一時間ばかり必死に逃げまわった彼は、ふと寺の境内にいる自分に気付いた。

（寺だ。しめた）

庫裡《くり》らしい建物に逃げこむと、黄色い衣をきた若い中国僧が一人、めしを炊いていたが、蒼洋の血相に事態を察してわけもきかずにとりあえず彼を物置に案内してくれた。

危険が去るまで、その日から、彼は若い住職の世話になった。

久しぶりで胃も満ちた。夜具も木賃宿のアンペラから解放されて、柔かく彼の疲れた骨身をほぐしてくれた。

こうして約二週間を寺で送ったが、ある日、彼からその宿志を打明けられた住職は、思いももうけぬ事を教えてくれた。

「ああ螺鈿か。それなら探しても無駄だよ。そんなのはこの辺ではとうの昔にやる人が絶えてしまった」といって書架から虫がくってぼろぼろになった一冊の本をとりだして来た。

「これは螺鈿の本ではないのだが、少しそれに触れている。これによると、螺鈿の貝はこの華中の海岸の或る荒磯で育つ夜光貝(青貝)でなければ、いかんそうだ。あわびもだめ、他の類似の貝もだめで、それらは、風化したり、ヒビが入ったりしやすいとある」

蒼洋は狂喜した。これで絶望していた渡華の目的が果たせたのだ。思えば光悦光琳やその亜流を継ぐ人々は、この夜光貝が中国特産の貝であるため、あわび貝で代用していたのだった。うれしかった。彼は若い異国の僧の手をとって、見栄もなく泣いた。


帰国後の精進は、すさまじいほどだった。芸はますます輝きを加えた。もう彼さえその気になれば、名声はほしいままだったし、富を積むことも容易だった。

が、彼は門を閉じて、進んで世に出ようとはしなかった。制作は文字通り一刀三礼《さんらい》、年に二、三点作れば多い方、というほどの克明ぶりだった。

作品のほとんどは恩顧ある道具屋の主人を通して世に出した。この関係は主人が死ぬまで続けられた。

せまい通路を通って世間にさしこむ光も、やがては、みとめられずにはいなかった。人々は彼に作品を展覧会に出すよう、しきりに勧めた。もともと気は向かなかったが、ある機会に硯箱《すずりばこ》一つを、相当な美術展に出してみた。

開催前日に会場に行ってみると、彼の作品に二等賞の貼紙《はりがみ》がしてある。

けげんに思った。

「螺鈿をやる者は自分一人だと思っていたら、等級をつけたところを見ると審査員の中で誰かこの道に明るい人でもいるのだろうか」

もしそんな人が居れば、千里も厭《いと》わず行ってこの芸術について意見を交換してみたい。たった一人、孤独な道をあゆんでいるのも、時には淋《さび》しいものだ。行って共にこの道を心ゆくまで語りたい。

彼は、この審査をした人の名をきいてその家を訪ねてみた。ある高名の日本画家だった。

「いや、まことに恐縮なことだが、私は螺鈿というものをよく知りません。ただ良さそうに思ったから二等につけたまでです」

とその画家は正直に審査に自信がなかったことをのべたが、蒼洋が妙な顔をしているので、

(はて。この男は審査に不服なのだな)と勘違いし、

「むろん、あれほどのものなら一等にしたっていいです」とつけ加えた。

蒼洋は呆《あき》れて、あいさつもそこそこに訪家を辞した。翌日、会場に行ってみると「一等賞」と麗々しく書きあらためてあった。

蒼洋はものもいえないほど、不愉快な気持になり、いきなり陳列台から作品をとりあげて、係りに一こともかけず、さっさと会場を出てしまった。

それから彼は一生の間、一度も展覧会には、出品することはなかった。


大正天皇御即位のさい、彼は見出されて古式に則った「高御座《たかみくら》」の制作にあたった。その出来映えは、正倉院御物中の螺鈿芸術に、まさるとも劣らぬものと当時の人々は囃《はや》した。

この「高御座」は、その出来ばえの秀抜さを賞《め》でて今上《きんじょう》天皇御即位のさいも、二代にわたって用いられた。


七十五歳、蒼洋は相変らず、孤独の芸の道をあるいていた。

時には、何かしら人生の疲れといったものを覚えることもあった。

十指にあまった弟子たちも、いつとはなしに散ってしまっていた。無理はない。師の狷介《けんかい》頑固な気質に恐れをなしたこともあろうが、螺鈿では食えないのである。注文などはそうざらにあるものではない。それに師の蒼洋の螺鈿の技法では、生活というものからおよそ縁遠いほど寡作なのである。また師として蒼洋が螺鈿を通じての名声への道を弟子のために切り拓《ひら》いておかなかったことも理由の一つだったろう。

戦後はとくに蒼洋の身辺は、ひっ迫した。

洛北衣笠山の麓《ふもと》の彼の庵《いおり》は、屋根が傾いては雨の漏るままだったし、とびらが落ちては雪の吹きこむままだった。

七十を半ばすぎて最近めっきり衰えを見せはじめて来た彼の肉体にとって貧は時々辛《つら》くはあったが、ひとたび、師の月樵の自像画のかけられた仕事場に入り、細工ののみをとれば、気鬱《きうつ》や体の故障は、あぶくのように消えた。

むろん、若いころのような芸道に対するはげしい気魄《きはく》は失せたが、瘠《や》せさらばえた老いの身を、屈たくもなく芸道に横たえて遊ぶ楽しみは、神仙の遊楽もこうだったかと思われたりした。

七十の声をきいたころから持病となった軽い中気のために、最近はのみをもつことも稀《まれ》になったが、彼は少しも落胆を感じなかった。

彼の芸境はすでに、のみを持つ持たないということは問題でなく、彼と芸とが渾然《こんぜん》一つとなって、芸も楽しみ彼も愉《たの》しむという所に到達していたのである。

時に、瓢《ひさご》をかたむけた。

時に山にあそんで数日帰らぬこともあった。

彼を束縛するものは天地に何一つない。もはや芸術すら彼を束縛するものではなかった。

ある日、彼は思いたって、風のように京を去った。

わけもなく昔の作品に会いたくなって地方地方に散在する作品の歴訪の旅を思いたったのである。

四十年間のるこつの作品、といっても、そう数は多くなかった。まず震災後の福井をたずね、災害で傷んだ作品の修理をしてまわった。

たのしい旅だった。

時々道ばたで杖を止めて背をのばした。

過ぎて来た道をふりかえると、山々の鮮かなみどりが彼の網膜を染めた。

――死ぬまでに廻りきれてもよし、廻りきれんでもよし。

ほのぼのとした幸福感がこみあげて来て彼は長いためいきをついた。

――ふと三十年前に死んだ師の月樵の慈顔が浮んで来た。

「国宝」学者死す

初出「ブディスト・マガジン」第一巻第六号（一九五〇年十一月一日）。福田定一名で発表。

とうふ、とうふ、やっこどうふに絹ごしどうふ、あの憂鬱《ゆううつ》そうな白、もろさと弾性とが物理的に見事な調和を示したあの柔軟さ……。

湯どうふによし、すきやきによし、面倒なれァ、ナマに醬油《しょうゆ》をぶっかけただけでも——。

「おおう、こたえられんわい」

武平さんは歩きながら無心に湧《わ》き上って来る唾《つば》をのみこみ、不恰好《ぶかっこう》な手つきで口もとを何べんもぬぐった。

ずんぐりと太短い軀《からだ》の上に、柳家金語楼師匠そっくりの大きな顔を載せて柳の多いM市の南の端《はし》の大学まで十八町、武平さんは毎日毎日チョコマカとかよって行く。帰りは右腰にしっかり縛りつけた空弁当の、わびしい伴奏にせきたてられながら奥さんが独り待つ北の端の労働者街の自宅へ急ぐ。

往復の町角の楽しみは、何としても、大の好物を頭に描きながら大いに心理的味覚を満喫するにかぎる。仮想の食物を頭の中で思う存分に調理して、舌の上に転ばせ口をペチャペチャやっていると全く腹を叩《たた》くまでに満腹するから不思議である。

今日、豆腐を思えば、あすは魚を思うといった具合である。その魚もコクのきいたマグロの刺身が出るときもあれば、長江のスズキというような大味なものもあり、料理もゴッテリしたローマ料理の日もあれば瀬戸内海の鯛《たい》の船頭料理を食う日もある。

「お千代。今日は湯豆腐のトロリとしたやつに、てっちりを食って来たよ」

夕食のときに奥さんに報告する。奥さんも心得たものである。

「ああ、それはよかったですね。お酒を飲む人でなくてもあの味は格別ですからね」

と相和し、雑炊の大丼を武平さんの前におく。

武平さんも、先刻までの豪華な幻想料理と打って変って現実に出現したこの大丼に対して何ら心理的な問題を起さないらしく、平然と箸《はし》をとる。

こういう茫洋《ぼうよう》たる夫婦である。研究室の若い同僚が武平夫妻を〝深海魚〟と仇名《あだな》しているのも、こういう情景からみれば何となくうなずけそうな気がする。

とはいえ武平さんの妙な幻想食事癖も困ったものだ。彼が奥さんに語った所では、どうやら終戦直後からのものらしい。いい忘れたが、この話のくだりは、終戦後三月ほど経《た》った頃のことである。

終戦の日、武平さんは陛下のみことのりを聴いて人並に衝撃を受けたみたい、い、な顔つきだけはしてみたものの、正直なところ、実感としてワクワクと胸にのぼって来たのは、「もう今日から、あのいやな空襲がコンリンザイ無《の》うなったんじゃ」という一事であった。

武平さんは人一ばい臆病《おくびょう》だし、それに同僚から「武サンの運動神経は全く〝歩く〟だけの機能しか持ってないようですな」などとからかわれるほど、体を動かすことにかけては、人間離れして下手くそであったから、いざ空襲ともなれば、ずいぶんなうろたえぶりを示した。

脳髄が「それ、前へ進め」と手足に命じても、その命令系統が、体のどこかで変になってしまうのか脚が交互に運動せず妙にからんでしまったり、また（タイヒッ！　待避！）といくら頭の中でヤキモキ思っても一たん走り出してしまった脚は容易なことで止まらないのである。

その武平さんですら、勤め先のM大学と自宅までの十八町というもの、目ぼしい地形地物から ドブ鼠《ねずみ》の逃げ穴、はては猫の逢引《あいびき》場所まで知悉《ちしつ》してしまったほど、この田舎町で発せられた空襲警報の回数は多かったのであるが、数を経験すればするほど、警報ずれがして動作もうまくなるというのは、それは常人のことで、おしまいの頃は「それ空襲！」ときいただけで、とたんにからだ中の筋肉が不随意筋に化し、全身の力がなくなって、よたよたとその場にしゃがみこんでしまうというていたらくであった。

終戦の声を聞いた武平さんのよろこびは傍《はた》で見ていても瞼《まぶた》が熱くなるほどであった。

「おうよ。もう警報で逃げまわらなくてもよいぞ」

と並はずれて大きい顔をだらしなくホグしながら寝ては言い、起きては言い、一日に何度もつぶやいては、自分のつぶやきの中から言葉の実感を舌なめずりして味わっているありさまであった。

――ところがである。どういう生理変化によるものか、おかしなことに戦いが終って恐怖から解放されたとたん、武平さんは、むしょう、やたらに豆腐と魚が食べたくなったのである。

「まったく変だぜ。丁度あれだな、すごい恐怖が去ったあとで、安心と同時に小便を洩《も》らすことが、お前などにないかい？　つまりあれとよく似た現象だよ。入るのと出るのとの違いはあるがね」

と武平さんは妙な比喩《ひゆ》をもちいて奥さんに説明する。一々うなずきながら聞いている奥さんは、そっと眼がしらを押さえる。武平さんの生理にまで食いこんでいる大の好物が豆腐と魚だというくらいは、百も承知の上だ。それでなおかつ、鱈腹《たらふく》食わせてくれないのは、わかりきった話で金がないからだ。

魚ぐらいなら、なんとかすれば、何日かに一度は食膳《しょくぜん》にのぼすことは出来るが、問題は豆腐だ。戦後いちはやくこの町でヤミ材料をもとに復活したたった一軒の豆腐屋では、ヤッコ豆腐がなんと一丁三十円也、武平さんの月給が当時五百円ぼっきり也、つまり一日分の収入の倍というような高価な食品を買うよりも米麦野菜のような必要最低限の必需物資の購入の方がはるかに緊急であるのは自《おのずか》ら明らかだ。

そのころの武平さんの経済生活の形相《ぎょうそう》は全くすさまじいばかりであったが、そんなことを一々語るよりも、豆腐と魚を中心に武平さんなる人物の沿革を話す方が筋道だろうと思う。

武平さん、ことし五十一。

大正八年にG大学動物学科の魚類研究室嘱託として武平さんのいう〝魚屋〟稼業《かぎょう》のスタートをきり昭和元年M大学に転任、じつに二十年この海寄りの小都会にある大学の動物学科で教授にもならず博士号もとらず何を楽しんでかいまだ一介の講師にあまんじている一種の怪物である。

生を奈良県吉野郡十津川郷《とつかわごう》にうけた。

十津川とは、人も知る日本歴史の数度の変動期に常に劇的なワキ役をつとめたいわゆる十津川郷士の根城であるが、武平さんの生家は鳥の巣のように奥山の中腹に懸けられ、父祖代々木こりと猟をもってなりわいとした。

武平、幼ニシテ神童ノホマレアリ——とは酒間、彼が好んで低吟する「十津川山猿由来記」

の冒頭である。六歳、大祓ノ祝詞《おおはらいのりと》ヲソランジ、七歳、千字文《せんじもん》ヲ写破シ、八歳、論語ヲ講ズ、というから大した鬼才というべきだが、武平さん自作の伝説だから誰も本当にしていない。

家は村でも中のやや下、まずその日ぐらしであったが、武平さんの幼い時分から漢文の素読を教えてくれた祖母が家中の反対を押しきって彼を中学に入れた。

「武平よ。わが家は六百年のむかし、大塔の宮がこの里に落ちたまいしさいに終始ご馬前を斬《き》りひらいたご守護のほまれを辱《かたじけの》うし、下っては幕末、禁裏の急を聞いて馳《は》せ参じた尊王由緒のある家柄じゃ。分不相応なお前が中学にまで入れてもらう限りは立派に天子様の官員さんとなって立身出世出来るようシッカリ習うんじゃぞ」

若いころは公卿《くげ》屋敷に奉公したこともあるとかいう祖母の、立身出世主義と忠君愛国とが渾《こん》然《ぜん》融和した庭訓《ていきん》を肝《きも》に銘じて、大君のご馬前で奮戦するとかいうその勇壮な官員さんにあこがれ、武平さんは、シシと学業にはげんだ。

時間中に活潑《かっぱつ》な活躍をしたり、クラスの動きの中心となったりするような派手な存在ではなかったが多少は見ばえのする成績で中学を出た。

ところが卒業式がすんで十日もたたないうちに孫の学費の足しにと裏山で炭を焼いていた祖母が谷間に落ちてぽっくり亡くなり、ついで跡を追うように父が狭心症で他界、母は三年前既にみまかっていたから、僅《わず》か三カ月の間に武平さんは全く、天涯の孤児に成り果て、やむなく伯父になけなしの財産の処理をまかせ、十津川高原を下りて東京に出た。

生れて二十年、はじめて下界を知った文字通りの山出しの青年には、目に耳にふれるものすべて珍しかったが、とくに食べものの素晴らしさには全くボウとするほどだった。

中でも彼の味覚に革命的な衝撃をあたえたのは豆腐と生魚とであった。

豆腐のような植物性の材料に原形を全く想像させないほど複雑な加工をくわえた高等食品はそのころの十津川の奥では見られもしなかったし、また生魚にいたっては、魚は石のように固くて枯木のようにカラカラな棒状の固形物という以外、定義を知らなかった彼にとって、最初は膳の上のものが、果して魚であるかどうかを理解するのに骨が折れたぐらいであった。

「娘ハン、すンまへんけど当分ご飯は要《い》りまへんさかい豆腐と魚だけたべさせとくなはらんか」

と官員の卵は、けげんに思う下宿屋の娘さんを口説《くど》いて毎日このふた種類だけで腹を満たし、食事と食事との間は、豆腐や魚肉の舌ざわりを空想しながら口をウズウズさせて時を過した。

この奇態な食習慣が一年ほど続いた。

それ以上続けたかったのだが、このおかげで、伯父が送って来てくれた財産処理の代金五百円にたちまち大穴をあけたので止《や》むなく中止したのである。

翌年、高等学校を受験して見事しくじった。

受験準備の一年というもの、豆腐と生魚にうつつをぬかしていたてきめんのバチであると慙《ざん》愧《き》して、武平さんは深く祖母の霊に詫《わ》びた。

いやうつつをぬかした相手が豆腐と魚だけだといえばそりゃウソだ。実は下宿の娘さんにもうつつをぬかしていた。ズバリというと当時の下宿の娘さんすなわち現在の武平夫人千代さんなのだが、武平さんがこのロマンスを語るたびに武平夫人を識《し》るほどの人は妙な顔をする。

武平さんは本人自らも認めていることだが、一寸《ちょっと》これほどの妙な顔はあるまいと思われるほどの醜男《ぶおとこ》である。

また女性の容貌《ようぼう》についてうんぬんするのは、まことに気の引けることではあるが、武平夫人千代さんはその性情のきわめて淑徳なのにくらべその容色はすこぶる振わない。

そのお互いの容貌を鏡で見合ったようなふたりがなぜ蜜《みつ》のごとき（とは武平さんがその青春時代を語るたび枕詞《まくらことば》みたいに慣用する形容詞だからそのまま踏襲する）恋をささやくにいたったか、機微にわたるこの間の消息については若かりしころのロマンスを語るのにいささかの遠慮もしない武平さんも、さすが照れて多くを語らないため、筆者もことを詳細に伝えることが出来ないのは口惜《くや》しい。ただ武平さんがあるとき洩らした言葉の中に、

「ボラという魚があるでしょう。あいつにお千代の奴そっくりだったんですわ。口がいやにむ

くれ上って頬《ほ》っぺたがフクれて眼と眼の間隔が変に広くてね、わしはね、あのころ魚に夢中だったもんでついお千代までいとしく思いこんだというのが真相ですわ。それに食費の払いが溜《たま》って魚も食えないでいるときも、お千代奴《め》、自分の食べ残しなんかを二階へ運んでくれたりしてそれは可愛いもんでしたよ。え？　奥さんの方がなぜ惚れたんだって。さあ、——お千代は、わしがつぶし豆腐を吸いこむ口付が蛙《かえる》が蠅《はえ》をのむみたいに可愛い、と賞《ほ》めたことがありましたがね」

という奇怪なひとくだりがあるが、お千代が魚に似ているから惚れたんだの、蛙のような口付だから可愛いのというようなことは常識的な感覚ではどうも扱いにくい話だから、読者の推量の材料としては安心しておすすめは出来かねる。

「そのころのお千代のやつ、可愛いったらなかったですな、高等学校の合格発表の日あいつはてっきりわしがパスするものと決めこんでなけなしの小遣をはたいて、でかい魚と豆腐をうんとこさ用意して待っててくれおったですよ。ところがわしがスべって帰ってくる。お膳とお千代の顔を見比べて恰好がつかず坐りもせずにボンヤリ立っていましたらね、様子で事態を察したらしいお千代が何もいわず、ただ食えとだけいいましたわ。今でも口数の少い静かな奴ですがね、その時はわしが食べ終るまでじっとわしを見ながら坐っていましたよ。

あいつはわしと似た者夫婦で神経も太く頭も粗雑なくせに何かしら大らかな人を包むような

愛情のようなものを心の内にたたえている女でね。そのせいか池の蛙を自由自在に呼び集めてみたり、近所の猫どもから慕われて家中猫屋敷のようにしたり、つまり愛情の所為《しょい》でしょうな、不思議な才能、いや本能をもっていますよ。

私も蛙や猫ではないが、そいつに作用された恰好で落第した悲哀が見る見る薄らいで来て何か温い気分になって来たのは妙でした。ついでに役人などになって出世するのが何だか億《おっ》くうになり高等学校など糞《くそ》くらえと勢いこんだのは生涯の悔《くい》でしたな。おかげでかくの如き貧乏世帯ですわ」

というわけでその後、ほどなくツテをたよって武平さんはG大動物学科に研究室嘱託として入り、お魚の勉強をはじめた。

食うだけでは物足りず、お魚の腹を解剖したり種類を分類したり、いじくることにも、えもいえぬ法悦を見出すようになったというわけである。

陸の離れ島のような十津川の青年が、馴《な》れぬ荒海に出て珍魚の採集をしたり、魚河岸《うおがし》へ行ってアンちゃんたちに怒鳴られながら、何かの拍子に他の魚にまじって入荷して来る稀有《けう》魚のおこぼれを頂戴《ちょうだい》して来たり、九十九里浜で漁師の女房たちにまじりながら網引を手伝って珍しい種類の魚を後生大事にもって帰ったりして、夢のように三十年の月日を送ってしまった。

気がついてみると武平さん三十年の採集の苦心は世界でも有数の魚類標本の所持者として、

また深海魚の採集にかけては世界第一級の魚類学者として、いつのまにか、国際学界にタケヘー・タケダの名をひびかせていた。

武平さんは一度も外国へ留学したことはないが、米国にも英国にもオランダにもスウェーデンにも、研究を通じて得た未見の知己《ちき》たちが、深い尊敬と温い友情のこもった眼差《まなざ》しで、武平さんの研究を見まもってくれていた。

とは申しても、武平さんの日本での名声が上ったわけでも、大学における身分が、もう少し何とかなったわけでも、また生活が豊かになったわけでも、何でもない。

まったく大学においては一介の老講師にすぎず、その生活は、十津川高原を下りた書生当時の方が、まだ五百なにがしかの纏《まと》った金を持っていただけでも豊かであったというべきである。

その講師の身分ですら、G大学当時の恩師が、とくに奔走してくれて、やっと、この地方大学での空席にありついたもので、中学卒の学歴しか持たぬ武平さんとして、望むことが許される最高の地位なのである。

むろん、武平さん自身も教授になるとか、博士号をとるとかという了見は、コレッパチもない。

ただ珍しい魚を採集して来ては、それをどっかの分類カードにおさめ、時には解剖ずみのお魚を実験室の片隅のコンロで焼いて食い、またいくらか不時の収入でもあれば、買えるだけの豆腐を買いこんで、お千代さんと豆腐汁をすすりあうことが出来さえすれば、これ以上のご満悦はないのである。

ところがである。

戦争というやつは、このささやかな望みをすら彼から取上げてしまった。

武平さんは毎週一回は、魚市場か漁師町を廻って珍しい魚があれば貰《もら》ってかえるのを三十年来の習慣にしているが、戦争末期からこっちというものは、魚市場の兄哥《あにい》や漁師たちも、ずいぶん意地がわるくなって、そばにあっても呉《く》れない。

「昔は、なじみの兄哥たちが、珍しいのがあればわざわざ傍《そば》にとっといてくれたもんだよ」

とかえらぬ昔の愚痴をコボしながら、それでも腐れブリキ缶をかかえて河岸へ行く。

「何か珍しい魚が入っていませんか」

雑踏にもまれながら、着いたばかりの荷をのぞいて廻る。

「あッ大将。あれを下さい。サバの箱に一尾だけまぎれ込んでいる赤い頭の大きなヤツを。あいつは南洋でしか獲《と》れないといわれている珍しいもんなんですよ」

と武平さんが躍起に指さしても、兄哥たちは客でとりこんでいる風をして取りあってもくれない。

時々、奥の方から「また来やがったよ、あの大学の先生。研究用だなんだっていってるが、あれ、きっと自分が食っちゃうんだぜ。食糧難だからナ」などという聞えよがしな話声さえ耳に入る。

「これ、頂けないでしょうか」と頼むと、

「さあね、買約済のもんだから買主に相談してからだね」とソッポを向く手合もある。

何百貫何千貫という荷の中にまじったタッタ一尾の非食用魚をもらうのに、なぜ買主に相談しなきゃならんのだろうか、と武平さんは、五十面《づら》に泣きベソをかきながら悄然《しょうぜん》と立去る。

いつかなどはひどかった。まだ二十をこして間もなさそうな若い漁師の一人が、気の弱い愛想笑いを作っておどおどしつつ浜辺をうろつき廻っている武平さんをみて露骨な舌打をしながら、

「邪魔っけだよ、大学のオッさん。ほしけれゃ、その魚は一匹三百両だ、買って行きな、いつもいつもタダでもって帰らずによ」

まるで瘠犬《やせいぬ》でも追うような調子で怒鳴るのである。

いくら腹立たずの臆病者の武平さんにも自尊心はある。こんな侮辱にはたえきれないのだが、金を出して買うには、教室の研究費が乏しく、海へ出かけて直接採集するには、ここ数年来というもの一滴の油も配給されてないから出来ない相談で、結局ここんところ河岸や浜辺に頼るほか手がないのである。

（この風体《ふうてい》といい、このしぐさといい、おれはまるで乞食じゃ。はは乞食学者じゃ）

こう思いながら引揚げて帰る自宅には、破れ障子とケバ立った畳と、貧乏やつれした奥さんが待っている。

（へ、乞食には乞食らしい家じゃ）

と格子《こうし》をこじあけて入ると奥さんがチャブ台の前で賃仕事の仕立物に余念がない。

（乞食には打ってつけの貧乏くさい女房よ）

どんとチャブ台の前に尻モチをついて今晩のおかずは、とのぞく。――大豆にコンブを煮こんだのに雑炊。

（乞食夫婦の夕食か）

「おい、お千代よ。おれアまるきり乞食だな。タダの魚を貰いにペコペコして廻って、その上にだ、それほどご執心の魚を、ここ何カ月というもの、食った憶《おぼ》えがないとは乞食より劣りじゃわい」

奥さんは、一見無感動な表情で武平さんの愚痴を聞いていたが、つと立上りダシ雑魚《じゃこ》に醤油をかけたのを一皿持って黙って武平さんの食膳にそえた。武平さんも奥さんの黙劇に相応ずるように自然愚痴を打切って黙ねんと箸を運びだした。

奥さんとしては、亭主が薄給のうえ、自分の針仕事もはかばかしくない世帯に、つまらぬ愚痴は止《よ》してダシ雑魚でも魚のうちだからまあ我慢してくれ、という所で、武平さんも何となく諒解《りようかい》して雑魚の尾頭付《おかしらつき》で満足する。

奥さんが黙ってダシ雑魚を出すなどという仕草は世間並の眼でみれば、キザにもとれるし武平さんへの面当《つらあ》ての皮肉ともとれ、普通の亭主ならひと荒れするところだが、よく出来たものでこれがこの夫婦においては、至極自然なやりとりなのである。

ところでその夜二時ごろ、ふと床の中で眼をさました武平さんの頭に、天啓のように素晴しい着想が浮かび、有頂天になって奥さんを揺り起した。

「いつかお前に話したことがあるだろう、おれが戦時中に見つけた例の〝白波堆《しらなみたい》〟の事よ。もう発見してから四、五年もなるのに第二次調査もしてないからあれを調査して県の新漁場を開拓する、ということで金を集めてみようと思うんだ。調査自体と、おれの研究とは直接関係はないが、便乗すれば、ひさしぶりで採集らしい採集も出来るし、第一ふたりで天下晴れてうんと魚が食えようというもんじゃないか。どうだい、おれにしては一寸した智慧だろう」

堆《たい》とは、大和堆《やまとたい》、新大和堆などの名でごぞんじの読者もあろうが、大洋中にぽっかりと広範囲にわたって盛りあがった海中の高原とも云《い》うべき大浅瀬のことで、漁場としては好適の場所だ。〝白波堆〟は昭和十六年武平さんが大学の持船「日本海丸」に乗ってR県のM港を出港し現在のマッカーサー・ラインの近くまで深海魚採集に遠征したときに発見したもので、広さは大和堆などとは比べものにならないが、それでも発見当時は新聞で〝食糧難打開への朗報〟などと相当さわがれたものである。県では早速調査団をくり出したが、そののちは戦局がきびしくなって堆の調査どころではなくなり、それっきりうやむやになってしまっていた。

当然、終戦後は、第二次調査がなさるべきものである。つまり、武平さんとしては堂々たる大義名分が立つというものである。

早速翌日、大学で提案して賛同を得るや、微生物のM助教授を相棒に、県や漁業組合へ資金の交渉に奔走しはじめた。

ところが漁業組合では「このR県の漁民は多く沿岸漁業であって遠洋に出るという習慣もなければそれに間に合う漁船も少いという現状だから、いくら新漁場といっても遠洋じゃ猫に小判、それに今さら遠洋漁船を新造するより漁業景気の当今、沿岸漁業で結構もうかりすぎてるではないか」とすげない返答。県当局でも、現在のところ、予算がないから、といって余り乗気でない。

そこを苦心さんたん説得して――といえば体はよいが武平さんはどこへ行っても朴念仁《ぼくねんじん》につっ立っているだけで、説得の功はすべて若くて雄弁なM助教授に帰さるべきものであったが――県と漁業組合とが半々に金を出し、四十トンの「日本海丸」を数年ぶりで解纜《かいらん》して、主任教授のK博士以下十一名を乗せて出発するという運びにまでやっとこぎつけることが出来た。

むろん武平さんもそのうちの一員で、今度の調査の目的が、潮流とか水温とか魚の餌の微生物とかの基礎調査にあったので、武平さんのような専門は一応、用がなかったのだが、この機会とばかりに投網《とあみ》をもって意気揚々と乗っかった。

港を出て三十五時間目に〝白波堆〟に着き、調査団は専門別に活潑な調査を開始し、武平さんも船尾にあって、若い副手に手伝わせながら、せっせと網を打った。

未発表の珍種が四種も獲れ、それに一網ごとにかかってくる普通魚の漁獲も相当に上った。網をうちながら武平さんは家で新鮮な魚と武平さんとを待つ奥さんを想いうかべ、珍魚の一種に「オチヨ」という名前をつけて学会へ報告してやろう、などと考えたりして馬鹿日照の甲板上で、ホクホクと大満悦の体であった。

調査は白波堆の真ただ中で、エンジンを止め、船を任意に漂流させて行われたのであるが、五十時間の調査時間を無事終えて、いざ帰還しようという矢さき、大事件が出来《しゅったい》した。

どうしたわけか、エンジンがクスンともかからないのである。

よく調べてみると、長い間使わなかった船を、手入れもせずに引っぱり出して来たため、ピストンが二個も大きな亀裂を生じていることがわかり、予備品の用意もないこととて、一同海の色よりも真っ青になってしまった。

武平さんの狼狽《ろうばい》ぶりは、同船の人々も、自分の心配を忘れて思わず吹き出したほどだったが、やがて観念したのか、その狼狽もおさまり、船尾の甲板にきちんと静坐して、何かごそごそ妙な作業をし出したのを見たとき、さすがに一同、粛然《しゅくぜん》とした。

武平さんは、まず自分のリュックから口の大きなビンをとり出し、その中に今日採集した四尾の珍魚を詰め、さらに鉛筆でそれを説明した紙きれを同封して、きっちりとコルクの栓《せん》をしたのである。

いわば「武平死すとも、あわれ、ビンよ、恙《つつが》なく岸に流れつき心ある人に拾われてよ」という真剣な祈りのこもった作業なので、さすが口の悪い研究室仲間も、多少の滑稽《こっけい》さは感じたものの、半畳も入れかね、いささか声を呑《の》む、といった形で武平さんを見守ったのである。

しかし一同は、武平さんのこの仕草が決して場違いなオーバー・アクションでないことを、運転室から落ちて来た、船長のシワガレ声によって認識した。

「皆さん、驚かんで下さいよ。一荒れ、来そうですぜ」

無電機もラジオも持たされてない、みじめな〝科学調査団〟なのである。救援かたを港に連絡する方法は何一つない……プランクトンの研究で有名な主任教授老博士は苦笑いをうかべながら、黙って手荷物を片づけはじめた。

若い研究室員たちも、それに釣られて、調査器具や書類をかきあつめ、忙しくリュックにつめこみはじめた。

焦燥と恐怖が、各自の手足を必要以上にいそがしく回転させていたが、武平さんは――と見ると、どうしたことか、リュックに死骸《しがい》のように寄りかかって伸びていた。

副手の一人が近寄ってみると、どうやら、生命《いのち》よりも大事な漁の資料を処理し終ってしまうと、急にはげしく恐怖がよみがえって来たとみえ、すでに体の自由すら失っているらしく、眼はぼんやりと中空に見開いて気味悪いほどだった。

副手は、空襲のさいの武平さんを知っているのでまた例の発作がはじまったと、別に驚きもせず、ポケットからアメ玉をとり出して口に入れてやり、手にもった救命具をつけてやった。

とこうしている内に、船長の不幸な警告が見事に当って、西の沖合いが真黒になり、大粒の雨を伴った突風が一陣、二陣と船を翻弄《ほんろう》しはじめた。

甲板上の人々は大騒ぎして、船室に逃げこんだ。武平さんの体も引きずり入れた。

嵐は時とともにはげしくなり、波は遠慮なく船室になだれこんだ。

木造の四十トン船は、所かまわず無気味なキシミ音をたて、船室の人々は荷物や器具とともに転げ廻った。

浸水五寸をこえた艙《そう》内の片隅で、瘠身《せきしん》のK博士は失神した武平さんをヒザの上にかかえ、ころげまわる荷物に攻められつつ塑像《そぞう》のように静かにうずくまっていた。

その日の夜半、嵐は静まった。

が、船は依然として暗夜の海を、風と波の意思にまかせたまま漂流をつづけている。五時間にわたる嵐で、ずいぶん流されたらしいことだけはわかる。

「どの辺だか、さっぱり、見当がつかんです」

とコンパスを波でこわされた船長が、船員らしい諦《あきら》めをこめた調子で語るのを、一同不安気に、聞くより仕方がなかった。

奇妙な沈黙が、船内の気圧をさらに重苦しくしていた。

夜が明け、その日も終日漂流をつづけて、再び夜に入った。

食べ物が少くなって来た。

その夜の食事で、缶詰の最後の一ダースを空《あ》けると、もうあとは、二日分のカンパンしか残らなかった。

「そういうわけで、ここに残されたわずかなカンパンで、これから何日続くかわからない漂流生活を維持して行かねばならないのです。

海の中に魚が泳いでるじゃないか、というご意見もありましたが、悪いことには、持って来た網は全部流されてしまい。魚を獲る手段《てだて》がありません」

と船長は、夕食後、みなを集めて、食糧の食いのばしについての意見をまとめた。

が、誰とてこうなっては、一日分を三日に食いのばして行くぐらいの外、そんな妙案を持ち合わせているものはない。

みな黙っていると、船長は、では、といっててきぱき結論を出した。

「カンパンは一日一袋だけの配給に決めます。

それから竹田先生が盛んに投網で獲っておられた魚が、先生の生簀《いけす》の中に二十匹ほどいるはずです。あれは何等研究用とは関係がなく、単に先生の趣味で獲っておられたと聞きますから、むろん、この際出して頂いて、皆の食糧の足しにします」

武平さんの魚――？

一同は思わず顔をあげて武平さんの方を見た。

武平さんは嵐が去ってからも、ショックで痴呆状態を続け、K博士のそばに寝かされていた。

K博士は、聞きながら、じっと武平さんの寝顔をみつめていたが、やがて静かに口を切った。

「船長さん。私は竹田君の魚を食うことに賛成いたしません。

あなたは、この人が、どんなに魚が好きか、ごぞんじないから、そんなことをおっしゃるのです。

私としましては、この人が、一網ごとにかかってくるわずかな魚を大事そうに生簀に入れながら、〝家に帰ったら、海水を入れたカメに生けて毎日一尾ずつ、お千代と分けて食べるんですよ〟と子供のように楽しんでいた姿を思うと、どうしても食べる気がしません」

「それぁ、K先生、無茶ですよ。みんな生きるか死ぬかの瀬戸ぎわなんです。事は人命の問題ですよ、そんな呑気《のんき》な駄々をこねてもらっては困ります。

私はこんなちっぽけな船の船長ですが、船長と名のつく以上、このさい私はあなた方に命令する権利があると思います。竹田先生の魚は食べることにしますよ」

「むう、あなたが命令するというなら仕方がありませんが、……。

しかし、わずか二十尾の魚を、分配したところで一人前二尾も当らないではないですか。それに、せまい日本海で今後幾日も漂流するとは考えられません。あすにも漁船に発見されるか、または、どっかの沿岸に流れつかぬとも限らないのに何も腹の足しにもならぬ魚を食べずとも良さそうに思われるのですが、……。

竹田君は、魚を食べるしかたのしみを持っていない人なんです。この人は学者としては実にみじめな不遇な人なんですが、私は、魚の研究にかけては、竹田君は日本の国宝じゃないかと思っております。

あなたのおっしゃることは、よくわかります。

しかし――船長さん、このみじめな国宝に、せめてたまに手に入った魚ぐらい満足に食べさせてやっても、いいじゃないでしょうか。

とにかく、私は分配にあずかりません」

この温厚な老博士にしては、大人気ないと思われるほど、珍しく興奮した態度で、こういい切って並みいる人を驚かした。

船長も、さすがにムッとした様子だったが、

「まあ、そう興奮なさらないで——では一応命令を撤回しますから、あなた方も、もう一度よくお考えになって下さい」

と言葉をのこして、運転室に引揚げ、とにかくその場はおさまった。

船長の立去ったあと重い沈黙が一座を押しつつんだ。

K博士はヒザをかかえて、頭を垂れていた。

(年甲斐《としがい》もなく……少し感情的だったかな)

博士としては、何も船長に対して、ことさら、反感を持っていたわけでは無論ない。ただ学者の研究や学者の生活に対する政府や世界の冷い遇し方について、常に憤懣《ふんまん》を覚えていたのがつい、時が時だけに、多少心理状態が普通でないこの場の議論に出て来たのであろう。

それが冷静に合理的に考えねばならない食糧問題の議論において爆発したのは、いくぶん、お門違《かどちが》いのそしりはまぬがれないけれども、一座の弟子たちは、理屈でなく、この場合の師の気持がよくわかった。

博士は、つと立って運転室の船長を訪れ、先刻の失礼を詫びた。人の好い船長も、かえって

恐縮しながら「魚は、先生のご意見どおり、やはり食べないことにしましょう」と折れてくれた。

座にもどって来た博士は、弟子たちが武平さんのそばに集まって騒いでいるのに驚いた。武平さんが、汗だらけになりながら、胸を掻《か》きむしって苦しんでいるのである。

「今までよく眠っておられたのに、どうしたわけか急に……」

と武平さんのシャツのボタンをはずし、胸をひろげていた副手の一人が報告した。

それから三十分ばかり、見ていられないほど、苦しみぬき、最後にヒクッとシャクリのようなものを一つして息を引きとってしまった。

故人を囲んで、しばらくは皆、呆然《ぼうぜん》としていた。

まるでウソのようだった。

「狭心症だ――

栄養不足で、弱ってもいたのだろうか……」

とK博士は、低くつぶやいた。

……………

急に、波間を渡る音が船内に満ちて来た。

翌朝、日本海丸は幸いにも隣県から出ていた漁船群に拾われ、もよりの漁港に引かれていった。

昭和二十一年八月一日。

武平さんの葬儀が、自宅でささやかに営まれた。

参列者は、M大総長にK博士、研究室の仲間たち、それに長屋の人々をあわせて三十名ほど。「国宝」にしてはずいぶん淋しい葬儀であったが、一講師の身分としては当然のことかも知れなかった。

式次が程よく進んだころ、今日の導師のお弟子らしい若い僧侶とお千代未亡人とが、大きな樽《たる》をかつぎこんで、仏壇の前にドカリとおいた。

樽の中には、K博士が海水を調節して苦心して生けた〝白波堆〟の魚が入っていた。

もう八十を越しているかと思われる老導師が、読経《どきよう》を一まず打切り、円座をはずして参列者にあいさつをした。

「ご諒解を得ておく方がよいと思いまして。

実は、ここに供えましたものは、仏事にはもっとも忌まれる品でありますが、奥様やK博士のお言葉もあって、とくに故人のご最後をにぎわしたいと思い、如来さまには独断でお供えいたしました。如来さまへの申しわけは、わたくしより責任を持ってお伝えするつもりでございます」

勝村権兵衛のこと

初出「同朋」二十号（一九五二年二月一日）。福田定一名で発表。

権兵衛は、全身の意識を刀の尖《さき》に集め、ついにはその意識をすら忘却し、さらに一瞬、われもなく、また刀すらない、無我の境に身心が昇華したとき、真空の中の反射のように白い光がひとり横に走って――、はっ、とわれにかえったときは、十年の恨みをこめた女仇《めがたき》の新九郎は、声もなく、権兵衛の足もとに倒れていた。

(やった――)

権兵衛は、突ったっている足の関節に急に力がなくなって、崩れるようにしゃがみこみ、松の根方に身をもたせて、ぐったりと足をなげだした。

(やったぞ。おれは、とうとう、こいつを……)

彼は、枯野の向うににぶく光る冬の空に、虚脱した視線を漂わせた。――一息ごとに、からだ中から力がぬけて行くようだった。

(うれしいか、権兵衛。いや、うれしかろう、湧《わ》きたつようにうれしいはずだ)

唇をゆるめて、自分につぶやいてみた。

――今から十年前、安政二(一八五五)年の秋のことだ。

彼は、焦《こが》れ死《じに》するほど思いこんでいた馬廻《うままわり》役二百石片岡吉馬の娘、れんを、ようやくのことで妻にすることが出来た。……のも、束《つか》の間《ま》、婚礼の夜からわずか三晩ののち、新妻れんは、何者かと手に手をとって出奔してしまったのである。

相手は、人もあろうに、れんの実家片岡家の中間《ちゅうげん》新九郎であったことは、翌朝、それが主家を消えうせていることでわかった。

若い権兵衛は、手をついてあやまる舅《しゅうと》の吉馬の前で、れんの嫁入衣裳《いしょう》を、ずたずたに斬《き》り、おのれ、みておれ、地獄の果てまでも二人を追ってなますにさいなむまでは死んでも死ぬものか、と錯乱して、その夜のうちに郡山藩を脱藩し、以来十年東に西に流れ、新九郎れんを探しまわった。

……とはいえ、何もかも忘れて悪鬼のように二人の草鞋《わらじ》の跡を追いあるいたのも四、五年の間だけのことで熱がやや冷めはじめると、おのれも脱藩の罪を背負った日蔭者だという首すじの冷たさを意識しだし、やがて、藩も追及を打切ったらしいことを知るころには、手ひどい貧之に追いまわされ、幸い、ここ一年この方は、京の羅生門《らしようもん》のあたりに住みつき、どこが気に入ったのか、何くれ面倒をみてくれる家主の老夫婦のおかげで寺子屋をひらき、その日の食う米ぐらいは買えるという何となく安堵《あんど》したような日々のくらしに、女仇を討つというぎりぎりの気持が妙に薄れて、最近では新九郎れいんの名前を思いだす日も少くなっていた。

ところが今日の午後、懇意にしていた八坂神社の禰宜《ねぎ》に揮毫《きごう》を頼んであった寺子屋「学而塾」の看板を受取っての帰りみち、建仁寺のあたりでふと擦れちがった大たぶさの武士の顔を見て思わず、あっと叫んだ。

「新九郎っ、待てっ。姿は武士にやつしているようだが、見違えるものではないぞ。これっ、おれを忘れたか、郡山の間下《ました》権兵衛だっ」

逆上して、自分でも何を怒鳴っているのかわからなかった。――新九郎には違いない。その証拠には、名を呼ばれて、はっとふりかえった表情は尋常でなかった。が、次の瞬間には、広い肩をくるりと向けて、何事もなかったような足どりを東山の方に向けた。

(はて、人違いだったか。いや……)

とにかく跡をつけてみた。つけられているのを知らぬでもないのに、男は、悠々とした歩調で、安井神社の境内を抜けて高台寺《こうだいじ》の坂をのぼりはじめた。

登りつめた右手に、広々とした空地が枯草に蔽《おお》われて東山の脚に続いている。

男は、そこまで来たとき、やにわに刀を抜いて、あごをしゃくった。

「おれは、新選組の宇津川多仲という。

——前身は、間違いなく郡山藩片岡家の中間、新九郎だ。市中で女仇呼ばわりされるのは、さすが、片腹いたい。さいわい附近に人影もない……行くぞ」

新九郎は、片岡家の中間に入る前は、浪人ながらも武士だった男で、郡山にいたころから剣は相当使えるらしいという噂《うわさ》があっただけに、構えた刀にどことなく自信のついた安定感があった。

権兵衛は、夢中で刀をぬいた。十年前の憤怒が新しくよみがえって来て、体中が真黒に燃えた。

「しゃあっ」

激しく斬りこんだが、軽くかわされた。明らかに力量に差があった。が、権兵衛は、畏《おそ》れを感じなかった。というより、相手の力を量る余裕すらなく夢中で刀を振っていたという方が当っている。新九郎も、さすがに持余《もてあま》し気味だったが、相手の疲労を待って老練にふるまった。

「権兵衛……、いっておくが、れんは一昨年《おととし》、癆痎《ろうがい》で死んだ。貧の挙句にな」

それを聞いたとたん、権兵衛は、おこりが落ちたように体がすうっと軽くなって、相手の剣《けん》尖《せん》がはじめてはっきりと眼に見え、ついで反射的に体が跳躍《ちょうやく》して、次の瞬間、がっ、と妙な手ごたえが腕にひびいた。

相手はうそのように足許《あしもと》の枯草を折って斃《たお》れていた。

……そうか、れんは死んでいたか。

十年の間、身も心も支配していた悪血が急がしく解けて行くように覚えた。

——れん。

小声で呼んでみたが、もはや以前のように恨みも恋しさも、とにかく実感として胸に響いて来なくなった。へたへたと背骨に力がなくなって、権兵衛は狐憑《きつねつ》きの落ちた人のようにあたりを見まわした。

刀を拾ってみた。

刀身の中ほどから切尖《きっさき》にかけて血が糸のようにからみついている。新九郎の死骸《しがい》をながめた。腰から胸まで真赤に染まって脇《わき》ばらのあたりから、まだ音を立てるように血を吹き出していた。

……東山を颪《おろ》してくる風に、ふと指先の凍えているのを気付いたころ権兵衛は、完全に正気をとりもどしていた。

と、……新九郎の死骸のそばによって、その手首をとってみた。驚くほど冷たかった。

(脈は……ない)

——何としたことだ。この男を、俺が……殺したところで、何の解決もありはしない。いやな気持だ、人を殺したあとの気持というものは。

死人の手を胸のあたりに組ませて権兵衛は、生れてはじめて念仏をとなえた。

——なむ、あみ……だ、ぶ、つ。

一つ称《とな》えるたびに、心境が痛いほど澄んで行くようではあったが、半面、いままで思いもしなかった罪の意識が大きく彼を支配しはじめた。

なむあみだぶつ……。

と、自分の声でない別の声が背中に聞こえて、はっとふりかえった。

僧形《そうぎょう》の老人が掌《て》を合わせて、寒気の中に春のような念仏を唱和していた。

「あなたは——」

老僧は、それには答えず、

「そのまま、お念仏を続けなさい。あなた自身のためにな。死ぬまで、いや永劫《えいごう》に続けるのだ」

死ぬまで……永劫に。その夜、二つの称名《しょうみょう》が、ほとんど暁方《あけがた》まで続いた。

明治のはじめ、当時まだ監獄といわれた刑務所を巡回して囚人にただひたすらな念仏をすすめてまわった無名の沙門《しゃもん》があった。法名を正善という。その勝村権兵衛時代の聞き書である。

流亡の伝道僧

初出「ブディスト・マガジン」第三巻第三号（一九五二年三月一日）。福田定一名で発表。

その人を最初に見たのは、昭和十九年の冬、四平から新京（長春）への汽車の中だったように記憶している。

何か熱心に隣席の若い中国人に話しかけていた。いかにも中国語講習会あたりを卒業したて、といったたどたどしい調子、たとえば、

「なんじ、生きることを楽しむや」

というあんばいの中国語である。聞くともなしにきいていると、話の内容もそのようなことについてであった。

「私は決してあなたに自分の信仰や思想をおしつけようとしているのではない。ただ、私は私の生きる楽しみを、楽しむのあまり、ひとに聞いて頂きたくてこうしてあなたに話しかけてい

るのである。……あなたは、チンランという名を知るや」

チンラン……？　私はその人のよれよれの協和服に掛けられた輪袈裟《わげさ》から連想して、ああ「親鸞《しんらん》」の中国音か、と納得した。輪袈裟の紋が西本願寺のものであったか東本願寺のものであったか――とにかく私は、この人が真宗の僧侶であることを知った。

話し手の非常な熱心さにもかかわらず、聞き手の、多少教養もありそうな中国青年は一向に関心を示さず、

「時に……日本の大病院では、結核患者に対し、どの位の比率で外科療法を採用しているか」

などと、はなはだ勝手のちがう質問を発したりした。あるいはこの青年は医者であったか、または結核患者、もしくは話し手の語学力の不足のために話の筋が呑《の》みこめなかったことによるものかも知れない。とにかく、僧侶は、聞き手の態度にも拘《かかわ》らず、自分の語るべきことを熱心に語った。

「その質問は私に関することではない。医学や経済のことは他の人に聞けばよろしかろう。あなたは最も大切なことについてうわの空だ。それは生死の一大事ということである。聞くとすればあなたはそれを私にきくべきであろう」

僧侶は、その話の内容、話しぶりについては、およそ尋常な印象をひとにあたえなかったが、その風ぼうは、それとは反対に、人相、骨柄、風体、きわめて取柄のない、見ていて感に堪《た》え

ないほど平凡な様子の男だった。

彼を最初に見たときの私の記憶はこの辺で切れている。おそらく、途中で私が居眠りしてしまったためだろう。彼と中国青年との関係をいま推察してみるに、彼等は前々からの知合いではなく、単なる車中の同席者であり、さらに詳しく考えてみると、車中伝道というか、一つの伝道として青年に話しかけていたものであろう。この僧侶とのちに会う機会を得たとき、彼は私に「私は、十分間以上同席した人に対しては相手が誰であれ、法を語るよう努力しています」と語っていたからである。

第二回目に彼を見たのは、それから二カ月ののち、ハイラルの北方、蒙古人の放牧地帯であった。この時に、私は、彼と互いに自己紹介しあう機会を持った。かなり訛《なまり》のつよい名古屋弁を使っていたように記憶しているから、おそらく故郷はそのあたりの人であろう。

彼は、ジャサック（蒙古人部落で村長といった地位）の包《パオ》で、数人の蒙古人を相手に、例によって法話をしていた。私は当時兵隊で、演習地の下検分のためにその土地に来ており、ジャサックのパオに何か用があって入って行ったとき、彼と二度目に会う機会を得たわけである。

「私は、あなたに会うのはこれが初めてではありません」

と笑いながら四平、長春間の汽車の中での話をすると、彼はさして奇遇を喜んでくれもせず、

「私は全満を歩きまわっているもんですから、よくそういうことがあります。そうですか……

あの中国人の横にね」

とポソリと答えただけだった。同国人の私には一向に関心を示してくれなかったが、聞き手の蒙古人達に対しては怪しげな中国語と手まねで異様なほど細心にしゃべった。ところが彼が話に熱をあげればあげるほど、蒙古人達はますますキョトンとした顔つきで彼の手ぶりや口角のあたりの筋肉の動きを眺めているといった少々滑稽《こっけい》な光景を呈していた。気の毒に思って多少習った覚えのある蒙古語の通訳を申し出ると、「私の話は魂から魂へ響き応ずるはずのものですから、通訳は要《い》りません。それに彼等は多少中国語を知っていますからね」とにべもなく断られてしまった。

三度目に会ったのは——もうこうなると仏縁というよりないが——牡丹江駅の構外であった。昭和二十年の二月、生きているのが厭《いや》になるほど寒い日の、それも夜十時ごろだったが、彼は、トランクを一つ提げ、木綿《もめん》地の、ところどころが破れて綿がハミ出ている防寒外套《がいとう》を着て、途方に暮れた様子で突っ立っていた。

「やあ……」

と肩を叩《たた》く私を、彼はしばらく思い出せない風であったが、やがて何となく知合いであることだけは認めたらしく、

「宿を世話してくれるはずの人を四時ごろから待っているんですが……一向に……いや、もう

せんか」

「これは、驚いた。もう六時間も待っておられるんですか。じゃ、よかったら私とあい宿しませんか」

彼はあまり進まぬ様子だったが、私はそれを遠慮と解して、彼の腕をとって歩き出した。ところが、連れ立って一町ばかり歩いたあたりで、やはり、あなたと宿に行くのはよす、駅の待合室で寝た方がよさそうだ、といい出したのである。宿泊費のことなら心配しなくても、と私が気を廻していうと、金は充分にあるんだという。そのいい方は相手の感情や気持をとんとしんしゃくしていないという点で、さきの中国青年や蒙古人の場合と共通していた。しかし不思議と腹が立たない。奇妙な人徳を持った男だとは思いながら、多少のむッとした顔を作って、あなたは、人の親切を何か誤解しておられるのではないか、一寸《ちよつと》開きなおってみた。が、一向にピンと来ない。少々あきれて、じゃ駅のベンチで寝られるのもよろしかろう、凍死体にだけはなられぬように……私は彼からはなれて二、三歩、あるきだした。さすがに、彼も何となく間が悪いと思ったのか、あ、ちょっと、と足を止めさせて、では簡単にわけを話すから気持を悪くしないで貰《もら》いたい、……。

私は、日本人が好きでない。だから、日本人が集まる宿に顔を出したくない。次に私は、もと軍籍にあったが軍人はきらいだ。だから、あなたと同行したくない、この二つがその理由です。妙なことをいう奴だと腹をたてないでほしい。こんな妙なことをいわねばならないほど私の過去は尋常でなかった。いや現在でも尋常ではない。その尋常でない私の経歴を、いまあなたに話せば、あなたはすべて了解して下さることと思うが、それはわけあっていえない。ご親切は充分感謝している。——

という意味のことを、すこしどもりながらいい終ると小柄な体を前かがみにして駅の方に消えて行った。

この人を見るのはこれが最後になったが、この人との縁は奇妙に続いて、その後こういうことがあった。

あるとき、偕行社《かいこうしゃ》で会った特務機関の大佐と雑談中、何気なくこの人のことを話すと、ああ、それはN少佐のことではないか——と次のようなことを話してくれたのである。

Nに違いないよ。妙なやつでね、僕より二期下だが少佐で軍籍を返上して真宗の僧侶になった。新版熊谷《くまがい》次郎直実《なおざね》てところだ。その後、一さい僕らとつきあおうとしないから時々消息をきくだけだが、ここ四、五年シナ人や蒙古人の中に入って教化しているということだが、一度、彼に満人の動向調査を頼んだことがあるが、にべもなくはねつけられたことがあるよ。おかしな奴さ、頑固で無器用でそのくせ妙に内省的な所があって、まあ軍人としては無能な男だったな。僧侶になってもそうだろう、どうせロクな伝道は出来まいさ。そうそう独り合点居士《こじ》というのが昔のアダ名だったね。何でも独り呑みこんでお隣りがどう考えていようと一向に気をまわさないという彼の性格から来ているらしいんだが、それだけに始末に悪いほど生真面目《きまじめ》だということにもなるわけだ。出家遁世《とんせい》の理由か。あんまりいいたくないんだが……まあ軍人としてあるまじきことなんだ。それはだね。——満洲事変当時、彼は任官まもない若い少尉で、ある討伐隊の小隊長をつとめていた。あるとき数名の諜者《ちょうじゃ》が捕まって取調べの結果、銃殺ときまった。彼は、その指揮下の一分隊に銃殺の執行を命じたのだが、いよいよの場になって思わぬ事故がもちあがった。

分隊長が、撃て、と号令したとき、射手の一人が構えた銃を投げ出して倒れ、声をあげて泣き出したのだ。驚いた分隊長が銃殺執行を中止し、その兵を起して小隊長のもとに連行した。兵は入隊一年を過ぎたばかりの一等兵で、入営前の職業は牧師ということだった。小隊長である彼が、銃を投げた理由をきびしく問いつめると、一等兵はまだ泣きじゃくりながら「私は、人として人を殺す権利を神からあたえられていない」と涙の下から叫びあげたのだ。その結果は明瞭《めいりょう》だった。一等兵は、軍法会議にまわされ、懲役刑をいい渡された。が、事件は、これだけでは済まなかった。この事件は小隊長であった彼の心の中に住みついて新しく生長しはじめたからである。——人として人を殺す……誰に許されて?……国家がそれを許し、それを強制しているのだ……では国家というえたいの知れない怪物は一体なんだ……神とは、仏とは、人とは……彼の煩悶《はんもん》は続いた。

やがて、彼は中尉となり大尉になった。が懐疑は階級とともに生長して彼の軍隊生活は年を経るほど暗くなった。

あるとき、彼の隊に真宗の僧侶であった老少尉が応召で赴任して来たのをさいわい、その老少尉の部屋をたずね、驚く少尉の前で肩章をはずし、手をついて教えを乞うた。

老少尉は、やがてわけを知って深くうなずいた。

「……私たちがお慕い申す開山聖人でさえもご自分を極悪人だとおおせられました。まして私などがあなたをお救い出来るとは思いませんが、もしおすすめ出来るとすれば、あなたに常住、おねんぶつを称《とな》えなさい、ということしかありません。私もあなたも、また我々の敵とされている匪賊《ひぞく》も、ひとしく救いがたい悪人……その悪人どもが、すべて自分の悪人であることに泣き、ひとの悪人であることに泣き、そしてみなともに悪人のままながら如来さまが救って下さるということに声をあわせて泣き、声をあわせて歓喜の叫びをあげるとしたら……この地上は、国家や民族のちがいから起る矛盾や悲劇が霧のように晴れて、寂光に満ちたこの世の浄土を現出することになるでしょう。が、いまはそうではない。人々はこの真の自己に目覚めず、権力をふりまわし互いに主張しあい武器をふるって国家の名で正当化された公然たる殺りく行為をおこなっている。私は、宗教者としてそのキリスト教徒の一等兵が銃を投げた気持がわかる。

……私がこんなことをいうのを他の人が聞けば私も軍法会議に引き出されるだろう。むろん、軍法会議は私を縛る。が……彼等は私の真如を慕う精神は縛れない……と同じく、一等兵の愛の精神は、軍法会議を超え国家を超えて永遠に輝いているでしょう」

その後、大尉は、老少尉の法の弟子となった。

累進して少佐となり、やがて特務機関に転ぜられて満人の中に入って特殊工作に従うようになった。が、この期間中、彼は接触する満人たちに、ねんぶつするよろこびばかり説いて、その任務にはなはだ不忠実であったために、同僚の怒りを買い、口論の末、かっとなった同僚の将校が「この不忠者ッ」と抜刀して斬《き》りかかり、はっと手で防ごうとした拍子に彼の右手の指を三本切りおとしてしまった。血の滴《したた》る指を見ながら、彼はそのとき、はじめて解放されたような、わきあがってくるよろこびを感じた。

——ああ、これで軍人稼業《かぎょう》とも縁切れだ。……

彼は手の怪我を、酒に酔って自分で切ったと届け出、しばらく入院したのち、そのまま退役となり、内地に帰って得度《とくど》を受け、派立の学院に入って僧侶になってしまった。卒業後、渡満し、開教使ということでもなしに辺境を歩いて異民族の教化につとめているのである。……

——大佐が話してくれた内容を、筋を立てて書くと以上のようなことであった。

話し終って大佐は「軍人の風上にも置けぬ奴さ」と吐き捨てるようにいいつつも、何か胸の奥に大きく動くものがあるらしく、しばらく眸《ひとみ》を窓の外にうつろに開いたまま、人が変ったように黙りこくってしまったのを憶《おぼ》えている。

寒い冬がやっと終ったころ、私は満洲を去って内地に帰った。それから数カ月して終戦をむかえた。

第一回の北方抑留者の引揚げが行われたころ、東満の国境監視班からシベリヤにまわされて帰って来た仲間の一人が、むこうでの四方《よも》やまの話のすえ、あるいはN少佐とも思われる、一人の僧侶の話を伝えてくれた。

——国境監視班なんて最前線だけに逃げるとなると一番ぶがわるいんだよ。とにかく牡丹江の本隊に合流しよう、出来なければ付近の山中にかくれようと、しゃにむにトラックを走らせた。もう開拓団も付近の部隊も一足先に撤退したのか、どこまで行っても友軍の影はみえない。うしろから、おびやかすように、しきりと砲声が追ってくる。ソ連の戦車団だよ。距離なんて何十キロもはなれてなかったように思う。今でも夢をみるたびに汗をびっしょり搔《か》くんだが、あれほど恐しいことはなかった。そのときさ、真夜中だった。我々が無人の開拓村を通過しようとすると、一人の男が闇《やみ》の中から飛び出して来て我々の車の前を遮ったんだ。無灯で走っていたから危うく轢《ひ》きそうだった。いやこの邪魔者を轢きころしてでも車をとめずに走りたかったという方がいい。「五人乗せられんか、こちらは病人ばかりだが」とその男が叫んだ。

「だめだ。猫一匹の余裕もない。そこを退《ど》け、轢くぞ」

「誰か、指揮官は」

男は、大股《おおまた》で近づいて来て、助手台にいた僕の腕をつかんだ。はっと気がつくと男の左手に拳銃が光っていて銃口が僕の胸元を押付けている。

「命令だ。兵の雑嚢《ざつのう》をほうり出してでも病人を乗せろ」

やむなく僕は兵隊にそう命じたよ。拳銃も恐《こわ》かったが、相手のいい方が拒絶を許さないほど威厳をもっていたんだ。が、病人は三人しか乗れなかった。

「やむを得ない。重態の二人だけ残してくれ」

彼は拳銃をおさめていった。

「わしは元は君たちの上官だった。いまは一介の僧侶さ。有難う。ご好意は忘れない。早く行け、敵が近い」

彼は闇の中で白い歯を見せて、病人の一人をかついだ。

「病人と坊主では、いくらソ連兵でも殺しはすまいさ」

くるりと背をむけて、道路のわきの家の中に入って行った。

これが果してN少佐であったかどうかは知らない。その後も私は多くのシベリヤ引揚者たちに、いろんな人々の消息を聞いたが、遂に彼らしい人の噂《うわさ》を聞きえなかった。

長安の夕映え

父母恩重経ものがたり

初出「ブディスト・マガジン」第三巻第六号（一九五二年六月一日）。福田定一名で発表。

「起きろ、おいぼれ。もう城門が閉まるぞ。都城《とじょう》に用があるのか、それとも城外へ出て行こうというのか」

日が、西のかた竜山の丘のうねりを影濃く隈取《くまど》って落ちようとしていた時刻。ときは、中国、長安の都が、花のように匂《にお》っていたころの話である。

都城の西の城門の外に、一人の老いた乞食僧が倒れていた。年は、八十はとうに過ぎていようか、眼はくぼみ、鼻は異様に高く、暗いシワが生気のない皮膚を縦横に刻んでいた。

「こいつ、死んでやァがるのか、返事しねえや」

取囲んでいる城門の衛士《えじ》の一人が、足で老人の胸をゆすぶった。

「おい、生きてるのなら、何とかものをいえ。さもなきゃ、素っ首をひねって、死人堀に片づけちまうぞ」

鉾《ほこ》の石突《いしづき》で、瘠《や》せた脾腹《ひばら》を突つかれ、老人は、かすかに眼をひらいた。

「わしは、名もない天竺《てんじく》（印度）の男だよ」

「へえ——。天竺の男？　お前がか」

五人の衛士が、一様に老人の顔をのぞきこんだ。

「十年まえ、天竺を発《た》ってはるばるこの国に来たが、いま、用を果して、再び天竺へ帰ろうとしているんだ。……少し腹が痛くなってな、休ませて貰《もら》ってるとこよ。ああ、弱くなったもんだ。十年前、国を出るときは、もっと若くて元気だったんだが」

「この大嘘つきめ！　いい気になってやがる。うろうろしてると、この鉾先でほんとの天竺にやっちまうぞ」

「出家は嘘をつかんよ。そう怒鳴らんで背中でもさすってくれ。老人はいたわるもんだ。お前達にも父親はあるだろう。——うそじゃない証拠に、ここに白馬寺の長老が書いた受取書と感謝状がある。わしはな、天竺から、仏さまのありがたいお経を、たくさん持って来たのだよ」

「まだ吹いてるよ。天竺からお経を持ってくるようなお坊さまは、かしこくも天子の賓客だぞ。けっ、何をほざきやがる。乞食坊主のくせに」

「怒るんじゃない。わしはな、自分だけの願いでこっそり来たのだ。乞食をしながらな。死んだ母親の供養のために発願《ほつがん》して、十年の間、さまざまの苦労をかさねてやって来た。……そして、これから、また苦行をかさねて帰って行く。どこまで行けるか、寿命と相談だよ」

落日のひとどき、ひかりが、見渡すかぎりの城壁を金色に染め、黄色い土の上にたたずむ六つの人の影が、長く向うの丘の頂きまでのびた。

衛士たちは、ようやく疑いを解きはじめたようである。

「へえ、こいつァ驚きだ。天竺の連中は風変りだね。死んだおふくろのために、何万里を歩いてお経を運ぶてのが流行《はや》ってるのかい」

「ははは、べつに流行っちゃいないが……

母親のためだけじゃない。苦行によって、わし自身の、み教《おしえ》の信念を固めるためだ。この尊いみ教を、お前たち黄河の流域に住む人達にも知らせてあげるためにもな――」

いい終って、この年とった印度人は、急に元気づいたように起きあがった。

「おお、丁度よい機会だ。わしの長安への忘れ物をお前たちにことづかってもらおう。

わしは、国を出るとき、ただ一つ大事なお経を行李《こうり》の中に入れるのを忘れて来た。

それは、世尊が、なぜ父と母が尊いか、ということを教えられたお経だ。

幸い、ここにお前たち十の耳がある。わしの口から、お前たちの耳に伝えよう。お前たちは、よく耳の底に残して、お前たちの民族に伝えてやってほしい」

僧は、路傍の石をみつけて、その上に坐を組み、衛士たちは、さすがに、何か敬けんなものを感じてそのそばから、やや身後《みじろ》いだ。二人が立って鉾を脚にはさみ、三人が、何となく坐った。

城壁の泥煉瓦の色が、金色の反射から、暗黄色に変っていた。

それから、僧は、長い間、西のほう天竺の空を見つめて何事かを念ずる風《ふう》であったが、やがて眼をつむり、静かに唇をうごかした。

——かくのごとく、われきく。あるとき、

仏《ほとけ》、王舎城のギシャクツの山の中に、菩薩《ぼさつ》、声聞《しょうもん》の衆とともにましましければ、比丘《びく》、比丘尼《びくに》、優婆塞《うばそく》、優婆夷《うばい》、一切諸天の人民および竜鬼神など、法をきかんとて来たり集まり、一心に宝座をかこんで、瞬《またたき》もせで尊顔を仰ぎみたりき……

……………

このとき、仏すなわち法を説いてのたまわく。

……………

一切の善男子《ぜんなんし》、善女人《ぜんにょにん》よ——。

父に慈恩あり、母に悲恩あり。そのゆえは、人のこの世に生まるるは、宿業を因として、父母を縁とせり。父にあらざれば生れず、母にあらざれば育たず……その恩、未形におよぶ。はじめ、胎《たい》に受けしより、十月《とつき》を経るの間《あいだ》、行《ぎょう》、住《じゅう》、坐《ざ》、臥《が》、ともにもろもろの苦悩を受く。

月満ち日足りて、産む時いたれば、業風《ごうふう》吹きてこれを促し、骨節、ことごとく痛み、汗、あぶらとともに流れて、その苦しみ堪《た》えがたし。

父も、心身おののきおそれて、母と子とを憂念し、諸親眷属《けんぞく》、みな、ことごとく苦悩す。すでに生れて、草上に堕《お》つれば、父母の喜び限りなきこと、なお貧女の如意《によい》の珠《たま》を得たるがごとし……

それより、母の乳を食物となし、母の情《なさけ》を生命《いのち》となす。飢えたるとき……母にあらざれば哺《くら》わず。渇《かわ》きたるとき……母にあらざれば咽《の》まず。寒きとき……母にあらざれば着ず。

母、東西の隣里《りんり》にやとわれて、あるいは水を汲《く》み、あるいは火をたき、あるいは碓《うす》をつき、あるいは磨《うす》をひき、種々の事に従事して、家に帰るのとき、いまだ家に至らざるに、いまやわが児《こ》、家に哭《な》きさけびて、われを恋慕わんと思い起せば、胸騒ぎ、心驚き、両乳流れ出《い》でて忍び堪うることあたわず。

すなわち家に帰るや、児、遥《はるか》に母の来れるをみて、揺籃《ゆりかご》の中にあれば、頭《かしら》をうごかし、脳《あたま》を弄《ろう》し、外にあれば、腹這《はらば》いして出で来り、嗚呼《そらなき》して母に向う。——母は児のために足を早め、身をまげ長く両手をのべて塵土《ちりつち》をはらい、わが口を児の口に接《つ》けつつ、乳を出だして飲ましむ。

……………………

二歳、母の懐をはなれて、はじめて歩く。父にあらざれば、火の熱きことを知らず、母にあらざれば、刃物の指を落すを知らず。

三歳、乳を離れて、始めて食《くら》う。父にあらざれば毒の命を落すことを知らず、母にあらざれば薬の病を救うことを知らず。

——父母、外に出でて、他の座席に往《ゆ》き、美味珍羞《ちんしゅう》を得ることあれば、自《みずか》らこれを食うに忍びず。すなわち、懐に収めて持ちかえり、呼び来りて児に与う。得れば児、歓喜して、かつ笑いかつ食う。得ざればすなわち、佯《いつわ》り哭《さけ》びて、父を責め母に迫る。

……やや成長して朋友《ほうゆう》と相交わるにいたれば、父は衣を求め、帯を求め、母は髪を梳《くしけず》り髻《もとどり》を摩《な》で、おのが美好《びこう》の衣服は、みな子に与えて着せしめ、おのれは古き衣、破れたる服を纏《まと》う。

……………………

……………………

あたりは、ようやく昏《くら》くなって来た。ほんの先刻《さき》遠くで羊を呼ぶ笛の音が響き渡って来たのを最後に巨大な城壁と、限りない大地は死んだように静まりかえっている。衛士たちは、彼等の一番大きな務めである城門を閉めることすら忘れていた。一つの瘠せた背の高い座像と、それを取巻く五つのシルエット、その中の二、三は、忍び哭《な》きの声すら洩《も》らしていた……。背高い座像の声は、重く沈みつつも、大地のうねりとともに地上の果までも響いて行くように思われた。

……………………

子、すでに妻をめとらば、父母をば転《うた》た疎遠にして、夫婦はとくに親近し、私房《へや》において妻とともに語らい楽しむ。

父母、年高《とした》けて、気老い、力衰えぬれば、頼るところは唯《た》だ子のみ。頼む所は唯だ嫁のみ。しかるに夫婦、共に朝《あした》より暮にいたるまで、いまだ敢《あえ》て、ひとたびも父母の室に来り問わず。

……………………

用ありて子を呼べば、子は眼を怒らせて怒り罵《ののし》る。嫁もこれを見て頭《こうべ》を垂れて笑《わらい》を含む。

あるいはまた、急の事ありて、疾《はや》く呼び命ぜんとすれば、十たび呼びて九たび違《たが》い、ついに来りて給仕せず。却《かえ》って怒り罵りていわく、

「老い耄《ぼ》れて世に残るよりは、早く死なんには如《し》かず」と。

父母、これを聞きて、怨念《うらみ》、胸にふさがり、涕涙《なみだ》、まぶたを衝《つ》きて、目瞑《くら》み、心惑い、悲しみ叫びていわく。

「ああ、なんじ、幼少の時、われにあらざれば養われざりき。われにあらざれば育てられざりき。しかして今にいたれば則《すなわ》ち、却ってかくのごとし。ああ、われ、なんじを生みしは、本《もと》より無きに如かざりけり」

…………………

突然、衛士の一人が起《た》ちあがって、石の上の僧に摑《つか》みかかった。

「止《や》めろ、止めろ、この……乞食坊主……止めろ……頼む……止めて下され……頼む……はらわた、が、ちぎれる……おら……」

と哭喚《なきわめ》き、ころげまわった。この男の狂態に、車座になった他の四人の口からも一様に嗚《お》えつの声がもれた。石上の座像は、かまわずなおも語り続ける。

……………………

悲母、それ、初めて生みしときは、顔《かんばせ》、花の如《ごと》くなりしに、子を養うこと数年なれば、容《かたち》すなわち憔悴《しょうすい》す。

水のごとき霜《しも》の夜にも、氷のごとき雪の暁《あした》にも、乾《かわ》ける処に子を廻し、湿《うるお》える処におのれ臥《ふ》す。子、おのれが懐に屎《くそ》ひり、あるいは、その衣に尿《いばり》するも、手みずから洗いそそぎて、臭穢《しゅうえ》をいとうことなし。

もし子、遠く行けば、帰りてその面《おもて》を見るまでは、出でても入りても、これを思い、寝《い》ねても寤《さ》めても、これを憂う。

おのれ生《しょう》ある間《あいだ》は、子の身に代らんことを念《おも》い、おのれ死に去りて後も、子の身を護《まも》らんことを願う。

然《しか》るに……

長じて人と成れる後は、声を抗《あら》げ、気を怒らして、父の言《ことば》に順《したが》わず。母の言に瞋《いかり》をふくむ。

すでにして妻をめとれば、父母にそむき違うこと、恩無き人の如く、兄弟を憎み嫌うこと、怨《うらみ》ある者のごとし……

妻の縁族来たれば、

堂に昇《のぼ》せて饗応し、室に入れて歓晤《かんご》す……

……………………

星が、一つ、桑畑の上に流れた。

仏、のたまい終れば、

梵天《ぼんてん》、帝釈《たいしゃく》、諸天の人民、一切の集会《しゅうえ》、この説法を聞いて、ことごとく菩提心《ぼだいしん》を発《おこ》し、五体を地に投じて涕涙《なみだ》、雨のごとく、進みて仏足を頂礼《ちょうらい》し、退きておのおの歓喜奉行《ぶぎょう》したりき

……

読誦《どくじゅ》数時間、座像の声は、やがて絶えた。

衛士たちは、夢から覚めた人のように石の上を仰いだ。衛士たちは次の言葉を待った。

数分……。

数時間……。

ついに座像からは、一ことの言葉も発せられることがなかった。

衛士たちが走り寄ったとき、彼等は、その印度人が永久に物をいわぬ人になり果ててしまっ

ているのを発見した。

長安の夜空を蔽《おお》う数万の星宿が、西から東へ、暗黒の時間からようやく暁晨《ぎょうしん》へ、永劫の時を刻んでいた。

饅頭伝来記

初出「ブディスト・マガジン」第四巻第六号（一九五三年六月一日）。福田定一名で発表。

竜山《りゅうざん》は、くるみの珠数《じゅず》を布で丹念に磨きながらつぶやいた。

「すると……、浄因《じょういん》のやつは、常陽の張白《ちょうはく》の娘ととくに出来ておったというわけだな。で、その娘は、仏弟子浄因の子を孕《はら》んだ、と。うっ、いつの間にやりおったものか、あきれたやつだ」

傍の茶わんをとる。冷い茶を、服《の》むとはなしに口にふくんだ。

「……さてと、女犯《にょぼん》の弟子をどうするかだが」

破門放逐にきまっている。すれば、脾弱《ひよわ》く、身寄りもない浄因などは、乞食でもして流れて行くしかない。

「何とか……、なかろうか、うまい智恵は」

とつぶやいてから、むっと表情をゆがめ、

「はは、業《ごう》とでもいうのか、わしの悪い執着だな、あいつをこうまで可愛がるのも」


二十年の昔。兄弟子の虚石《きよせき》和尚を訪ねて、洛陽《らくよう》の白馬寺に遊んだとき、城門の傍らに捨てられてあった嬰児《えいじ》をひろった。

抱きあげてあやすと、溶けそうな笑顔を作ってみせる。むせるような乳のにおい……竜山は、何とはなしに、俗人の境涯にかすかな郷愁を覚えた。

「俗人てやつは、こんな可愛いものの父親になれるんだからな。うらやましいみたいなもんだ。それを捨てるとは、全く気の知れん連中だよ」

そのまま抱いて帰って、当時、白馬の寺の典座《てんぞ》職にあった虚石に見せた。

虚石は、くわしく事情を聞こうともせず抱きとって、顔の造作を器用に変えては「あわー」としばらくあやしていたが、突如、さっと立ちあがり、両手で赤ん坊を差しあげ「竜山!」と怒号した。

「答えられるなら答えてみろっ、この嬰児そもそもの名はそもさん」

峻烈《しゅんれつ》この上ない禅風をうたわれた虚石は、たった今まで赤ん坊をあやしていた柔和な表情を一変して、返答の次第では差しあげている赤ん坊を竜山の面上に叩《たた》きつけんばかりの形相で突立っている。返答に猶予は許されない。竜山は、やにわに起《た》ちあがって、

「いわく煩悩《ぼんのう》」

と叫びあげるや、虚石の両掌《りょうて》の中で泣きわめいている赤ん坊をひったくり、そのまま後も見ずに部屋をとび出してしまった。

「あっはっはっはっ。わかっておって、なぜ拾った。なぜ叩き殺さぬ。竜山っ、助平！　あっはっはっはっ」

兄弟子のわめき声が跡を追う。廊下を駈けていた竜山ははっと背に矢を立てられたように棒立ちになった。

「すけべえ……？　なるほど――」

赤ん坊の顔を見た。乳の匂《にお》いが甘酸っぱく胸をくすぐる。

――虚石め、うまくいい当てやあがった。俺が赤ん坊を拾ったことは、儒者のいう惻隠《そくいん》の情というやつだろう。あやして見たのは仏者の慈悲というもんだ、と俺は思っていた。どうやら勘違いだったたな。実は人の肌が恋しかったのさ。完全に俺の意力が俺の肉体を支配し得ておる、と思っていたのは大きな間違いで、俺が、この赤ん坊の感触を遊んでいる間に、何となく俺の身のうちの生殖腺がピクピクと独り楽しんでいやあがったんだ。虚石の問には反射的に「煩

悩」とは答えたが、まったく……この始末の悪い生殖本能ってやつが赤ん坊を俺に抱かせて城門から寺まで歩かせた、というわけさ。

とはいえだ。それは俺の未熟のせいであって、赤ん坊のせいではあるまい。俺のこの赤ん坊に対する今の生臭い愛情を、真の法性《ほっしょう》の愛にまで転化させねばならぬのは俺の課題であって、この赤ん坊の問題ではあるまい。赤ん坊の問題は、これから、とにかく生き育たねばならぬという問題だ。だから、俺がこいつに托鉢《たくはつ》で得た飯の幾らかを食わせて育てて行っても誰からも文句は出ぬはずだ。出るとすれば、まだ俺の自由になりきらぬ煩悩というやつからくらいのもんだろう……。

それから二十年、竜山は、各地の寺々に歴住して江東牛頭山の東麓《とうろく》にあった廃寺、兜率寺《とそつじ》に落着くまで、常に身辺に置いてその子を育てた。

——それが弟子、浄因である。

竜山、六十五。浄因、二十一。元《げん》の末期、順帝十六(一三四八)年の昔。はるばる日本から「征夷《せいい》大将足利尊氏《あしかがたかうじ》」の名をもって竜山あて、京都五山の一つ、建仁寺に住持されたい、との使いが届き、帰国を勧誘して来た。

「何だ、まだ日本という国があったのか。尊氏という男の名には一向なじみがないが、どうして、わしという日本人坊主が唐土にいることを知ったのか」

竜山は気のなさそうに使いの男をかえりみた。

「とにかく、お使者。わしには帰国の意思は毛頭ないとお伝えして頂きたい……。

この国に真の禅をたずねて遍歴するうちに、いつの間にか四十年という歳月が過ぎた。

二十二の夏であったよ、元寇《げんこう》の役《えき》が終ってから二十年、丁度鎌倉に大火のあった年だったな。わしは小僧の頃から養われた師匠に死なれて悲歎《ひたん》のあまり、鎌倉建長寺の僧堂をひそかに脱けてこの国に渡った。以来星霜四十年、人生の大半をこの異国に送ってしまったわけだ。

……もはや、日本人というよりも、この唐土といってよい。これ、この言葉もそうよ、お聞きの通り、日本の言葉はほとんど忘れてしもうたよ。それに、禅学のことは唐土ではすでに衰微して、後進の日本の方がはるかに充実進歩しているようだ。……いまさら、寝呆《ねぼ》けた半日本人を引っぱって行かなくてもよかろうではないか」

とは答えたものの、使者を帰してから竜山は、何とはなしに、うそ寒い淋《さび》しさを感じた。永く忘れていた故郷の山河を瞼《まぶた》に画《えが》くことが多くなった。……父は三河岡崎の百姓、父母がまさか存命していることはあるまい——肉縁に冷い子よと愚痴りつつ死んで行ったことだろう。師匠の禅林寺虎海《こかい》も国を出る二年前に他界している。ただ一人の兄も、数えてみれば七十五という年では存命は覚つかない。……では故国に誰がいるというのだ。師友弟子の数多いこの国に比べれば、他人の国ではないか——。

「釈尊の弟子に、地上の故国はない」

とは自分を叱ってみたものの、心の隅から吹きこんで来る淋しさはどうしようもなかった。

「弱いな、わしは。四十年の禅修行は、わしにさしたる人間改造ももたらさなかったものとみえる。このたちの悪い情もろさの昔とちっとも変っていないのはどうだ」

湧《わ》きあがってくる雑多な想念を整理するために坐禅でも組んでみようかと思ったが、窓にさしこんでいる月の光に気づいて外に出てみた。月は、東の方、桃陽村の森の上に団々とかかっている。明るいままに境内に続く裏山を歩いてみた。

——ふと、女の声が聞える。

「月に誘われて、むじなでも出おったかな……？　この浄域に人間の女が入るはずはないが」

近づいて山の斜面をすかして見ると、何と、女は兜率寺の大檀越《だんおつ》で常陽第一の商人張白の娘、梅精《ばいせい》であり、さらに驚いたことには、その横に坐っているのは、わが弟子、浄因である。

娘は、すべてを覚悟しきったような話しぶりで、意外なほどしっかりしていた。浄因の方が、蔭で聞いても歯がゆくなるほど、おろおろ取乱している。

「……とにかくね、あなたは二人で逃げようとおっしゃるけど、あなたにはあなたが師とも父とも慕ってらっしゃる和尚さまがおいでです。小心なあなたは、たとえ駈落ちしても和尚さまを棄《す》てた自責に一生悩まされるでしょう。……いまだってそうじゃありませんか、逃げようというのは私への責任を感じてそうおっしゃるので実の本心は和尚さまへの気持が割切れずにいるのが、ちゃんとお顔に出ています。それに、せいぜい庫裡《くり》で饅頭《まんじゅう》を作るだけが自慢という芸では、知らない土地でどうして食べて行けますか。

だからね、浄因さん……あたしは、お腹の子の父が誰だってことは誰にも申しません。ひっそり産んで一生、父の家で独り送るつもりです。……あたしは、あなたに愛されたことは一生の幸福だったと思っていますが、あたしがお坊さんを愛したことについては後悔しています。ですからね、お互いの後悔をこの辺で食いとめるように努力しましょうね」

聞いていて竜山は、そっと掌を合わしたほど彼女の態度を有難く思った。正直に、ここで浄因を連れて逃げられては地獄に落ちるような落胆を覚えたにちがいない。——数多い弟子の中で、むつきの世話までして育てた浄因にだけは、法の弟子というよりも血につながった愛情を感じていた。

浄因は、学問も優れず、意志も弱い。どちらかといえば坊主になるより染物屋の養子にでもなった方が似つかわしい若者であるだけに、彼は、愚鈍な子を偏愛する世間と共通した痴愚な愛情をもっていた。ことに若いころから独り異民族の間で暮して来た彼には、血の匂いのする愛情を真似事《まねごと》でも持ちたい気持が無意識ながら常にあった。

——破戒僧、浄因は、当然、戒律に照らして冷厳に処理さるべきであろう。が、浄因の嬰児の頃の乳の匂いや少年の頃の肌の匂いが、まだ彼の五官の奥に生温く残っているだけに、到底、処断の斧《おの》を持つ気にはなれなかったのである。

「煩悩だ……虚石和尚め、冥土《めいど》でさぞ笑ってやあがるだろう」

竜山は、そっと恋人達の傍をはなれた。


竜山は、日本に帰ることを決意した。浄因も、むろん、連れて。——それが一番、無難な解決法にちがいない。

「娘っ子には悪い……、だが、わしにとっては最も都合がよい……」

梅精に悪い……っと、鼻腔から脳髄にかけて重い痛みが走った。

「わしは、あまりに自分勝手すぎる……浄因へのわしの偏愛は、裏を返せばそのまま自己愛にすぎない。……おのれへのきびしい否定の道であるべき禅門の徒の、これは何という堕地獄ぶりであろう」

……が、この反省とは別の、彼の意思は浄因を隠寮《いんりよう》によんで、帰国の供をいい渡してしまっていた。

「今日から七日目に発《た》つ。よいな浄因」

浄因は、鉛のように不透明な表情のまま黙って頭を下げた。――梅精との事を機会に、彼女が何といおうと師のもとから逃げるつもりだったのだ。……一応、自分というものが解りはじめて来た年頃である。おのれのがらで坊主にさせられたのが、そもそもの間違いだったと気付いている。それに「お前は脾弱いから」といって弟子たちの前を構わずひそかに油ものを与えたり「風邪気味ではないのか」と気を配って朝夕の境内掃除を師匠の隠寮掃除にふりかえたりする師の偏愛が、二十を越した浄因にはたまらなく重荷になりはじめていた。

「欲しいのは、精神の孤独だ」

師への、また寺門生活への、このような反撥が彼を女犯《にょぼん》に走らせたともいえた。

「浄因、日本は住みよい国だぞ、文化も……そうだな、日本にないものは、お前の得意の饅頭ぐらいのものだろう。一つ尊氏とやらに食わせてやれ。竜山禅師の野狐禅《やこぜん》より少しは味があろう、はっはっはっ」

五月のはじめ、師弟は長江のほとりで見送りの人々と別れた。友人、弟子、地方官吏など、岸辺で別れを惜しむ人々は百人を越えた。張白もいた。梅精もいた。

いよいよ長江を下る舟が出るというとき、竜山のよき道友であった竜翔寺の住持、笑隠《しょういん》が笑いながら問いかけた。

「和尚、この地四十年の感慨いかに」

「何だか、ひっかかりそうだな、ただ、流雲行水、ということにしておこうか」

ふと竜山は、笑隠の視線がその左手の楊柳の蔭に止まっているのに気づいた。楊柳の彼方《かなた》に長江の水平線が白くけむっている。その白と緑とを背に、若い雲水《うんすい》と少女が、息をつめて向いあっていた。

「ただごとではないな」

笑隠は、竜山をかえりみて、にやり、と唇をゆるめた。

その視線をそらしながら、竜山は力なく答えた。

「事情は、まあ、お話しせぬ方がよさそうだ。が、日本に連れて帰って、うまく行かなかったら、あるいは再び当地に送り帰すかもしれぬ。……そのときは、和尚、あの二人、よろしく頼む」

「それほどなら、即今ただ今、あの雲水に傘一本背負わせて放逐した方が、手っとりばやかろうに……」

笑隠は、意地悪そうに眼を細め、声を出さずに笑った。

長江を下り、海に入ってから、さらに沿岸を南下して杭州港《こうしゅう》にいたり、そこから天竜寺船に便乗した。

船中で、商人たちから、その後の国情を聞いた。

——そうか、北条は、すでに亡んだわけですか。

皇室が、南と北に二つ出来て、相争っておられる……。

その一方を支持する足利氏が、ほぼ、勝利を収めたわけですな。なに、足利一族の間に、早や、仲間割れが出来ている……？　するとわしは、わざわざ、火事場へ出かけて行くようなものではないか。

——まあよい。元の国も、ここ数年、めっきり騒がしくなったよ。

あと、十年、保《も》つかな。……やがて尊氏のようなのが出て来て、あの女にしてみたいような若い天子の細頸《ほそくび》を締めようさ。……どこにいても、同じことだ。

笑いながら、竜山は、浄因の顔をのぞきこんだ。

「浄因、日本は、いま国中、いくさ場だそうだ。諸式も高かろう。坊主では暮しにくいよ。どうだ、この際、還俗《げんぞく》せんか」

浄因の、否応《いやおう》もなく、明日は博多という日に、同船の商人から着更《きが》えを譲受けて還俗させてしまった。

正平四(一三四九)年八月、博多に着き、出迎えの建仁寺僧の一行と共に京に入った。

その年の六月、四条河原で猿楽桟敷《さじき》が懸けられたが、どうしたはずみか、杭《くい》が折れて数百人の死傷者を見た。

同じく八月、尊氏の弟直義《ただよし》が年来不仲であった高師直《こうのもろなお》を誅《ちゅう》せんとして却《かえ》って攻められ兄尊氏の館《やかた》に逃げこんだが、師直は麾下《きか》の部隊をもって館を囲み、内なる主君尊氏に対し直義懲罰を要求して無言の強迫を加えた。

その年の前年には、楠木正行《くすのきまさつら》が四条畷《しじようなわて》で戦死し、新田義貞、北畠顕家《きたばたけあきいえ》すでに亡く、南朝軍は北九州の菊池一族、河内の楠木正儀《まさのり》などを除いてはほとんど組織的な抗戦力を喪《うしな》っていた。

竜山が建仁寺の法統を継いだころ、年表を繰るとまず右のような事件が眼につく。天下の権力は、概《おおむ》ね、尊氏の手に落ちついたことがわかる。都に平穏な日が多くなった。打続いた戦乱と政情の安定が、民衆を刹那《せつな》的な享楽主義者に変えていた。

とまれ、京の毎日は、浄因には退屈の限りだった。僧でもなく寺男でもない。強いていえば竜山和尚の手文庫で飼われている食客に過ぎない。

建仁寺境内は、高台寺ケ丘の山脚からはじまり、西は鴨川まで、北は四条で市街を区切り、南は松原通りに太い築地塀《ついじべい》の一線を引く広大な面積を占める。堂塔伽藍《がらん》のほか、五十八カ寺におよぶ塔頭《たっちゅう》子院は、鴨東《おうとう》の一帯をいらかで真黒に埋めていた。

彼は、起居の場所を供待《ともまち》部屋の奥にあたえられていたが、日課については何の指示もうけていなかった。

——一体、師匠は、俺をどうする気なのか……。

還俗以来、しばらくは悩みはしたが、没法子《メイファズ》、なるようにしかなるまい、といつもの諦《あきら》め癖が悩みを始末してくれた。

時々、山門を出て、街を歩くことがあった。いつも、コースはきまっていた。鴨川の河ぶちまで出て、堤の上を四条の辺りまで歩くのである。別に目的はない。

愛宕《あたご》、叡山《えいざん》、東山。周囲をなだらかな丘陵の屏風《びょうぶ》で囲まれた盆地の真中に、驚くばかりきれいな水が急《いそ》がしく流れる一筋の川。その盆景のような狭い土地の上に、白っぽい着物を着て背の低い人間たちが、急病人でも持っているかのように眼をつりあげて往《ゆ》き来している。

浄因には何とも親しめない風景だった。

……師匠のいうほど、いい国じゃない。往き交う男達の呼吸の短かさ。眉《まゆ》のけわしさ。なるほど、元《げん》には、野盗や戦さや悪税が、いつも百姓をおびやかしてはいたが、そんな虎に囲まれたような一生を送ってはいても、連中は、大地と一緒に悠々と呼吸を合わしていた。無理な感じがなかった……。

……浄因は、師匠の、息のつまるような愛し方を思い出して、やはり、師匠は日本人だったんだ、と今さら思った。

唐人服を着て散歩しているのである。彼の異様な風体にいつも子供が何かわめきながら、前後に群っていた。

「子供だけは、浙江《せっこう》の子等と変らない」

彼は、子供達が袂《たもと》にぶら下ったり、背中を押してくるのを、いつも笑いながら、するにまかせていた。

彼が、何かいうと、子供達は大よろこびで、わあ、とはやす。言葉が通じなくても、彼等との間には気持の疎通に何ら不自由はない。すっかり仲良しになってしまった。

「そうだ、饅頭を作って、この子らに呉《く》れてやろう」

そう思いたつと、やっと毎日の暮しに目標が見出《みいだ》されたような気がして、妙に気負い立った。走るように帰って、雲水に手伝を頼んでうどん粉を練った。

饅頭といっても、現在の、ふかしたメリケン粉に餡《あん》を包んだあれではない。第一、小豆《あずき》の餡というものはまだ出現していなかったし、砂糖も真珠のように貴重な時代で、これを調味料として食品に使用されず、よほど贅沢《ぜいたく》な宴席で膳《ぜん》の上に一つまみでも載せられておれば、大したものだったのである。

浄因が、どういう饅頭を作ったのかは、史実に探りにくい。恐らく干柿などの乾燥果実をどろどろに煮つめてメリケン粉に包み、油で揚げたようなものではなかったろうか。

——翌朝、起きるとすぐ、出来上った饅頭をザルに入れ、河原の石積場に行って、子供らの集まるのを待った。

「少し、早過ぎたかな」

霧が、川瀬を這《は》って行く。

一刻《いっとき》も待った。背中が、やっと陽《ひ》で温ったころ、いつもの顔ぶれ三人四人と出て来た。

その一人一人の手に饅頭をにぎらせた。

むろん、子供たちの誰も、こんな食物を見た者はない。それどころか、彼等は、柿や橘《たちばな》の実を食った僅《わず》かな経験を除いて、間食というものを与えられたことがなかった。

「おっそろしく、甘え《うめ》」

みな、血相を変えて頬張《ほおば》った。

見ている内に、浄因に涙がにじんで来た。

(おれにも、子供があるんだ——)

別れたとき、梅精は妊娠していた。順調に行けば、もう生後十月は経《た》っているはずである。

（子供……。ああ梅精！）

浄因の血は、今さら、逆流した。血の流れの中に、どす黒い悔恨が、にじみ始めた。

（あのとき、なぜ、おれは駈落ちしなかったのか。勇気がなかったのだ）

梅精の円《つぶ》らな眼、白い顔が、嬰児を抱いて伏せているのが、はっきり見えた。

と同時に、この男にはかつてなかった感情の激流が、セキを切って流れはじめ、矢庭《やにわ》に、手近の子を抱きしめて狂ったように、

「梅精！」

と、遠くへ叫んだ。

正平六年十一月は、南北両朝廷の和議が一時的に成立した年である。北朝の天子「崇光《すこう》」が十八歳で廃位され、正統を主張する南朝の後村上天皇が吉野を出て正式に神器を受けられたが、翌年閏《うるう》二月には、早くも和平破れ、後村上帝は吉野にのがれ、尊氏とその子義詮《よしあきら》は、再び北朝を樹《た》て「後光厳《ごこうごん》」を擁し奉った。時に、「後光厳」おん年十五歳の少年天子であった。

次の年の師走《しわす》二十七日、即位の式が行われた。百官、心から御門《みかど》の万世《よろずよ》を寿《ことほ》いだ――とはい

い難い。その年の六月に、南軍俄《にわ》かに力を得て、洛北神楽岡《かぐらおか》で北軍を破ったため、新帝は、義詮に護《まも》られて美濃に敗走され、九月になってようやく勢を盛返し、南軍を追って、京を攻められた。つまり、即位はその三カ月目に行われたのである。即位の儀式こそ、尊氏が自己の政治的宣伝のため、綺羅《きら》を飾ったが、新しい玉座は、きわめて不安定なものであった。

新帝の日々も亦《また》、憂い多いものであったに違いない。

尊氏と義詮は、暇ある毎に参内《さんだい》して天機を奉伺《ほうし》した。粗豪で情もろく、親分肌な尊氏に、帝は伯父を見るように懐《なつ》かれた。自分を擁立する尊氏らの政治的意図がどこにあるかを洞察するには帝はあまりにお若くあったが、北軍の軍族とともに、南軍を時には追い時には追われるうちに、尊氏に対し、血よりも強烈な共同運命観を抱かれたことは想像に難くない。

少し、物語の本筋から離れたが、渡日後の浄因の運命にはしなくも、新帝が転轍器《てんてつき》の把手《とって》を握られることになったのである。

新帝は茶がお好きだった。尊氏の軍隊の流れるままに草深い山野に一夜を送られることがあった折も、お手許《てもと》に茶壺は離されなかった。ある夜、茶を用いたのち、何気なく点心《てんじん》を口に入れて、はっとされた。……これは、妖《あや》しいばかりに甘い。歯ざわりの柔かさ、舌に沁《し》みる感触……一体今の点心は何か、と左右に問われた。

「まんじゅう、とか申すものでございます」

尊氏どのが帝の徒々《つれづれ》に、と献上したものであると答えた。

このとき、茶器の係りをしていた、咲耶《さくや》という若い命婦《みょうぶ》が帝のおくつろぎの様子に狎《な》れて、問われもせぬ饅頭の由来を語った。

「いま、町で童共《わらべども》が、こんな唄を歌っております。

まんじゅ
まんじゅ
浄因さんのまんじゅは
あもうござる
浄因さんのまんじゅは唐渡《から》り

……………………


この饅頭は、建仁寺に住む元人が作ったものだそうでございます」

「ああ、それで想い出した。その元人とかは、建仁寺の禅師が連れて戻られた男ではないか、禅師から聞いたことがある」

竜山禅師は、帰朝後、五山の師家《しけ》として、時々宮廷で、禅塀を講ずることがあった。

「姓は林《りん》、名は浄因、町では大へんな人気者と聞いております。毎日、ざる一ぱいの饅頭を作っては、近所の子等をよろこばせていますとか……」

帝は、いたく興を持たれたようである。

「とにかく、大変なものを齎《もたら》した男ではある。我々は、甘いものといえば、木の果《み》しか知らなかったが、この男は果実を手で作る方法を伝えた。大きくいえば、日本の食物の歴史に一つの革命をあたえたわけだ」

いちど、顔をみたい……翌日、使者を竜山の許にやって、その旨を伝えしめられた。

数日後、帝は御学問所で竜山を接見されながら、庭へ廻って控えている浄因を見られた。

「老師。生涯、日本に留まって技法を伝えてくれるよう浄因に申し伝えられよ」

と若い帝は、多少はしゃぎすぎるほど、ご機嫌の様子だった。

「京は、騒がしい。いつ兵燹《へいせん》が見舞うやも知れず、厭気《いやけ》がさされては困る。で、静かな南都に住いと土地を探させよう」

竜山は、御意《ぎょい》を謹んで承《う》けた。日本に帰ってからは、不思議と、浄因への愛情に余裕が出来たようだ。以前の、咳《せ》きこむような愛情は、やはり異国にただ一人という特殊な環境に依《よ》ったものであろうか。奈良にやって、静かな生活を送らせるのもよかろうと、御意を自然な気持で受けることが出来た。

帝は、気が早い。何日かを置いて、奈良に支度が出来た、すぐ移るようにと沙汰《さた》があった。

奈良の新居に移り、仕事場を造って、何人かの職人を相手に、いよいよ専門的に饅頭を作りはじめた。一月に一度は必ず京に赴いて、師と御所に奉伺した。仕事場は、隆盛を極めた。現在でも奈良に「林小路《はやし》」という町名が残っているほど、浄因の存在は派手なものとなった。

一年ののち、浄因に「大和大掾《やまとのだいじょう》」を許すとの破格の御沙汰があったころ、師の竜山の使いを受けて、急ぎ上洛《じょうらく》した。

「浄因。嫁を貰《もら》え」

藪《やぶ》から棒の話である。しかし竜山は、笑いもせず、急に威儀を正して、

「有難くも、天子の思召《おぼしめし》である」

浄因は驚いた。が、ふと、あの若い天子の、まだ童形《どうぎょう》の失せぬ顔を思い出して、悪い気でなく、くすりと吹き出しそうになった。

(帝は、まだ子供でいらっしゃる。饅頭が余ほど気に入られたと見えて、わしをこの国から離すまいとされる……)

ちらり梅精の顔が浮んだが、それはもう別世界の人として諦めていた。あの天子を失望させてはいけない……そんな人間的な気持を、ふいと、万乗の地位の人に対して持った。

……………………

夫妻《みょうと》の盃の儀式が挙げられるまで、妻がどのような女か名すら聞かされなかった。聞きたいと思うほど、浄因にもこの結婚に強い関心がなかった。

妻は、咲耶といった。宮中の命婦であった。読者は、先刻、記憶されている筈《はず》である。この物語の中で、二番目に出て来た女性名だから。

咲耶は決して美しい女ではない。頬骨が高く、やや吊《つ》り眼気味であったが、気象が勝ち、和漢の書に教養が深かった。浄因が名も聞いたことがない中国の古典を、すらすらと読んだ。結婚後まもなく、彼女は、浄因が意外に無教育なのに呆《あき》れ、さも失望したように、

「あなたは唐土の人と聞いたから、さぞ高い教養をお持ちだろうと思ったのに、ただの職人ではありませんか」

と舌を鳴らした。

もと御所の命婦である。天子の御意をもって嫁《とつ》いだ。……気象の勝った女だけに、どうしてもこんな意識が言動に出た。

結婚後、浄因は、忘れようと思っても、梅精の顔がいよいよ強く思い出されるようになり、つい、今の妻と比べては暗然とした。

それに、彼は、渡日後、数年も経《た》つのに、不思議と日本語が片言ほどしか覚えられなかった。多弁な妻を相手に終日黙っていることが多かった。

渡日後、十年目の秋。

そぞろ、底冷えが身に沁む日の夕暮のことである。軒下で飼っていた四十雀《しじゅうから》に餌をやろうと籠《かご》を開けた途端、小鳥が、ひょいと浄因の手首に止まり、そのまま一直線に飛び立ったかと思うと、土塀に当って落ちた。近づいて見ると無惨にも頭を砕いて死んでいる。浄因は何か、不吉なショックを受けた。

「咲耶。四十雀が死んだ。何か凶事があるのでないか」

咲耶は、長男と向いあって素読を教えていたが、口許をかすかに歪《ゆが》めて取合わなかった。このころ夫婦の間に、七つを頭に、三人の男の子が生れていた。

五つの次男も、傍に坐って長男の素読を聞かされている。咲耶は、二尺もある細い棒を持って読み誤るたびにピシピシ子供の手首を打っていた。

(師匠が、もしや……)

はっ、と思い当って、浄因は慌《あわ》てて土間に駈けこみ、足ごしらえを整えて街道筋に飛び出した。奈良から京へ十里夢中で走った。

(竜山和尚が亡くなられたんだ。きっと、そうに違いない)

新田辺の駅から馬を借りて走った。建仁寺の山門を駈込んだころは、丑《うし》刻を過ぎていた。寺僧が数人、境内を忙しく往来《ゆきき》していた。暗闇の中で、その一人の袖《そで》をとらえた。

「老師は、老師はどうされた」

「あっ、浄因どのか。遅かった。老師は五刻まえに、禅定中、遷化《せんげ》された。卒中じゃ。……遺《い》偈《げ》を静かに唱え終られる、矢庭に、浄因故郷《くに》へ帰れ、梅精が待っておる、と驚くばかり大声を張上げられて、それっきりじゃった」

浄因は、へたへたとその場に崩れ、大声で哭《な》いた。

泣き疲れたころ、胸腔の中に異質の新鮮な空気が充満して来ると同時に、涙が自然と乾きあがって来た。浄因は、ふらふらと立ちあがった。方向も定めず二、三歩あるきだすと背骨が妙にピンと張って来た。躰《からだ》の中で伸縮している血管が、触れると音がしそうなくらい緊張しているのが全身の皮下に感じられた。浄因はうんと両腕をのばした。

「おれの腰に結びつけられた紐《ひも》はもうない。おれの頭を押えていた被《かぶ》り物はもうないぞ」

浄因は、いまはじめて、この地上に生れて来たような気がした。

そして、遠く木蔭の向うに灯の明るい方丈に向い、

「師匠、国に帰ります。梅精のもとに帰ります」

と叫んだ。

すぐそのあと、浄因の足が、はっと止った。

「師匠は、梅精との事を知っていた！」

凝然として、松の木立の上にチラつく星空を仰いだ。（知っていて師匠は死ぬまで温く黙っていてくれた……）涙が、再び、激しくせきあげて来た。

その夜から、浄因は、都の知人や奈良の家から消息を絶った。数カ月後、彼が江南の故郷へ指して海を渡って行ったことが風の便りで都に聞えて来た。梅精と幸福な半生を送ったかどうかは、何も伝えられていない。浄因が、日本に遺した子供たちの一人は、その後京で菓子司となって饅頭の技術を伝承し、いまにいたるまで中京《なかぎょう》に饅頭屋町の町名を遺したが、元禄のころ系譜が絶えた。

森の美少年

花妖譚一

初出「未生」一九五六年一月号。福田定一名で発表。

古代ギリシャ人の夢の園に住んでいたナルキソスは、類《たぐ》いまれな美少年であった。アポロのような捲毛《まきげ》と、ぷっちりと可愛く閉じた唇、そして、長いまつ毛に蔽《おお》われた美しい眼は、森や泉に住む妖精《ニンフ》たちを、ひとめで恋の虜《とりこ》にしてしまった。

彼の日課は、猟だった。毎日、森から泉へと渉《わた》りあるいた。雉《きじ》や兎《うさぎ》を獲るのではない。彼の矢は、妖精の魂を狩る。すべてのドンファンがそうであるように、彼は、自分の魅力に強烈な自信をもって、いかなる乙女も自分の魅力を無視して生きることはできないとかたく信じていた。

こうした信念がいかに軽薄であるかは、どの妖精も知っている。知っていながらも妖精たちは、ナルキソスの口車に乗り、その美しい頸《くび》に腕《かいな》を巻きつけた。彼は、そうした女の心理を知っていた。第一級の美女をしか狩らないのである。彼と唇を合わせるには、森で最も美しいという資格が必要なのだ。女にはすべて自分の美しさに自惚《うぬぼ》れがある。私こそはナルキソスの恋に相応《ふさわ》しい相手であろうと……。

彼はただ、その心理を利用するだけで、いつも、新しい妖精に不自由しなかったのである。だまされた妖精の数は、限りもない。なかでももっとも哀しい最期《さいご》をとげたのは、エコーであったろうか。彼女は見捨てられると、森の奥に隠れてしまい、洞穴や崖《がけ》の中などに住んだが、悲しみのために次第に肉体は衰え、ついに声だけになってしまった。今も深い山に住むあの谺《エコー》がそうである。

しかし、エコーのような妖精ばかりではなかった。泣寝入りは彼を増長させるばかりである気の強い妖精は、復讐《ふくしゅう》の女神に祈った。「女神よ、ナルキソスに真の恋を覚えさせてください。しかも、その恋は必ず破れるようにして下さるのです」と。

復讐の女神は迷った。ナルキソスのようにたかぶった美少年に、はたして真の恋を覚えさせることができるだろうか。しかも、その恋には前途に破たんを用意しておかねばならない。しかしたれがあの美少年に真剣に恋されて裏切るようなことをするだろう……。

女神はしばらく思案にふけっていたが、やがて頬《ほお》に当てた指を離して、素晴しい考えに膝《ひざ》を打った。さっそく恋を司《つかさど》る女神を訪ねて何事かを打合せた。

その日から幾日か経て、ナルキソスは、ついに恋を覚えた。

このドンフアンにとって、真に恋と名づけうる最初のものであったことは疑いもない。思慕が、彼の胸をさいなんだ。

そもそものはじめの日、ナルキソスは森を駈けまわって咽喉《のど》に灼《や》けるような渇《かわ》きをおぼえた。眼の前に、泉があった。

彼は葦《あし》をかきわけて水際にゆき、肘《ひじ》をついて伏せ、水面に唇をつけようとした。はげしい驚きにうたれた。

水の中に、たとえようもない美しい乙女がいたのである。彼は最初、それがこの泉に住む美しい水の妖精だと思った。彼女は、魅惑にあふれた唇をすこし開けて、彼の抱擁を待っていた。彼はやにわに接吻しようと唇を寄せた。しかし空《むな》しかった。つぎに水に手を入れてその乙女の肩を抱こうとしたが、ただ水に手を濡《ぬ》らしただけだった。

やがて、それが自分の姿であることを知った。しかし、いちど胸に灯《とも》った恋はあとで相手が何者であると知ったにせよ、消えるものではない。彼は日ごと泉にかよい、夜は星のあかりに姿を映して、虚《むな》しい恋の逢瀬《おうせ》をつづけた。

逢せられない恋の運命《さだめ》が、恋の女神の手から死神の掌《て》に移されるというのは、古今渝《かわ》りもないことである。やがてナルキソスの顔色はしだいに悪くなり、痩《や》せ衰えてついには死んだ。

愛の悲しみというのは、たとえ相手が自分を見捨てた憎い男であるにせよ、憎悪をいくらかきたてたところで、ついには心の底で消しきれない何かが残るところにあるようだ。ましてその男は死んだ。ナルキソスの死を聞いた森の妖精たちは、森の花々が一時に萎《しぼ》むほどにかなしんだ。彼女たちは、芳《い》い香のする木をさがして薪《たきぎ》をつくり、ナルキソスの美しい死体を焼こうと、泉に行ってみた。ところが死体はどこを探しても無く、ただ一茎《ひとくき》、ナルキソスが伏せていた水辺に、すずやかな草花が微風にそよいでいた。やむなく妖精たちはその花に名付けて水仙《ナルキソス》（narkissos）と呼んだという。

さて、美少年ナルキソスは死んで池畔に咲いたが、このほかにもう一茎の水仙《ナルキソス》が、われわれの体の中にも住んでいる。

自己愛《ナルシシズム》という潜在意識がそれである。

浴室からあがって、下着をまとうまでのあいだ、自分のからだを鏡にうつしてうっとりと見《み》惚《と》れる。そういう意識を、精神分析学者はナルシシズムと呼んでいる。ふと飾窓《ショーウインド》に映った自分の姿に一瞬心を魅かれるというのは程度の差こそあれ、たれしもの心に潜んでいる意識である。水仙は、水盤の中だけにあるのではない。あなたがどう否定しようと、その球根はふかく胸の奥に根をおろして、ときどき美しい花をひらく。

チューリップの城主

花妖譚二

初出「未生」一九五六年三月号。福田定一名で発表。

tulip《チューリップ》の伝来についでは、良質な史料はすくない。もともとは、アジアの高燥な高原地帯が原産地であったろうといわれる。ことに、落日の美しいペルシャ草原に、色とりどりな群落を作って花の女王らしい姸《けん》を誇っていたろうことは、その語源がtulipan《チューリパン》 turban《ターバン》つまり「回教徒の帽子」なるペルシャ語であることでも推察できる。おそらく、花弁のかたちから連想された名称にちがいない。

一五五四年、トルコからはじめて西方に伝わった。

いま世界最大の球根輸出国といわれるオランダに入ったのは一五九一年、日本でいえば天正十九年、豊臣秀吉が朝鮮出兵の令を発した年である。おそらく、オランダの国民性と自然環境がこの花に適していたのであろう。またたくうちに国を挙げてのチューリップ熱がふっとうし

「セベル・アウグスタス」という名の新種など、球根一個一万三千フローリン（一フローリンは現在の日本円でほぼ百円程度）という高値をよんだ。ついに政府は、その不法な投機的売買を禁《きん》遏《あつ》し、その余波を受けて政界の大物の失脚する騒ぎまで起したという。

日本に伝来されたのは、明治初年というのが妥当だろう。それ以前には、現在の史料には記録はない。

ところが、奇妙な話がある。

天正八年正月十七日、二十二歳の青年が自殺した。遺骸《いがい》のそばに、辞世を認《したた》めた一葉の短冊のほかに、青年が生前愛したという見なれぬ花が一輪、あでやかに挿されてあったという。

この自殺の記事は「太閤記」に記載がある。が、花については「別所《べつしよ》家家譜」という古文書のほかは記載がない。

この花こそ、チューリップであったろうという考証家がある。むろん、どれほどの論拠があるわけでもない。第一に、天正八年といえば一五八〇年である。チューリップがヨーロッパへ入ってわずか三十年にすぎない。当時、ポルトガル船やオランダ船が多少日本列島に接触していたことは史実にもみえるが、そのうちの物好きな船長がこの花を船室で愛し、交易のさい日本人に贈ったということも考えられないこともないにせよ、しろうと眼にも妥当性にとぼしい。

しかし、史実よりも物語を愛したいという人には、この話は、恰好《かつこう》なロマンに満ちている。

青年の名を、別所長治《ながはる》とよぶ。播磨国《はりまのくに》三木城の城主である。

戦国の動乱期に人と成ったが、幼時から文事を好み、とくに南蛮の事物に接することを喜んだ。南蛮といっても、当時の国内事情から推せば、せいぜい堺の商人から鉄砲を購《もと》めるさいに、せがんで商人の乏しい見聞による紅毛の様子を聞く程度であったろう。時にはビードロの器《うつわ》などを買ってその奇態な輝きの中から、異質の文明へ、青年らしい壮麗な想像を馳《は》せたこともあったかもしれない。とにかく、この多感な青年にとって致命的な不幸は、戦国の時代に武士として生い立ったこと、しかも微弱とはいえ、城持ちの家に生れたことであった。

戦国の苛酷《かこく》な現実が、この東播の小さな城の石垣にも、怒濤《どとう》のように押寄せてくる日が、やがてきた。

天正五年、ちょうど桶狭間《おけはざま》の一戦より十七年目になる。尾張の一土豪の家から崛起《くっき》した織田信長が、ようやく天下に武政を布《し》きはじめ、本土最大の武力国家である中国の毛利氏を攻略する決意を固めた年である。が、中国への道は難《かた》い。第一播州海岸筋に豆をまいたようにある小独立国を掃蕩《そうとう》してゆくだけでも相当な兵力と日子が必要となろう。その上、それに手間取れば、新興勢力の悲しさ、足元を見透《みす》かされて諸方の豪族が蜂起《ほうき》して毛利と呼応するにちがいない。

信長はこの解決に軍事力をもちいず、いっさい外交折衝をもってしたことは、賢明であった。

沿道の小独立国のほとんどは信長に忠誠を誓い、ついに使者は、毛利との国境に最も近い三木城にもやってきた。長治に、もしあなたが織田勢に加担されるなら、毛利征伐の先鋒になって貰いましょう。そういう口上に、長治は青年らしく頰《ほお》を紅潮させた。

「武士に生れた冥利《みようり》というべきものです」

ところが、明けて天正六年三月、織田軍から使者が来て、軍議があるから加古川の城まで足労ねがいたいという。長治はもとより実戦の経験もなく武略にも明るくないため、叔父《おじ》の別所賀相《まさすけ》、老臣三宅治忠《はるただ》を代理として参向させたところ、信長の代官として小柄な異相の男が、すでに安土《あづち》から到着して地図をひろげて待っていた。

「羽柴筑前守秀吉です」

男は、物腰低くそう名乗って、今度主君信長より中国征伐の総大将を命ぜられた。ぞんぶんの御力添えを賜りたい、といった。

賀相らの復命をきいて長治はむっとした。

「右府《うふ》（信長）は妄言《うそ》をつく」

はじめ予を先鋒とするといったではないか、違約をした上、違約についての一遍のあいさつもなく部将の羽柴とかを大将に振替えている。なぶられても強者なれば尻尾をふるというこの戦国の世に、一片の潔《いさぎよ》い氷心をもった武士もいることを見せてやろう。

二千余の家臣に命じて籠城《ろうじよう》の支度をさせた。叔父賀相をはじめ老臣達が極力利を説いて反対した。秀吉は、おそらく主君信長が交したその約束については何も知らなかったにちがいない。彼も八方慰撫《いぶ》につとめたがついに長治の決心は変らなかった。

「ふしぎな若者ではある」

戦国権謀の習いのなかで、意地と潔癖で戦いをするという武将があるだろうか。秀吉は、このいわば世間知らずな青年に奇妙な愛着を覚えつつも、やむなく麾下《きか》三万の軍に三木攻略の令を発した。

当然自動的にも、長治は毛利方に加担したことになる。しかし、当時の毛利勢の兵力配置では、長治の城に応援する余裕がなかったし、また地理的にみても応援するほどの戦略価値をもたなかった。三木城二千の将士は、戦いの最初から望みない孤軍の運命に自ら入ったのである。

交戦半歳を経た。城方に負傷はほとんどない。というのは秀吉は専ら持久策をとり、矢戦《やいくさ》、白兵を仕掛けるのを避けて、城を厚く囲んで糧道を絶ったからである。

野鼠《やそ》、鼬《いたち》までを食いつくし、はなばなしい戦いもないまま、城は落城への道を急いだ。

攻囲軍から降伏勧告の使者が立った。使者の名は、黒田官兵衛であったともいわれる。城主長治は静かに答えた。「べつに筑前殿に対しては恨みはない。右府に、人間の自尊というものがどういうものかを見せたかっただけです。これで、私の一分《いちぶ》は立った。城士には何の罪もない。もし予が切腹するだけで籠城の士と家族の命を扶《たす》けてくれるならば降伏しましょう。容《い》れられねば全軍の肝血を城壁に塗るとも戦うまでです」

秀吉は、快くその条件を容れ、開城の日、主従最後の訣《わか》れをされよと、酒肴《しゅこう》を城中に贈った。長治は白装に着更《きが》えて、将士を労《ねぎら》ったのち、城内を一巡し、敵将の好意のこもる酒を酌んで従容《しょうよう》と屠腹《とふく》した。今はただ恨みもあらじ諸人《もろびと》の命に代るわが身と思えば、辞世の歌はこうである。遺体のそばに馨《かお》った花は、蒲生氏郷《がもううじさと》が愛した油筒の花挿しの写しというものに、一輪くっきりと活けられ、大輪の花びらは可憐《かれん》な濃桃色を示し、雄芯《ゆうしん》は黒く、一見して百合《ゆり》とも蘭ともつかなかった。検視に立ち会った織田方の医師鰍沢泗軒は、南蛮花ノゴトクニ候ヒシと京に伝えている。

こう語ってきて、私の連想は、それから百二十年を経た元禄十四（一七〇一）年三月十四日にとぶ。この日同じく播磨の若い城主が自害した。千代田殿中での侮辱に堪えかねついに白刃を抜いて五万石を棒にふった浅野長矩《ながのり》である。彼も花ことに桜が好きであったという。自殺の日は、青い嵐が江戸の巷《ちまた》を吹き渡って、落花がことにはげしかった。花を愛した矜《ほこり》高い二人の青年武士の魂に、同じく、美しい狂気が棲《す》んでいたとは、はたして偶然なことであろうか。

黒色の牡丹

花妖譚三

初出「未生」一九五六年五月号。福田定一名で発表。

西紀一七〇〇年前後といえば、中国の清《しん》、康熙《こうき》帝のころである。山東省淄川《しせん》の人蒲松齢《ほしようれい》は、八十を過ぎてなお、神仙怪異を好むことをやめなかった。

詩文は蘇東坡《そとうば》より佳《よ》く、学は古今に渉《わた》るといわれながら、終生不遇に埋もれ、晩年は都を捨てて故郷に帰り、日常は、官吏試験を受験する郷党の子弟のために、私塾を開いて文章を講じた。白髪は束《つか》ねず、疎髯《そぜん》は胸をおおい、眼光はふしぎな光をはなって、夫子《ふうし》自身、鶴の化身《けしん》か何かのような、ただごとでない妖気《ようき》が漂うた。おそらく、永い不遇の生活からきた気骨の歪《ひず》みが、そうさせたのであろうか。神仙怪異を好んで、韜晦《とうかい》をこととしたのも、あるいはそのせいであったかもしれない。

鄙伝《ひでん》によれば、この人、毎日、大きな甕《かめ》をかついで往来に据え、その横に芦《あし》で編んだ座布団をのべて悠然と胡座《こざ》し、旅人を見れば呼びとめて茶を馳走《ちそう》したという。茶は、まんまんと横の大甕に満たされてある。さらにその横にタバコが用意してあって、喫茶がすむとそれを勧める。無料である。しいていえば、談話取材料が、その茶とタバコとみるべきであろうか。旅人を呼びとめては、咄《はなし》をせがむのである。それも通常のものでなく、何か諸国を歩くうち妖怪奇異を見聞しなかったかということなのだ。

「聊斎志異《りようさいしい》」十六巻、四百三十一節の怪異譚はかくて出来あがった。こんにち、世界最大の奇書といわれ、中国人の卓抜した想像力と、ふしぎなリリシズムを代表する説話文学として不朽の賞讃をうけている。

その松齢。八十五歳のとき、彼の庭で一茎の牡丹《ぼたん》が黒色の花をひらいた。

牡丹は当時の通念として紅もしくは白色の花であり、培養種には黄またはその系統の色はあったが、黒というのは、かつて聞きおよばない。ついでながら、牡丹は、中国本土の固有花である。大唐の栄昌期には最も流行をきわめたが、漢民族がこの花を賞《め》ではじめたのはさらに有史前後に遡《さかのぼ》り、培養しはじめてからも、すでに数千年を経る。美称した代表的な詞語としては、例の欧陽脩《おうようしゆう》の「天下真花独牡丹而已《てんかのしんかひとりぼたんのみ》」があり、周茂叔《しゆうもしゆく》は、この花の性格を一言に評して「富貴」とよんだ。人生の栄華と天下の太平を最も豊かに象徴するものとして、シナ代々の風流人は、牡丹を限りなく愛したのである。

さて、八十翁松齢も、その一人にほかならない。中庭に百茎ばかりの紅白を植えて天下の富貴美をたのしんでいたのだが、とつぜんその花の中から黒花が出たることには大いに心を傷《いた》めた。不吉のしるしであろうかと、まず、自分の死の予感に、くらい不安の雲が湧《わ》く。あるいは、吉兆であろうと思い返したがさて人生八十を過ぎて、果してどういう佳《よ》い事が考えられるか、金が転がりこんだところで冥土《めいど》へ持参できるものでもなく、今さら都から使いがきて、大官に取りたてようという僥倖《ぎょうこう》も、期待するほうが無理である。死を待つばかりの年になって、ことさら、天は死を暗示しようというなら、ふざけもすぎようというものであろう。松齢はその花を見るたび不快になる。

松齢は相変らず往還に出て、旅人たちの奇話をきいた。きいて帰ると、部屋の窓に黒い几帳《きちょう》をおろして陽《ひ》を遮り、一穂《いっすい》の燈火をたよりにその話を書く。隙間風《すきまかぜ》がふきこむたび、ゆらゆらと燈《ひ》がゆれて、机に寄りかかる松齢の影法師が部屋中におどった。

ときどき鈴を鳴らして家人に茶を求めたが、彼の身の廻りの雑務をする尚少年でさえ、彼の書斎に入るのを厭《いや》がった。あるとき婢女がいよいよ扉をあけて中をみると、数体の人骨が生けるように、ことことと彼の廻りをあるき、そのうちの一体は、じっと彼の肩越しに彼の書くものを見ていたというのである。きゃっと声をあげると忽《たちま》ちこの人骨は消え、松齢がうしろをむいて「何だ、騒々しい」と、平常と変らなかったという。婢女は、たった今の怪異を、松齢に告げた。しかし、松齢は驚いたふうもなかった。

「うむ、そういうこともあるだろう。俺は、べつだん、気付かなかったが、俺がいま書いているのは、人間の愛情の執念ということだ。常山の人絹麗《けんれい》といった少女は、容姿人にすぐれていた。百人の若者が恋をし、六人の若者が彼女と情を通じたというが、ある年の冬、その絹麗が死んだ。若者たちの歎《なげ》きは、ひとかたではない。六人のうち三人は、ついにこころが狂って、一人は常山の南麓《なんろく》の柏樹《はくじゅ》に帯をかけて縊《くび》れ死に、一人は常山の東麓の槐樹《かいじゅ》の下で鴆毒《ちんどく》を仰いで悶死《もんし》し、一人は常山の北麓の松樹の下で、自ら雪に埋もれて凍え死んだ。今なお、厳冬の満月の夜、月が北麓を照らせば松樹の下で、南麓を照らせば柏樹の下で、東麓を照らせば槐樹の下で、それぞれ絹麗と情けを交わす若者の姿が見られるという。人間の執念は、かくもおそろしい。わしが神気をこめて書きすすめるうち、筆尖《ふでさき》に神《しん》がこもり、文字に霊がみなぎり、ついには神霊相合して若者と少女の魂魄《こんぱく》をこの部屋に惹《ひ》き寄せたのであろう」

そう呟《つぶや》いて、松齢は窓際にあゆみ寄り、黒い几帳を引き開けた。暮方の薄い光がさっと部屋に射しこんで、外を見る松齢の姿を、墨絵の中の人物のように、ぼんやりと浮きあがらせた。

窓は、中庭に面している。中庭の南隅には古びた亭《ちん》があり、亭を中心に、百株にちかい牡丹が、残照の中に、みごとな妍《けん》をきそっている。紅、白、黄とながめゆくうち、松齢の視線は、いやでも、中央あたりにある大輪の黒牡丹に止まらざるをえない。

「ええ、また、見た。見まいと思うのだが、紅白の中のシミのようなものだから、ついつい、眼がそこへ行く。黒は、ひっきょう、吉ではない。凶の象徴を、部屋の南に置くとは福寿を妨げるものであろう」

松齢は机にもどり、手筺《てばこ》の中から長さ五寸ばかりの双刃《もろは》の小刀子《こがたな》をとりだして、

「剪除《せんじょ》するにかぎる」

と、部屋を出ようとした。その、出ようとする松齢の上膊《じょうはく》に、かるく触れた手がある。

「玉桃《ぎょくとう》か。え?……」

下婢の玉桃にすれば、狎《な》れ狎れしすぎるといぶかって、ふりむくと、部屋中が、ぼっと明るくなっているような錯覚におそわれた。玉桃ではなく、見も知らぬ少女である。十八ぐらいでもあろうか。松齢は八十五歳のこんにちまで、これほど美しい女を見た例《ため》しもなかった。部屋がぼっと明るくなったように錯覚したのは、この女の異常な美しさのせいであったろう。しかし、松齢は、弱年より剛勁《ごうけい》をうたわれた人だし、八十五年の風霜をへて肉も骨も、すでに古蒼《こそう》に達している。少女の美しさをみて、心気の惑うところはいささかもない。で、やさしく、無断で他人の書斎に入る非礼をたしなめようとして、

「あなたはどこから来られた。どこのひとだ。李家の人か。董家《とうけ》の人か。いや、李家や董家には、あなたのように美しい娘はいなかったはずだが……」

少女はそれには答えず、にこにこと明るく笑って、

「お剪《き》りになるのでしょう、あの牡丹を。よくないことです。生命あるものを断つばあい、断つにふさわしいすぐれた理由がなければなりませぬ。ただ剪り捨てるだけなら、その生命を断った償いを、あなたの生命をもってしなければならなくなるでしょう」

一つの生命の償いを、それを断って他の生命をもって償わねばならない……、これはたしかに松齢に応《こた》えた。八十五歳とはいえ、人間は生命の執着から逃れられないものである。

「では、断たなければよいのか」

「断たなければ、あなたの生命の上に、必ずよい酬《むく》いがありましょう」

少女は、どこへともなく去って行った。

松齢はそれからまる一夜、ほとんど寝もせずにぼんやりと過し、朝、陽が上ってから、こんこんと眠った。眼がさめたときは、すでに陽も沈み、誰が点《つ》けたか、燭台《しょくだい》の上にあかあかとゆれる燈があった。

起きようとすると、枕許《まくらもと》に人のけはいがする。見ると、あの少女であった。ふしぎな微笑をうかべて、じっと松齢をみつめている。

薄い絹を通して、胸がしずかに息づいていた。その息づきをみて、松齢は激しい咽喉《のど》の渇《かわ》きをおぼえた。なんとしたことであろうか、咽喉がかわき、かわくばかりか、体中の脈搏《みやくはく》が狂う

ように鼓動した。そして、やにわに少女の肩に掌《て》をやろうとしたとき、少女は、ついと身を避けて、松齢へ、手にした鏡を渡したのである。鏡をみて、松齢はあっと声をあげた。その声さえ若かった。なんと、鏡の中の松齢は十八ぐらいの若者ではないか。

その夜から、松齢と美少女の、耽溺《たんでき》の長夜がつづいた。うつくしい愛のことばが天の星よりも数多く二人の枕の間で交わされ、あくない愛の行為が、すべての時を停止して夜も日もなくつづけられた。

それから数日を経たある朝、ふと、下婢が松齢の書斎にはいると、松齢は崩れるように机の上に突っ伏し、その肘《ひじ》の下に書きかけの原稿が散乱し、さらにその白い紙の上には真黒い牡丹の花弁が六、七ひら、無惨に枯れ散って、松齢の瘠《や》せた手には、こぶしも固く一茎の牡丹が握られていた。

清ノ康熙帝五十四（一七一五）年の五月なかばの朝である。大著「聊斎志異」の作者、蒲松齢は死んだ。享年八十五、字《あざな》を留仙、号を柳泉といった。

松齢は、花の精が美女に化して現実の男性と交情するという説話をよく書いた。異花には、ときに激しい香りを放つものがあるという。松齢は、おそらく、その黒い牡丹を小刀子をもって剪ったのであろう。そしてその花芯を嗅《か》いだにちがいない。花の精気の香りが彼の意識を狂わせた。花をもって机に帰ったとき、すでに彼はふしぎな酩酊《めいてい》の中にあった。そしてこんこんと意識を溷濁《こんだく》させたまま、自然死に至ったにちがいない。

烏江《うこう》の月

謡曲「項羽」より

花妖譚四

初出「未生」一九五六年六月号。福田定一名で発表。

烏江《うこう》の野は、かぎりもなく広い。水ははるか下流を天に融かして流れ、対岸は春烟《しゅんえん》のなかに遠く緑の一線をかすかに泛《うか》ばせている。

岸辺に、小高い丘があって、名さえなかった。四囲二町ばかりの、灌木《かんぼく》と粗草《あらくさ》のはえた変哲もない丘であるが、ただひとつ、春もすこし闌《た》けた頃になれば、丘全体に暈《ぼ》っと、紅味《あかみ》が蔽《おお》って、遠くからみると、一望水と野の淡緑の景色の中に、ただそこだけが一点、血を落したような妖《あや》しさがあった。

いや、近づいて見れば、それも何のふしぎさもないことである。ただその丘だけが、時期になれば、それこそ繚乱《りょうらん》と噴きこぼれるように芥子《けし》の花が咲き盛っていたからだ。

はて、西紀前二〇〇年ごろであったろうか。シナの漢のはじめ――とすれば、今から二千百五十年ばかり昔のことだ。シナに、古代文明の光が燦然《さんぜん》とかがやいた頃であり、史書「史記」によれば、垓下《がいか》の県城からこの烏江の岸辺一帯にかけて、凄惨《せいさん》な天下分け目の戦いが行われてまだ数十年も経《た》たぬころであった。

一人の農夫が、その血の丘で草を刈っていた。

この男は、対岸の梨花荘《りかそう》に茅舎《あばらや》をもつ名もない百姓だが、ほとんど毎日、日課のようにこの丘にやってきては薪《たきぎ》を拾い、草を刈り、そして、芥子の花を摘む。夕刻になれば、背に負った薪や草の上に芥子の花を蔽って、全身真紅《まつか》な色に濡《ぬ》れながら、烏江を渡って帰るのである。

芥子の花を摘むのは風流韻事のためではなく、自分の部落の梨花荘の人々の鬼事(先祖の祭事)の供花《くげ》として売るのが目的であるらしかった。

その日は、春も暮れに近いころであったといわれる。

草を刈り進んで、ふと、鎌の手許《てもと》の暗さに気づき、顔をあげてみると、落日はすでに烏江の下流の水平線に、力ない光をたゆたわせていた。

「ほい」

男は、あわてて道具を仕舞い、草と薪と花をまとめて、大急ぎで丘を降りはじめた。しまった。いつのまにこれほどの時間が経ったのか。渡舟《わたし》はもう出たのではないか?

丘を降りきって、よたよたと背中の荷物を気にしながら岸辺の方へ走った。何気なくみると、それは赤い人魂が、ふわふわと薄暗《うすやみ》の中をかすめ飛んでゆくようでもあった。

「おおい、渡舟は出たかあ」

走りながらさけぶ。さけぶというより、この広びやかな風景の中にあっては、嘶《いなな》くような、驢馬《ろば》のようにのどかに嘶くといった、悲しげな間のびがある。

「ほい、ほい」

岸辺に着いた男は、着くなりぺたりと腰をおろしてしまった。舟はとうに出て、見渡すかぎり暗銀色《にびいろ》に光る水面には、人の影一つなかったのである。

風がにわかに冷たくなった。ざわざわと岸辺の水葦《みずあし》を掻鳴《かいな》らして、さなくも心細い男の肝《きも》を、無情に撫《な》で縮めた。

男は、途方に暮れ、思案もないまま、背の花束から一輪ずつ芥子の花を千切っては無心に嘴《くち》にくわえ、ぺっと唾《つば》とともに吐き出した。

吐き出された花は、一輪ずつ水に浮び、やがてゆっくりと葦の間を流れて行った。

「仕様のねえ……」

ゆさりと荷を揺すって、ぼんやりと起《た》ちあがったとき、何という幸運なことか、はるか向うの葦の間を渡って、ぴちゃぴちゃという水の音が聞えてきたのである。

「よう……」

渡舟かあ、とどなってみた。すでに四囲《あたり》は暗く、透《す》かそうにも背よりも高い葦が水流の向うまで茂って、近づく舟が分別できなかった。ただ、ぴちゃぴちゃと音がする。どう聞いても、水が舟端《ふなばた》を叩《たた》く音だ。艪《ろ》の音さえするではないか。

「渡舟かよう……」

どなるまでもなかった。葦の茂みの中から一艘《いっそう》の舟の影があらわれ、船頭が飄々《ひょうひょう》と薄暗に霞《かす》んで艪を操ってきた。

「梨花荘の——どのか、ご精だったな。さ、乗られるがよい。お渡し申そう」

お渡し申そう？　妙な武人のことばを使う親爺《おやじ》だと思った。しかも、おれの名を知っている。おかしな船頭だと思ったが詮索《せんさく》するよりも飛び乗る方が先だった。ゆらりと舟は揺れて草と薪と花を背負った男は、舟中の人となった。ぎい、ぎぎいと舟は岸辺を離れる。葦の林の間をくぐって、舟は水流の中に出たが、それから小一時間も漂わなければ対岸へは着けない。烏江はひろい。闇《やみ》はすでに濃く水面に垂れて、気づくといつの間にか団々たる月が、東のかた桃花村のあたりに懸っていた。

「月が出たな、春が匂《にお》うようだ」

中流に漕《こ》ぎ出たころ、舟のともで艪を撓《しな》わせていた船頭が、ぽつりと呟《つぶや》いた。男がみると、船頭はまるで金色の月光に満ちた天地の中で、ただそこだけ、人型に黒く抜きとったような感じでゆらゆら舟を操っていた。いや船頭ばかりではなく、渺茫《びょうぼう》たる水と、限りなく晴れ渡った月光の天しかないこの宇宙を、自分と船頭と舟だけが、ふわふわと水ともなく空ともない境に漂い進んでゆくのではないかと覚えた。

男は何となく怖れを感じて、

「あの、梨花荘の岸には、まだ――」

と問いかけると、

「はは、客人。この良夜に、何を急がれることがあろう」

船頭はそう云《い》って、ともから足音もなく、男のいる苫《とま》の方に入ってきた。

いかつい顔である。眼だけが、ひえびえと光っている。というより、瞳だけがぼっと霞んで、ふしぎと動きがない。そのくせ、笑うと思わず手をとりたいような親しみが湧く。最初はさほどとは思わなかったが、こうして背をかがめて苫の中に入ってくると、おそらく七尺はあろうと思われる魁偉《かいい》な男だった。

「酒がある。さあ、この觴《さかずき》を手にされい」

どこからか瓢《ひょう》をとり出してきて、草刈男にすすめる。男は、すくんでしまって、後じさりしながら、

「いや、舟に乗せて頂いた上に、御酒まで頂いては……、そ、それよりも早く岸へ」

「なに、舟は刻《とき》さえくれれば向う岸へ着こう。それまでゆっくり、さ、その觴を干されい。はは、ご遠慮には及ばぬ、渡しの舟賃は応分に頂こうでな」

「応、応分にとは？　い、いくらなんで」

船頭は笑って応《こた》えず、ゆっくり觴を口許にもっていったが、ふしぎとその眼だけは笑っていなかった。笑わぬ眼は、じっと凍りつくような冷たさをもって、草刈男の傍《かたわ》らに置かれた芥子の花の束を凝視《みつ》めていたのである。草刈男は、その眼をみて、わけもない戦慄《おののき》が背筋を走った。

「うむ、その芥子――」

船頭はみるも悵《いた》ましい表情に変り、笑わぬ両眼を、しばと瞑《つむ》った。氷のような眼が閉じられた拍子に、ふしぎにも船頭の姿は掻き消えた。そして、一瞬後、再び開いたときは、やはりその魁偉な風丰《ふうぼう》は、歴《れき》と草刈男の前に在ったのである。いや、ただ、それは気のせいであったかもしれない。何しろ一瞬のことであったからだ。

「その芥子、芥子一茎でもよい、わしに賜《たも》らぬか。今宵の舟賃に――」

「け、芥子を……」

草刈男は、一茎とはいわず、ありったけの芥子の束をつかんで船頭の方へ押しやった。船頭はそれをとりあげ、その魁偉な風丰には似合わぬ狂おしさで、ひしと掻抱《かきいだ》き、みるみる両眼か

ら涙をにじませて、

「済まぬ。ながくこの期《ご》を待った……」

おどろいたことには、あれほど冷たかった船頭の両眼が、にわかに血が通いだしたように、温く生々と輝きはじめた。

「あっ……」

草刈男は、異様なものを見て、がくっと、飛びのいた。舟べりの横木につかまって、黒い唇を、ひくひく痙攣《けいれん》させた。眼窩《がんか》が、拳《こぶし》で押しつぶしたように暗く見開き、面《おもて》から血の気が下った。

「あ、あ、あ」

しがみついた。たしかにそれは、舟の横木であったはずが、剣のように削《そ》ぎたった岩肌に抱きついていた。両脚を投げ出した下は、いつのまにか、ざらざらとした砂地に変り、此処彼処《ここかしこ》に、黒々とした血が吸いこまれていた。

船頭を見よ、彼が胸にひしと抱きしめていた芥子の束はいつのほどか芥子ではなく、一個の女体に変り、女は紅《くれない》の軽羅《うすぎぬ》を乱して船頭の腕を巻きつけていたばかりか、船頭じたいすでに先程の藍色《あいいろ》の粗服ではなく、銀色の盔《かぶと》を頂き、金で縁取った鉄甲を着し、右肩と左腕からすさまじい血を噴き流して、みるみる胸の中の紅羅《こうら》の女を濡らしていたのである。

烏江の岸だ。いつのまにか、景色は烏江の岸にもどっている。雨を孕《はら》んだ雲が、陰々と地と水を圧し、陰風が吹きしきるたび、とどろくような馬蹄《ばてい》の響きと、干戈《かんか》の鏘音《しょうおん》が天地を蔽った。

「げえっ」

草刈男が、そう叫んで身を伏せた。彼の肩に、ばさりと血まみれの男の死骸《しがい》が倒れかかってきたのである。

草刈男は腰を抜かしたまま、あたりを見廻した。もはや、どうにでもなれという悪正念《わるしょうねん》の据った面付《つらつき》で、眼の前の不思議のすべてを眼で見、耳で聴きつくしてやろうと思ったのである。

いま自分に倒れかかってきた屍骸は、花を抱えた船頭、いや、女を小脇《こわき》に引寄せた銀甲《ぎんこう》の偉丈夫が斬《き》ったものに違いない。偉丈夫の右手《めて》には、ぎらりと残照に光った長剣が、刃元から血を引いて濡れていた。

「虞《ぐ》よ――」

偉丈夫は、うつむいて、自分の胸の中の女に語りかけた。

「虞よ――」

雲足《くもあし》のわずかな隙間《すきま》に顔を出した夕陽が、男の微笑を凄惨に隈取《くまど》った。まだ、三十を越して間もない若々しい笑顔だった。

「ぎゃっ」

云う間も背後から襲いかかった敵の歩卒を無造作に斬り下げ、

「ははは、羽《う》の命運も、ここに極まったかとみえる。下相《かそう》の街の不良児より身を起し、孤剣戦野を馳駆《ちく》してついに百万の軍を催し、大秦帝国の天下を卵殻《らんかく》のごとく踏潰《ふみつぶ》したのはまだ数年前のことではないか。項羽《こうう》、名は籍《せき》。昨日までは西楚《せいそ》の覇王《はおう》として四百余州を震撼《しんかん》させた俺が、これは何という様《ざま》だ、いまは従う敗兵わずか十数騎、自ら漢の歩卒を払うのにいそがしい。虞よ、もっと俺を抱け。力は山を抜き、気は世を蓋《おお》う英雄であろうと、運命から見捨てられた時は、この烏江の岸に茂る葦よりもあわれなものだ。垓下の一戦が宿敵漢の劉邦《りゅうほう》をして天下を取らしめ、この俺をして天下を喪《うしな》わしめた。虞よ、抱け、お前が抱く銀甲の男は、もはや天下の主《あるじ》ではなく、あの葦よりも弱い唯《ただ》の人間にすぎぬ。虞よ、なんじも楚王の妃《きさき》ではなく、いまや烏江にうらぶれて立つ一個の敗残者の愛人でしかない。もっと強く抱け、誰に遠慮が要《い》ろう。いまこそこの天地にただ二人で寄添う素裸な男女にすぎないではないか」

横合から、再び漢卒が鉾《ほこ》を繰出してきた。それを「人の恋路の邪魔をするな」と血煙の中に斃《たお》し、返す刃を左手から来た騎馬の男に振りかぶったとき、「あ、待った。李彊《りきょう》です」——全身、血を浴びた部将の一人だった。

「王、もはやここは支えきれませぬ。防ぎ戦う者、わずか七騎に成り果て申した。やがて漢軍の主力が押寄せて参ろう。さ、お渡りなされ」

「渡る？　どこを――」

「この烏江をです。辛《かろ》うじて見つけた舟が、この下の水際に繫《つな》いである。破舟に近いとはいえ、王と妃だけは乗れましょう。我等は、ここに踏止《ふみとど》まり、王の渡られる間は、魂魄《こんぱく》が粉々になろうとも防ぎ戦いましょうず」

「彊よ、それは無駄というものだ。無事、烏江を渡りきったところで、どうなる事でもない」

「何と弱気な。妃、妃。王をお離しなさい。我等はこうも弱気な王に命を託した覚えはない。王よ、覇道海内《かいだい》を蓋うといわれた項王よ、烏江を渡れば江南三千の健児が、なおあなたの号令を待っている。江南の父老はこぞってあなたのために子弟を貸すことでしょう。だのに、なぜ生命を粗末にされる」

「いや、止《よ》そう。俺の掌には、もはや運命の糸は、一寸ですら残っていない。江南でたとえ三千の兵を得たところで、それはみすみす死地へ追いやるだけのことだ。彊よ、さきの垓下の戦いの夜を覚えているか、城を死守した最後の夜、城外に満ちた百万の漢兵が、悉《ことごと》く楚の歌を唱《うた》うのを聞いたであろう。四面すべて楚歌して、もはやこの四百余州にこの項羽を援《たす》ける誰もないことを俺は悟った。

　敵王劉邦とは少年の頃よりの宿敵だったから、俺は奴のことなら顔の黒子《ほくろ》の数まで知っている。力や軍才、それは俺のほうがやや勝《まさ》ろう。しかし、奴はふしぎな男だ。ふしぎな幸運を背負っている。俺は運に負けた。何の愧《は》ずる所があろう。命運の尽きたとき、それを潔《いさぎよ》く享《う》けるのが、男児というものだ。俺はここで死ぬ。明日からは漢の天下となる。俺がここで死んでやらねば、漢の天下は来ぬではないか。——虞、お前も死んでくれような」

虞夫人は、無言のまま、項羽の胸の中で強く叩頭《うなず》いた。

項羽は彼女を軽々と抱き上げ、李疆の方をむいて「永らく苦労をかけた」と微《かす》かに会釈《えしやく》をし、矢礫《やつぶて》のとぶ中を、まるで花園を散歩する人のように悠々と歩き出した。数歩ゆけば小高い丘がある。項羽は虞夫人を抱いたままその丘を半周し、やがて凹《くぼ》みをみつけると、そっと、虞夫人を草の衾《しとね》に寝かせた。

……項羽が虞夫人を抱いて丘を半周したとき、草刈男もまた、それに惹《ひ》かれるごとくよろよろ立ちあがって、あとを蹤《つ》けた。

眼を見開き、顎《あご》をだらりと垂れ、見開いたこの男の眼は、もはや、眼の前で展開されている奇怪な情景に、何の反応も示していなかった。一体、どういうことであろうか。項羽——この名は聞いたことがある。梨花荘の百姓でさえ知っていた。漢の高祖劉邦と天下を争って死んだ英雄の名である。その寵妃《ちようき》虞夫人はたしか歿年十八、楚国第一の美人といわれた。その程度の常識が、この男の喪われた思考力の中であわあわと脈絡もなく明滅した。

虞夫人は、項羽の頸《くび》に巻きつけた腕に力を込めて、ふるえる朱唇《しゆしん》で相手の唇を求め、項羽は虞夫人の細腰を抱き締めて、激しく抱擁した。

「唯の男と女で死ぬさ」

唇を離した項羽はそう笑った。

虞夫人の瞳から、きらきらと涙がふきこぼれて、美しい頬《ほお》を伝った。すうっと、頬を伝ってゆく涙が、つと頬の半ばで止まった。項羽の右手に秘めた短剣が、虞夫人の乳房の下を貫き通したのである。

項羽は虞夫人をそっと草の上に横たえ、胸と裾の乱れを直してやると、自分は夫人の枕辺に胡坐《こざ》し、長剣を取上げて頸筋に刃を当て無造作にぐいと引いた。

血は、二人の折重なった屍《かばね》の間からとめどもなく流れ、死体を真紅に浸し、やがて丘の草を染めはじめ、折柄《おりから》始まった落日の赤光に融けて、草蔭に佇《たたず》む草刈男の視野は、みるみる天地、真紅の一色と化した。

やがて男が眼を開いたときは、眼の前になにものもなかった。月もいつしか落ちて、一面の闇と、葦を渡る風音と、そして潺々《せんせん》たる烏江の水声のみが、天地に在った。

驚いて起ち上ると、衣が夜露に濡れきってべとりと背筋をおびやかした。わしは、この岸辺で眠りこけていたのであろうか、あれは夢であったのか。夢にしては――思わず後ろをふりかえった。何もない。左を見、右を見たが、いつも見馴《みな》れた烏江の夜景にすぎなかった。そのとき、ひやりと肩ごしに頰へ触れる者があった。「けっ」とおびえて、右手で摑《つか》むと、じとりとして濡れた感触……掌をひらいて、思わずとり落し、はっと地上に落ちたのを覗《のぞ》きこむと、それは、夜目にもしるかった。朱色を深く湛《たた》えた、芥子の花一輪だったのである。

このとき以来、中国では芥子の名を虞美人草と称《よ》んだ。その色は虞美人の血を吸っていよいよ朱《あか》く、烏江の岸辺には、暮春ともなれば地を蔽って、今なお繚乱と血色の花をひらいている。

匂い沼

花妖譚五

初出「未生」一九五六年八月号。福田定一名で発表。

すこし温かすぎるな、そう思って子青《しせい》は窓を明けた。なまぬるい夜気が頬《ほお》をなでる。春には、まだ間があろう。変に蒸《む》せる晩だった。

明けおわって、書見の机にもどった。で、ひろげた経書《けいしょ》に眼を曝《さら》そうとしたのだが、こんどは、窓から送られる微風に灯火がゆらいで、書見がすすまない。

腰をあげて、手元の紙で燭《しょく》を蔽《おお》い、再び机にもどる。すると、匂《にお》いがするのだ。妙に気が散る晩である。

(何の匂いだろう)

書物から眼をはなして、鼻を利《き》いた。微息《びそく》できくと、ほのかに甘い。

重く吸いこむと、粘りを帯びた生々しい香りに変る。さらに大きく息を吸いこめば、頭の皮下を、葦《あし》の葉末でくすぐられるような、かるいくるめきさえ覚えるのである。

（ふ、落着かない晩だなあ）

そう苦笑しながら、たちあがって、窓際にちかづいた。なるほど、これは、風である。ではない、風に乗った匂いなのである。

外をためしてみようと、子青は、庭先へ出た。闇《やみ》のなかに、春が満ちているようである。露草を踏みながら、子青は今宵《こよい》の気の散りように多少のうろたえを感じ、一刻《ひととき》も早く気を鎮《しず》めて書見に打込まねばと、焦りを覚えていた。

宋《そう》の人《ひと》遼子青は、咸西《かんせい》の書生である。

三十を過ぎても、娶《めと》らなかった。悲願があったからだ。

春も半ばに闌《た》けると、子青は、咸西の町から北西十里の向うにある県城の街へ出て、科挙《かきよ》の試験を受けねばならない。ことしで、十二度目であった。

科挙とは、中世シナの、官吏登用試験である。科挙に、郷試《きようし》、会試《かいし》、殿試《でんし》の三段階があり、郷試とは、文字のとおり、郷土の県城で受ける初級試験のことである。最高試験の殿試、つまり都の天子みずからが答案を見る殿試に合格してはじめて大官になれるのだが、別段大官を志さなくても、郷試、会試に合格した程度で、生涯の栄耀栄華《えいようえいが》は、まずくるいがない。中世シナにあっては、官吏ほどうまい稼業《かぎよう》はなかったからである。

その科挙の内でも、初等の郷試の試験に、子青は十一年受けつづけ、十一回落ちつづけている。

別に、鈍根《どんこん》というわけではない。幼時、郷党の人々から神童と囃《はや》され、白皙《はくせき》長身の骨柄人品とともに、人中之白馬《じんちゅうのはくば》といわれてきた男である。十一回の落第は、何も子青の恥ではなく、この試験の極端なむずかしさに、理由は尽きる。

しかし、弱ったのは、貧《ひん》ということだ。亡父から譲られた宏い邸《やしき》も、手を入れぬままに軒は傾き、亭は朽ち、庭は背を埋めるほどに草がのび、町の人々は遼家の鬼館《きかん》とよんで、邸内を通り抜けることとさえ、薄気味悪がったほどである。

子青はその鬼館で、身の廻りをする孩子《しょうねん》とただ二人で住んでいた。

孩子が煮《に》焚《た》きをし、子青は薪《たきぎ》を拾う。華奢《きやしや》な肩に負子《おいこ》を背負い、片道五里ほどもある羽山《うせん》の渓谷に分入って、馴《な》れぬ薪集めをするのである。

だが、いつまでも、そういう生活も続かない。働いて得るという収入がないからだ。

(今年、合格しなければ、俺はどうなるんだろう。もう倉には何もない。米塩に代えられるほどの家財は、すべて代えた……)

飢死《うえじに》だな、そう思って、子青は、そっと首筋を撫《な》でた。科挙の試験に三十幾回か落ちてついに家産を食い果たし、傾いた家の梁《はり》に紐《ひも》をかけて縊死《くびれじ》んだという老書生の話も聞いている。

庭を歩きながら、子青の気持は妙に落着かなかった。いつの間にか、庭の北西隅にある池の畔にまで来た。池は水草と灌木《かんぼく》の茂みが水面を隠して、むしろ池より沼というにふさわしい。相変らず、匂いがする。するというより、この闇の中で、ゆたゆたと満ちているようでもあった。子青は、頭痛がした。匂いのせいだろうか。

沼のそばに、一抱えばかりの薪がほうり出されてあった。今日の夕方、羽山の谷から背負って帰ったものである。

薪につまずきかけて、一跨《ひとまた》ぎし、二、三歩あゆんでから、ふと気付いて、再び薪のそばに引返した。

(はて、この薪が——?)

子青は、しゃがんで、顔を近づけてみた。匂いがする。触れてみると、じっとりと露を含んでいた。香木か何かが雑《まざ》っていて、夜露を得て芳香を発したものだろうか。それにしても、この匂いは奇妙だった。粘っている。皮膚や粘膜にねばってくるような、快い感触がある。

ふと、子青は女を想った。ここ七年、子青は女というものを断っている。さて突如浮んだ女体への連想が、この匂いとどういう脈絡があるのか、そこまで子青は考えなかったけれども。

そのまま書斎に引返して、子青は読書をつづけた。鼻が馴れたのだろう、もう匂いは感じなかった。ただ、軽い頭痛だけは残った。そして、微《かす》かな血のざわめきも、夜更けまで醒《さ》めなかった。

書斎の隅に寝台がある。その寝台横の壁に古人の詩句が、子青の筆蹟で貼《は》られてあった。あの詩句のように、もし今度の考試で落ちれば、もはや生きては郷関をくぐるまい。そう子青は毎夜のように思いつつ、薄い蒲団《ふとん》の中へもぐるのである。学若《も》シ成ラズンバ……子青の生きた時代にあっては、学とは、科挙の受験勉強そのものを意味した。死ストモ還《かえ》ラズ……ああ何と多くの青年が、この壮烈な言葉のもとに、青春を空費していったことだろう。自分もまた、他の大多数の科挙受験生と同じく、十年二十年と受験を重ねるうち、人らしい生きる楽しみも忘れて老い朽ちてゆくのであろうか。そう思うと、子青は、無間《むげん》の地獄をのぞかされたような、暗い絶望感におちいる。

いつの間にか、眠り入った子青の寝顔に、一筋の涙が乾き残っていた。毎夜、寝入りばなになると、勉学の辛《つら》さと、前途への疑惧《ぎく》がつい子青に眼尻を湿らせてしまうのである。

ふと、物の気配がして、子青は眼をさました。何だろう。あわてて枕許《まくらもと》をさぐり、手燭をつけようとすると、ほのかな香りに気づいた。なんだ、先程の匂いか、それで眼をさましたのか。拍手抜けがして、手にした燧石《ひうちいし》を寝台横の卓子に返し、再び横になろうとした。

うとうとと眠り入ろうとしたとき、今度はあきらかな感触があった。瞼《まぶた》をあけると、燭台に灯が点《とも》っている。その傍に人影が動いていた。

「あ、お眼醒めでした？　申し訳ございません。枕を直して差上げようと思いましたら、つい手が触れて……」

「あなたは、誰です」

子青は跳ね起きて、声の主を見た。見も知らぬ女性が、そこに立っていたのである。

「まあ、ホホホホ……」

女は、可笑《おか》しくてたまらぬ風情《ふぜい》で笑いころげた。

「桂生《けいせい》の姉ではございませんか。何とお寝呆《ねぼ》けに……ホホホ、珠琴《しゅきん》でございますよ」

（あ、そうか）

子青はやっと安堵《あんど》した。が――

（待てよ。桂生に姉がいたかな）

桂生とは、下廻りをする孩子《しょうねん》である。その桂生に姉がいたか？　しかもこの女は、年来この邸に住んで、弟と共に俺の身の廻りを世話し続けてきたように云《い》う。わからない。俺はいま、夢でも見ているのだろうか。

（うむ、夢だ。夢ならどうせ臆面《おくめん》もない。醒めぬうちに、この女をとくと見てやろう）

子青は、眼を据えた。しかし眼を伏せた。妖《あや》しいばかりの美しさであった。子青は、不甲斐《ふがい》なく、慄《ふる》えがとまらなかった。が、そのとき、はたと気付くことがあった。

（なんだ、そうなのか。夕方から漂うていたあの匂いが俺の五官の底に滲《し》み込んで、こういう夢を見させているのにちがいない。夢の女と合衾《ごうきん》すれば延寿疑いないという。勇気を出せ、子青よ。あの玉のように白い腕を、そら、いまだ、握るのだ）

子青は、ぐっと彼女の腕を摑《つか》んでひき寄せた。女は、微笑を消した。そして、燃えるような瞳を子青の眼に焦《や》きつけながら、力の導くままに体をくねらせ、子青の膝《ひざ》に崩れた。

（さて、どうすればよい）

子青は、眼がくらむようだった。ながく女体を遠避けている子青は、心も体も、少年のように初心《うぶ》である。

まず唇を吸った。その温かみ、その感触、その匂い、おお、さきほど嗅《か》いだあの匂いと、まぎれもなく同じ香りではないか。

そのあとは、文字を憚《はばか》りたい。子青はひと夜、その匂いにまみれてのたうった。

翌朝めざめると、女はすでに居なかった。ただ寝床に、はげしい匂いだけが残った。

その夜も、女は子青の寝台を訪ねてきたのである。子青は云った。

「桂生にきいてみた。自分に姉はないといっている」

女は笑って、子青の両瞼を、軽く掌《てのひら》で撫でた。またお寝呆けなんでしょうという仕種《しぐさ》ととれる。すると、子青の信念は、事もなく崩れるのである。桂生こそ勘違いしている、逆にそう思いこんでしまうのだ。そして、あくない匂いの恋が始まるのである。

翌夜もそうであった。さらに翌々夜も。

ついに子青は、陽《ひ》が落ちると、そそくさと寝台にもぐった。と、風のように、女がやってくるのである。女の肉体は、まるで香《こう》の凝結のように芳《かぐわ》しかった。

それが、ひと月つづいた。

子青は、眼が窪《くぼ》み、肩の肉は落ちて、一月前とは眼に見えて衰えた。いや、女への情炎で衰えたというよりも、間断なく子青の心をおびやかす、苛責《かしやく》がそうさせたのである。

「俺は、何をしているのだ。このていたらくは何だ。科挙の試験が、あと十日に迫っているではないか」

その独り言をきいて、女は体を折りまげて笑いだした。

「ホホホホ、科挙の試験？　あなたは、まだそんなことを云っているのですか」

「離してくれ、後生だ」

「腕をこう？　ね、離してあげましたよ。さ、私は消えましょう、今夜から……。いい？　それでも、あなた」

「……」

子青は黙った。そして、うめくように云った。

「き、君は……敵だ」

「まあ、おそろしい云い分。まだ、わからないのね。ね、お聞きなさい。あなたがどんなに間違った人生をしているか。科挙の試験なんて悲しい執念。どうせ、通りっこないわ。そんなものに、人生で一番楽しい十年を、惜し気もなく磨《す》り潰《つぶ》しちゃうなんて、どういう了見かしら。人生に未来なんてない。あるといえば、死だけじゃないの。たしかに実在しているのは、死と、そして瞬間の生だけよ。わかる？　瞬間々々の集積だけが人生なの。その瞬間々々を楽しめば、やがて人生をちゃんと楽しんだということになるんじゃない？　たとえ通ったところで、どれほどのこともないわ。さ、楽しむのよ」

女は、子青の表情が崩れてゆくのを見極めると、その美しい頰で、彼の唇を蔽《おお》った。

それから三日経《た》った夜。

女はいつになく涙ぐんでいた。

子青が驚いて訊《たず》ねると、黙ってかぶりをふる。その様子が、先夜のそれとはまるで違って、はかなく可愛ゆげにみえる。

「どうしたの？　僕が気に障《さわ》るようなことを云ったかしら」

女は黙ってかぶりを振る。

腕をとって揺すぶりながら、なおもしつこく訊《き》くと、女は、意を決したように、口をひらいた。

「お別れに来たの」

「えっ」

「春が去れば、私の寿命も消えるわ。楽しみを永久に続けようと思うのが無理よ」

「あ、待って」

一陣の風とともに、女の姿は掻《か》き消えた。

子青はあとで、寝台の上に、一ひらの皓《しろ》い花弁を見出《みいだ》した。沈丁花《じんちょうげ》の花であった。やがてそれが、子青の庭の荒れはてた池の畔に咲いていたものとわかった。

子青は、その翌夜、つまり明日は科挙の試験が始まろうという夜に、沼へ身を投じて、不思議にも死体さえ浮ばなかった。

宋以来、中国の書生の間で、沈丁花を忌花《いみばな》として固く避ける風習が生れた。

睡蓮

花妖譚六

初出「未生」一九五六年十月号。福田定一名で発表。「別冊週刊サンケイ」（一九六〇年四月一日号）に転載。原題は「睡蓮と仙人」。転載時に改題。「吉野風土記」第六集（一九五八年一月一日）に「役の行者」の題名で転載されている。転載時は司馬遼太郎名。

小角《おづぬ》は十八歳のとき、つくづく人間稼業《かぎよう》がばかくさくなった。

（これ以上、人間を続けるのは、ムダというものだろう）

思案のすえである。これ以上人間をしていても、やがて大人になり、老人になるよりほかは、手のないことだ。とんびにも、猪《いのしし》にもなれやしない。せめてとんびにでもなれればどんなに素晴しいことであろうか。幼いころ、埴安《はにやす》ノ池の岸辺で、秋の空に舞うとんびをみながら、ああ、あれがいい、とんびになってやろうと決意した。松の梢《こずえ》にのぼり、あおい空をみつめながら、とんび、とんび、おれはとんびだ、心気をしずめ、一途《いちず》にそう祈念していると、当然なことだが、かれの両の腕がつやつやとした翼に変じはじめ、胸に焦茶の羽毛がそよぎはじめた。もうよかろう、折から来た一陣の風に、かれはすばやく乗った。しかし、どこに誤算があったのか、かれはうなりを生じて松の木の下へ落ちた。落ちた拍子に根株で脾腹《ひばら》をいやというほど打ち、たちまち気をうしなったが、ほどなく夜露でさめた。あわてて手足を探ると、やはりただの人間であったのには、おどろいた。しかし、これしきで絶望するほどなら、かれもただの俗物であろう。そのころのかれは、大人になるということに、もっと素晴しい希望をつないでいたのだ。大人になれば、とんびにも魚にも、なろうと思えば、思うざまになれるのではあるまいか——。それが、大変な買いかぶりであったとは、十七になってやっとわかった。人間なんて、どこまで行っても芸のないばかげた存在だ。おれはこんなばかげた存在から、どうあっても脱出せねばならぬ。死ぬんじゃない。生きて、脱出する。……小角は決意した。

白雉《はくち》元（六五〇）年の冬、小角は雪の葛城山《かつらぎさん》に分け入ったまま、消息を絶った。小角、役《えん》ノ行者《ぎょうじゃ》。没後、宮廷から諡名《おくりな》されて、神変大菩薩という。大和国葛城郡腋上《わきがみ》村茅原《ちはら》の生れ、血統は出雲《いずも》族である。

葛城の山に入ってまずかれが修行したのは、飛行術であった。山なみの南のはし金剛山から北はし二上《ふたかみ》山までのあいだ、尾根道をつたうだけでほぼ五里はあろう。かれはそこを走った。一日十回走ることにきめていた。ひとりで走るのではなく、よく飼いならした鹿十頭と一しょに走った。やがて、ただ走るだけではなく、一本歯の高足駄をはいて走った。一年たつと、こんどは鹿のほうがかれと走るのをやめてしまった。谷間へさしかかると、かれだけが、ぶうんとうなりを生じて、向うの山へ飛び越えてしまうからである。鹿のほうもばかばかしくなったのであろう。かれのほうも、もはや鹿には用がなくなった。谷間をとびこえられるなら、いま一歩思案を進めれば、そのまま天空へ舞いあがり、あの白雲のあとを追って鷹《たか》やとんびのように空に浮べるかもしれないのである。

しかし、羽がない。これは、致命的なことであった。羽がなくてはとべないか。小角は考えあぐんだ。やがて、ひとつの結論に達した。

この体の重さである。重さを、風よりも軽くすればよかろうではないか。かれはそれからの年、二上山の岩窟でひとすじに心気をしずめた。鎮魂帰神、この大気とわれとを合一させねばならぬ。小角はおぼえているだけの経文、呪文《じゅもん》をとなえ、精神を統一する。われと大気はおなじなり、われと大気は同じなり、エエ、われと大気はおなじなり。そう、気が変になるまで思いつづけ唱えつづけること、三百六十五日。ついにその三百六十五日目の夕方、とつじょ、胎中に涼風の吹きとおるような心境になり、しだいに意識が遠のきはじめ、こころよさ、いおうかたない。ふと気づくと、印《いん》を結んでいるはずの手がいつのまにか見えなくなり、腕に眼をやると腕はなく、体をみると体はまるで大気に融け去ったように影も形もみえなくなっているのである。思うほどもなく小角は大気のなかでゆらゆらとゆらぎはじめ、西風が吹けば東へ、東風が吹けば西へと流れて、そのまま葛城の山なみをはなれ、初秋の空をふわふわと泳ぎはじめた。埴安ノ池が天の青さをたたえて小さくしずまり、芝草の中の杉苔《すぎごけ》の一群れのように、こんもりと緑の隆起をみせている。なんともはや、役ノ小角はついに飛行術を心得た。

仙人になったと同時に、小角はアルピニストになった。葛城の山を出た小角は、それからというもの全国の山々を足のおもむくままに登るにいたる。なにしろ、今から千三百年も前のことである。登山装具といえば錫杖《しやくじよう》が一本に、一本歯の高足駄が一そく、着物もどうせ夏は木の葉ッパのつづりあわせ、冬はけものの毛皮でもかぶっていたのであろうか。むろんテントなんぞはもたない。山に登ると吉野川畔に棲《す》む国栖《くず》のひとびとのように山肌に横穴を掘って暮らした。

小角が登った山は、記録されているものだけでも千余はある。金峰山《きんぷせん》、大峯山上、高野山、牛滝《うしたき》、神峯山、箕面《みのお》など畿内《きない》の山々のほか、飛騨《ひだ》、常陸《ひたち》、伊豆、九州の諸高山があり、さらに不二《ふじ》にも登った。不二登山の最初の男といわれている。

不二は木《こ》ノ花咲耶《はなさくや》姫の化身《けしん》といわれる霊峰、小角にすれば、雲にかすむその頂きにこそ神の座にのぼる天の梯子《はしご》が架けられていると憧れたのであろう。小角はすでに仙人になっている。しかし、彼の夢はなかなかにそれだけで充足しきるものではない。小角の夢想はいまやさいげんもなくひろがっているのだ。生きながらにして仏になることはできまいか？　このまま生き身の姿で、仏の国に遊ぶことはできないものだろうか。この小角の夢想を嗤《わら》うものは、俗物のソシリを受けよ。小角は詩人であった。文字で遊ぶ詩人ではなく、自分の人生そのものを一篇の詩にしようとした男だ。すでに生き身の人間界とは、十七のときをかぎりに絶縁している。それからの小角は蚕が自分の体から吐きだした糸によってまゆをつくるように、自分の精神の中から吐きだした夢幻の国の中にのみ棲んだ。小角はすでに仙人である。しかし、仙人もなお人間であろう。人間とは完全に絶縁した世界、ゆきたいのはそこであった。

かれの夢想がそこまでひろがっていった裏には、それ相当な理由はあった。かれが不二にのぼったときは、流人《るにん》の身だったのである。文武帝の三（六九九）年、葛城山の麓《ふもと》に住む土豪一言主《ことぬし》という男によって、「小角は妖術を使って民を惑わす」と朝廷へ讒訴《ざんそ》され、そのために伊豆に配流《はいる》されている。かれはひとことの抗弁もせずに配所におもむいた。人臭い争いが小うるさかったのであろう。それに、伊豆にはまた、土地なりの素晴しい山もあろうではないか。小角は流罪をさいわいに伊豆一円の山々を跋渉《ばっしょう》し、大宝元（七〇一）年、ゆるされて畿内へ帰ろうとする途中、駿河《するが》路の空にそびえる不二の登頂を思いたったのである。しかし登ってはみたが、不二そのものからは、さしたる特異の感応はうけなかったらしい。遠くはなれてながめると、それは神のごとく清雅であり、頂から悠揚とたちのぼっている煙は、東《あずま》の夷《えびす》たちがいうごとく、山の精霊が天に捧《ささ》げる香煙でもあろうが、直接足でもって山肌にふれてみると、ふしぎと嵐気《らんき》というものがなかった。嵐気がなければ神は住まない、小角はそう思ったのである。

しかし、不二の精霊は、小角へなにものにもかえがたい一つの贈物をした。麓に小さな沼沢があったのだが、山を降りてきた小角がそこで水を掬《すく》おうとかがんだ。かれの眼の前に、ひとむらの睡蓮《すいれん》の花が、まるでかれを手招くかのように静かにふるえていたのである。なにげなく、かれは手をのばした。青い漣《さざなみ》が起って、睡蓮はついと彼のそばに近づくかと思うと、別の漣が水面を走って、花を彼の手のおよばぬ彼方《かなた》へと持ちやる。かれは何度かそれをくりかえした。花をとろうというのではなかった。かれはただ放心したようにそれをくりかえし風と漣と睡蓮とそしてその花を相手に、無心に遊んでいたにすぎない。黒砂の漠々とした不二の山肌から降りてきた小角にとって、この一茎の睡蓮の花は、妖《あや》しいばかりの美しさをもって彼の網膜を染めた。やがて初秋の天を蔽《おお》っていた銀色の鰯雲《いわしぐも》に茜《あかね》の色がさしはじめ、それがしだいに黯《くろ》ずみを増して、陽《ひ》は西のかたに落ちてゆく。暮れなずむ秋の光のなかで、小角は沼の水際にしゃがんだままるで痴呆のように花と遊んでいたのである。水面に夜の靄《もや》がたちはじめて、やっと小角はわれにかえり、ぼう然と闇《やみ》の中に立った。ふしぎな時間であった。何刻《なんどき》のあいだであったか、かれはまるで痴者のごとく過ごしたようである。美しいものへ放心できるこころ、これこそ世尊《せそん》の説く正覚《しょうがく》というものではあるまいか。かれは、豁然《かつぜん》として悟った――。この心を、常住座臥《じょうじゅうざが》、一分の迷いも瞬時のみだれもなく持続しうるものこそ、仏というものであろう。小角、いや優婆塞《うばそく》役ノ行者はここで仏となった。

小角、大和にかえる。しかし都《みやこ》にはたちよらず、そのままの足で吉野川をさかのぼり、大和、熊野、牟婁《むろ》の連山三百六十余峯をへめぐって、ついに大峯の山上ケ岳の頂上に至った。岩肌は風化して白《しら》け、天飈《てんぴょう》に吠える巨樹は、空を貫いて猛《た》けだけしいばかりである。小角は山巓《さんてん》の白い岩のうえに結跏《けっか》して叫んだ。「みよ、雲表につらなる遥かな峰々、これこそあの蓮の花びらのごとくではないか」人間を絶した雲上の峰で、小角の哄笑《こうしょう》は怪鳥《けちょう》の声のごとく天にひびきその想念はかぎりもなくひろがるのであった。大峯をとりまく山なみは花びらのごとく重なり、結跏するこの岩こそ、その蕊《しべ》のごとくであろう。あの不二の麓でみた睡蓮、この岩に結跏すれば、あたかも巨大な蓮台にすわるような心地がする。

浄土とはおそらくこういうところであろうし、仏たるもの、または仏たらんと思うものの座るべき場所は、地上ただ一カ所、ここをのぞいてはもとめえまい。

……小角はそう思い、戒刀《かいとう》をとって屹立《きつりつ》する岩肌に文字を刻んだ。「わが滅後五百年、あとを慕うて修行する者、必ず神明の出現をえて教化されん」――神仏わが志に感応せば、いまたちどころに此処《ここ》に示顕《じげん》せよ。そう、小角が咽喉《のど》も破れよと叫ぶと、たちまち天地鳴動して眼前の岩に大火光が発し、やがて忿怒《ふんぬ》の形相《ぎようそう》をもった男——右手《めて》に三鈷杵《さんこしよ》を振りあげ左手《ゆんで》に刀印《とういん》を結んだ金剛不壊《こんごうふえ》の一像が湧出《ゆうしゆつ》した。小角はそれをみて狂喜し、「大いなるかな、金剛蔵王《ざおう》！」とその幻像の名を頌《たた》え、そのまま くるりと背をむけ、錫杖をもって地を一打するや、雲海に消えたか、樹海に身をひそめたか、ついにその跡を絶った。時に、大宝元年の夏。以後、役ノ小角の記録はない。

菊の典侍

花妖譚七

初出「未生」一九五六年十一月号。福田定一名で発表。

むかし、菊の典侍《てんじ》とよばれる女性《にょしょう》がいた。

南朝の正平二(一三四七)年、流浪の宮廷が、吉野山にあったころのはなしである。

蔵人《くろうど》高辻のなにがしの娘で、十六のときに御所にのぼり、後醍醐天皇の後宮、新待賢門院につかえた。宮仕えしてまだほどないころ、吉水院の回廊ですれちがった若い公卿《くげ》が、その残り香に奇異を感じ、ふとよびとめたことがある。ふりむいた典侍は、その小さな美しい顔に、かすかな微笑をうかべながら、

「え? かおり? ホホ、あたくしは菊の典侍と申しますものを」

そのまま、裾《すそ》をさばいて通り去ってしまった。

典侍は菊の香りがするというので、それから評判が立った。衣に特殊な香《こう》を焚《た》きこんでいる

のか、それともその肉体そのものからたちのぼる香りなのか、いずれともさだめがたかったが、とにかく、若い公卿たちの女ばなしの中には必ず典侍の名が出るのが常となった。

「あなたも恋歌を贈ったのか」「うむ、三度ばかり。が、つれない仕儀であったよ。返事はなかった。……するとあなたも贈った口なのだな」

秋の野を露にぬれて臥《ふ》す。野菊が寝みだれるにしたがって狂うように伏し乱れるであろう光景を、たれしもが、典侍の上に連想した。あの小柄でやや昂《たか》ぶりをもった白い顔を思うと、野菊の原に狩駒を馳《は》せさせるようにおもうざまふみにじってやりたい残忍さを、たれしもがおぼえた。

典侍のこころは、しかし、つめたかった。

逆上した青公卿が「あなたはもののあわれということがおわかりでないのか」と詰めよったことが、なんどかある。そのつど、典侍は面のように表情をくずさず、ひとことも口を利《き》かず、どのふみにもうたにも、一字の返事も出したことがなかった。ついに「あれは無教養なのであろう」という評がたった。いや、当今《とうぎん》(今上)の寵《ちょう》をねらっておるのかもしれないとの評をたてる者さえあった。

といって、彼女の声価がおとろえたわけではない。

彼女は、さまで美人というほどではなかった。いかに女官のすくない南朝の行宮《あんぐう》とはいえ、典侍ほどの容色なら、他にいくらも立勝《たちまさ》る女性はいた。文藻《ぶんそう》がゆたかなのかといえばそれもあきらかではない。才気のほども、彼女の無口さゆえに、どれほどのものか見当がつかなかった。要するに、どことといって取り立てて魅力のある女性ではない。ただ菊の香、それだけが、不可思議なあやしさをもってひとびとを打った。

ところで、菊の香というものは元来、芳香とはいいがたい。沈んだかすかな芳香の底に、やや腥臭《せいしゅう》に似た青ぐささがある。その青ぐさい腥臭が、奇妙な肉体感をもって典侍のからだをつつんでいた。好きものにすればたえがたい魅力であり、典侍にすれば、それが不幸の種といえた。

正平二年九月九日、流亡の宮廷とはいえ、恒例の菊の宴がもよおされた。もともとこの宴を菊の節会《せちえ》または、重陽《ちょうよう》の宴ともいい、世が泰平であるならば、紫宸殿《ししんでん》に皇太子以下五卿が参入し、博士らを召して菊の詩を賦《ふ》せしめるのが故実である。

しかし、行宮には紫宸殿といえるほどの建物もない。月卿雲客《げっけいうんかく》とはいえ、時には弓箭《きゅうせん》をとり、甲冑《かっちゅう》を鎧《よろ》わねばならぬ戦乱の時代である。このとき、すべてが略儀で行われた。三位《さんみ》以上に菊の酒を賜《たま》い、一同、和歌を詠進する。儀といえば、それのみである。

その重陽の夜、典侍は局《つぼね》で形ばかり祝った菊酒の酔いをさまそうと、風を慕って門を出た。門の名を千秋門という。公卿たちが戯《ざ》れてつけた名前であろう。音は、都の御所の宣秋門につうじ、意味は、南朝の皇統の千秋なることを寿《ことほ》ぐ。しかし、ありようは、黒木のひくい四脚門なのであった。

門を出ると、すぐ、暗い谷が足もとをおびやかしている。

「いっ……」

典侍は、もがいた。いつ忍びよったのか、典侍の唇と胸を、男の大きな掌《て》がおさえている。と……、そのまま辷《すべ》って、ほそい両肩をだきすくめた。

「はははは、私ですよ。驚きましたか」

左近衛少将千種《ちぐさ》忠文が、白い歯を見せていた。のちに南朝の忠臣といわれた弾正大弼《だんじょうだいひつ》千種忠《ただ》顕《あき》の末弟で、兄に似た小肥《こぶと》りな白い顔と同じく兄に似た淫相《いんそう》な厚ぼったい唇をもっていた。

「なるほど、ひとの噂《うわさ》にたがわぬ。こう、抱きしめていると、酔うような菊の香がしますな。そう固くならないで、もそっと……」

千種忠文は、典侍を抱く掌に力をこめて、ぐっとからだをひきよせた。

典侍は、だまっている。雲間からもれるかすかな光が、典侍の眼を、猫の瞳のように青く変じさせた。

「な、こう……」

忠文の手が、典侍の裾へすべる。

「いけませぬ」

「は、それは無粋《ぶすい》な。想うひとでも、ござるのかな」

「……………」

相変らず、典侍はからだを固くしたまま、月の光のなかで、瞳をうごかさない。

「眼が、おうつくしい」

忠文は典侍の顔をのぞきこんでいたが、急に手をはなすと、

「たずねたい儀がある」

「……………」

「あなたの父五位殿は、先帝の二年、なくなられた。で、あなたは女院につながる縁にたよって京を引払いこの吉野に仕えられたと聞くが、話がそれだけならばよい」

「……………」

「あなたにはな、恋人がある」

え？　と、典侍は顔をあげた。

「従三位《じゅさんみ》侍従飛鳥井《あすかい》堯光《あきみつ》」

「……………」

「であろう。しらべた」

はじめて典侍の表情に、動揺の影がはしった。

忠文はそれを見てとると、左手の木間の闇《やみ》へむかって手をふった。

と同時に、一人の武者がおどり出、白刃をキラリともさせず、手にもつ太刀をまっすぐに押しのばした。

声もたてず典侍のからだは串刺しになる。そのまま、小さく崩れた。

忠文は、無感動につっ立っていた。やがて腰をかがめて、典侍の胸をひろげた。

「ふ……、匂うものだ。死んでも」

「かばねは、いかがはからいましょう」

「む?」

忠文は、すでに現場から背をみせてあるきはじめていた。そして歌を詠吟するような調子で、

「よいように。……焼こうと、埋めようと」

「芳野《よしの》襍記《ざつき》」におさめられた菊ノ典侍の記録は、ただこれだけのものである。

なぜ、典侍は殺されたのか。

「襍記」に、典侍と契《ちぎり》をむすんでいたという侍従飛鳥井堯光とは、北朝方の公卿で、足利一族と結び、南朝討滅の企てに活潑《かっぱつ》なはたらきをみせていた男である。

その恋人が典侍であるとすれば、飛鳥井侍従の秘命をうけて、南朝方の動静を京都へ報《し》らせていたのではないか。それが南朝方に知れて、千種忠文が究明を買って出、この挙におよんだのであろうという憶測もたつ。というのは、当時南北朝時代とはいっても、親子兄弟友人知己が吉野・京都の両派にわかれ、その血や恋のきずなを頼ってさかんな謀略 諜報《ちようほう》活動がおこなわれたふしがあるからである。

「芳野襍記」は、室町の初めごろに書かれた日記体の文章で、おそらく筆者は最初南朝につかえ、のち京都に隠棲《いんせい》した公卿ではないかとおもわれる。菊の典侍についていては、その容姿を意外な詳しさで記述しているほか、非業《ひごう》の最期《さいご》についていては、その理由は、はれものにさわるような態度で省筆している。

忠文の兄千種忠顕は、この事件からほどもなく足利直義《ただよし》の軍勢と比叡山麓《ひえいさんろく》で戦い、坂本で討死した。

忠文についていては、いかなる史料にも、この後、名を見出《みいだ》さない。

あるいは「芳野襍記」の筆者は、老残の千種忠文、そのひとではなかったか。

とすれば、この簡単な記述のうちに、忠文と典侍とのあいだに複雑な人間関係がえがきださ れるわけだが、ざんねんながら、それも憶測の範囲を出ない。

白椿

花妖譚八

初出「未生」一九五七年一月号。福田定一名で発表。「別冊週刊サンケイ」（一九六〇年四月一日号）に転載。転載時は司馬遼太郎名。

正徳年間（一七一一〜一六年）に刊行された「和漢三才図会《ずえ》」に、幻術のことが書かれている。

「按ずるに幻戯《めくらまし》は、他の眼を眩《くら》ますなり。本朝にも間々これあり。或は座中忽《たちま》ち水溢《あふ》れ、宛《あたか》も深淵《しんえん》に溺《おぼ》るるが如くにす。また、磁器に水あり。こつねんとして鰌《どじょう》数十尾生まれ、游《およ》ぎ走る。人四方にありてその去来を覩《み》るに、敢《あえ》て識《し》る者なし」

元禄のころに、塩売長次郎という者があった。江戸両国橋の畔に小屋掛けして、呑馬《どんば》術なるものを観せた。一頭の悍馬《かんば》を引出してきて、それを徐々に嚥下《えんか》する。最後の蹄《ひづめ》を口へ入れてしまうと、やがてそれを吐き出すのである。これも、前記三才図会に載っている。因《ちな》みに三才図会とは、江戸時代の百科事典である。

さて、塩売長次郎、塩売とは、むろん町人のことであるから姓ではなく、呼名である。もともと塩を商いとして、幻術を自得した。

その終りはあきらかでないが、晩年、浅草寺にちかい庶民街の一角に、小ぎれいな妾宅《しょうたく》ふうの一屋を構えて、時に頼まれれば病気の治療などをした。治療といっても、外科・内科のそれではなく、こんにちの言葉でいえば催眠術療法というものであろう。

京都府立医大のN教授は、下鴨《しもがも》の神官の家に生まれ、少年の頃から催眠術に興味をもっていたが、消化器学を専攻するにつれ、催眠術で治癒しうる病状のあるのに気付いた。もともと、アメリカの臨床医学界で古くから試みられている方法なのだが、N教授のいままでの経験だけでも、少からぬ治癒例を出しているといわれる。塩売長次郎の行った治療というのも、おそらくこれらと原理のつながるものであろう。

長次郎の晩年は身辺を世話する老婆一人を相手の、気随な独身生活であった。若いころはおそらく相応な色恋沙汰《ざた》もあったはずだが幻術などで憂身をやつして、ひとや己れの精神をいたぶっていると、ある時期から、ふとやみがたい虚無の世界に入ってしまうものらしい。——長次郎もそういうことであったのか、ほとんど外出もせず、朝夕、山茶《つばき》の盆栽をいじるだけで、気楽に日を消していた。

短軀《たんく》の、程よく肥《ふと》った柔和な顔立ちの長次郎は、どこからみても怪奇な術の使い手とはみえず、庭の盆栽棚で鉢の手入れなどをしている姿などは、富商の楽隠居のようにも見えた。

山茶、わけても白椿が好きである。つばきは、正しくは椿といわない。椿はセンダン科のチャンチンの漢字であり、山茶というのが正しい。

山茶のうちでも、蓮華咲きの八重大輪をつける雪白の「見驚《みおどろき》」を愛し、その栽培に妙を得ていた。

「見驚」の白さというものは、また格別のものである。咲き出《い》でた大輪を、長次郎は手で囲い、頬《ほお》で擦るようにしていとおしんだ。するうちに、おかしなことであるが、白花からたちのぼる清冽《せいれつ》な生気に、ひさしくわすれていた女性《にょしょう》への愛が、ふと胎中にうずくのをおぼえて、ひとり苦笑した。

そうしたある朝、式台に使いを迎えた。本所随一の富豪といわれた伊勢屋総右衛門の手代清吉である。

初の見参で恐縮であるが、当家に病人出来《しゅつたい》し、薬石はかばかしくなく、付添の医師も、いちど、長次郎どのの験《げん》を試みたまえとすすめます次第、いかがでありましょうか。表に駕籠《かご》も用意しましたにつき、これからお越し下さるまいか、という口上、富家の使いに似ず、いかにも慇懃《いんぎん》であった。

長次郎も閑《ひま》をもてあます身、快諾してその駕籠に乗る。着いた本所の邸《やしき》は、さすが音にも聞えたとおり、見えぬところに綺羅《きら》を埋めた豪奢《ごうしゃ》なものである。案内されて奥へ通り、庭へおりて、離屋にはいった。

主人総右衛門に挨拶《あいさつ》され、病室へ通った。そこで、主治医沢之井玄沢《げんたく》の下診《したみ》をつとめる町医から、病状についての一通りの報告をうけた。病名は労咳《ろうがい》（こんにちの肺結核）であった。長次郎は医者ではないから、病状に関する差出た質問はしない。

「で、御病人は――」

「当家のお嬢さまです」

これは、うかつであった。ここまで案内されながら病人が誰かということについては、つい訊《き》かなかった。当家の次女で、しずという。

病床の裾《すそ》に、金色もまばゆい桃山の古屛風《こびょうぶ》が立てめぐらされてある。その蔭から進み出て長次郎は枕頭《ちんとう》にすわった。

「しずさん、――とか申したな」

長次郎は横柄《おうへい》に話しかけた。そばで見ていた医師には、まるで人が化《な》り変ったかとおもうほど、長次郎の姿が雄偉にみえた。細い眼があやしく光って、病人を見据えている。被術者の魂を誘引する、施術の第一段階なのであろう。

「わしはかつて、七尺の悍馬を呑《の》み、海内《かいだい》に法術をうたわれた塩売長次郎じゃ。あなたの病気を癒《なお》すぐらい、いとやすい。かならずなおる。よいかな。わしは今日から二日おきに十五回、ここに参る。そのつど、あなたの病気は薄紙を剝《は》ぐごとく快《よ》くなる。十五回目、つまり今日から三十日目で、床上げと心得るがよい」

そう云《い》って、その日はべつに施術もせず、家の者を呼んで自宅へ走らせ、自栽の「見驚」のひと鉢を病室へはこびこませた。

三尺ばかりの木に、五輪ばかりの花が清楚《せいそ》な白さを誇っている。長次郎は鋏《はさみ》を借りるとそれを惜しげもなくきり落し、たった一輪、それもまだ青固いふくらみをもった蕾《つぼみ》のみを残した。

「よいか。この蕾が、あなたじゃ。よいな、この蕾を、しずと云う」

娘は枕の上で、こっくりをした。――美しい娘である。この病気特有の白い皮膚が、やつれた頬に透きとおるようであった。まつげのながい、大きな瞳が長次郎をすがるように見ている。

「蕾は、やがて、花をふきだす。ひらくにつれて、しずの病もなおる。三十日目に、みごとな白輪をひらくであろう。そのとき、しずも全快じゃ」

娘は、もういちどこっくりした。瞳は開いてはいたが、すでに被術者特有の靉気《あいき》がかかって、もはや、何も見えてはいない模様であった。

――蕾が、しずじゃ。

しずの魂は長次郎の強力な暗示の導きで、肉体を離れ、すでに蕾の芯に入ったかのようであった。

長次郎は眼顔で医者を促して、たちあがった。

部屋を出ようとして、ふと気付いて、しずを振りかえった。黒い眼が、まだ、パッチリと山茶のほうにむかって見開いている。

「しず。ねむれ」

娘は眼をつぶった。そのまま眠りにおちいった。

約束どおり長次郎は、それから二日ごとに娘の枕頭にたちあらわれた。

来るごとに「見驚」の蕾はふくらみ、娘の病状は快方に向ってゆくごとくであった。

むろん、それに併行して、その間も医師沢之井玄沢の投薬はおこなわれた。

玄沢は、かつて、伊達《だて》藩江戸藩邸詰の御典医として二百石、拝領した名医だが、先年隠居して家督を長子江庵《こうあん》にゆずり、閑居のつれづれのまま、とくに頼まれれば往診するといった気楽な境涯である。人柄に長者の風があって、日ましに熱もさがり血色もよくなってゆく病人の様子をみて、長次郎の施術のふしぎさを、素直に感じ入っていた。

やがて三十日目が来た。「見驚」の大輪はみごとに咲きひらき、娘は床の上に起きあがって食事も人並以上に摂《と》るまでに快癒した。

伊勢屋総右衛門のよろこびは、ひとかたでない。莫大《ばくだい》な金品を供にもたせて、長次郎宅をみずから訪れた。

「わざわざ、いたみいります。――ただ、明日もう一度だけ御病室を訪れます。ただし、これは私《わたくし》の用です」

その翌日のことである。

例によって長次郎は、飄然《ひょうぜん》と娘の病室をたずね、人払いを乞うた。

ちょうど、来合わせていた沢之井玄沢は、思うところがあって供の中間《ちゅうげん》に命じ、病室の天井へ忍ばせた。

長次郎は、じっと娘のしずの寝顔をのぞきこんでいる。

「しず――」

「はい」

娘は、夢寐《むび》のうちに応《こた》える。

「お前は……」

「山茶でございます」

「花は、ひらいたか」

「はい、見事に――。からだじゅうが、匂《にお》うようでございます」

「病いは、癒《い》えたな」

「はい」

そのとき、長次郎は、つと手をのばして、咲きひらいた白い花を、矢庭《やにわ》にもいだ。

と同時に、娘ははげしく絶叫し悶絶《もんぜつ》した。

天井から伏し覗《のぞ》いていた中間は、思わず口に手をあてた。

娘の顔が、死顔に変じたからである。

が、それも一瞬のことであった。長次郎は再び手にもつ花を、山茶の枝に還《かえ》した。どういう呼吸があるのか、花はみごとに枝の先に咲き香った。とともに、娘の顔に美しい血色が兆しはじめ、やがて瞳をひらいて枕辺にすわり、艶然《えんぜん》と花をながめた。

長次郎は、つと立って部屋を出、庭下駄をはいた。家人は、いつ彼が辞したのか夕刻まで気付かなかった。

ということの話は、沢之井玄沢が、その日記「刀圭鎖談」に書き遺《のこ》している物語である。長次郎が、快癒した娘を一たん死に至らしめたのは、おそらく己れの術の成果を確かめたかったのであろうと玄沢は解釈し、その精神のきびしさに好意を寄せている。が、くわしくは、こんにち、忖度《そんたく》のほかかない。

サフラン

花妖譚九

初出「未生」一九五七年二月号。福田定一名で発表。「別冊週刊サンケイ」（一九六〇年四月一日号）に転載。原題は「沙漠の無道時代」。転載時に改題、司馬遼太郎名とする。

アラビア沙漠に、「無道時代」という名の時代があった。七世紀の初頭、ムハメッドが出るにおよんで、全アラビアは彼のコーランと剣によって統一されたが、話はそれより以前、沙漠の諸種族があくない争闘にあけくれしたある時期、この時期を回教民族の史家たちは「無道時代」とよぶ。

この時代にあっては、腰間の剣のみがこの世で信じうるたった一つのものであり、勇気のみが、この地上で讃《たた》えらるべき唯一の道徳であった。

アブル・アリは、この時代に出現した、数多くの豪傑のうちの一人である。

中部のキンダ国の騎士で、メッカに近い小さな種族に属していたが、その獰猛《どうもう》さは、沙漠の星の下に住む、あらゆる人々に知れわたっていた。

ペルシャ湾に面したコウエイトの町に旅をしたとき、城門に入るや、市に群れていたペルシャ人たちは、知る者、知らぬものを問わず、争ってこの男のために通路をあけた。西部から東部へ、万里をへだてた異民族の町でさえ、彼の名と風ぼうはひびきわたっていたのであろう。一目でそれと知れる明白な目印があった。七尺ちかい巨軀《きよく》、それだけなら、叙事詩の勇士たちの中で他に何人かはある。「アブル・アリに、さわるな」、そう人々が目引き袖《そで》引きして警《いまし》めあった彼の目印は、その笑顔にあった。誰も、かれが真顔でいたときを知らない。いつも魁偉《かいい》な顔に微笑がただよい、偃月刀《えんげつとう》をふるって敵の肩を斬《き》りさげる瞬間ですら、声をたてて豪快に笑った。

アブル・アリの笑い、これは敵にとっては凄絶《せいぜつ》な地獄の怪鳥《けちよう》の声のようにも響き、馬や駱駝《らくだ》でさえ、そのけたたましい笑い声をきいて前足を砂にうずめた。そう、アラビアの伝承詩の語り手たちは伝えている。

さて、このアリを殺す役目を引受けた不幸な男は、山猫《スレツト》という仇名《あだな》の小男であった。山猫のひいたクジは、沙漠の数ある勇士たちの運命の中でも、もっとも栄光ある、もっとも悲惨なクジであったかもしれぬ。

この男は、アリの部族とは永い敵対関係にある隣接部族に所属する騎士で、父と弟が、アリの槍に血を吸われて討死した。山猫だけではない。部族のなかには、アリのために親兄弟を殺された者が、百人を下らないといわれた。殺された者の血が、砂の上にまだぎらぎらと碧《あお》い溜《たま》りを残しているあいだに、肉親が加害者を追って息の根を止め、その血を同じ砂の上にそそぎこむというのが、古代アラビアの殺人スポーツにおける、かがやかしいルールであったが、ただし、このルールは、アリのばあいにだけはまるで当てはまらなかった。彼が強すぎたのである。

山猫は、部落の遺族たちのねがいを肩に、一頭の馬にゆられ、一頭の馬に水甕《みずがめ》をつんで、アブル・アリを討つ旅に出た。

アリの部落まで、騎行八日の旅程である。ひるは熱い砂丘のひだを拾い、夜は、星の下に暗い蹄《ひづめ》のあとを刻してゆく。征衣の袖《そで》に砂塵《さじん》がつもり、さらにその砂塵を沙漠の劫風《ごうふう》が吹払って、山猫の顔は、日を重ねるにつれ、孤絶の影が濃くなっていった。

山猫は、アリとの闘いに勝てようとは、露ほども思っていなかった。彼は、戦場におけるアリを、何度か目撃して知っている。刀槍をふるうその勢いは、まるで巨大な岩《いわ》が、ごうごうと天空から落下するにも似、敵陣に突き入るさまは、その岩が大地にころげまわるにも似て、触れるものは衄《ちぬら》され、逃げるものも足がすくみ、またたくまに戦場は屍《しかばね》の野とされた。

（あれは、人じゃない）

山猫は、そう思っている。自分のごときものが、彼に勝てようとはつゆほども思っていなかった。

馬上に背をまるめ、あごを心持つき出して進む山猫は、きれいな澄んだ小さい瞳をもっていた。アリの部落に着いた日が、おれの一生の終る日だ……、すべての刺客《しかく》がそうであるように、山猫の心も、削《そ》ぎたった氷針の尖《さき》のような、つめたい虚無が宿っていた。孤客万里《こかくばんり》ノ風《かぜ》——悲愴《ひそう》を歌うになれたシナの詩人ならば、さしずめ、山猫の馬上を吹きぬける風に無限の思いをこめたろう。

その夜、アリの部落では、砂上にかがりを焚《た》いて、新月の誕生をいわう酒宴がひらかれていた。

酒、女、そして剣、これが無道時代の男の生活のすべてである。アリは、一人の女を抱いたまま砂の上に倒れ、右手にはなお革嚢《かわぶくろ》をはなさず、咽喉《のど》の焼けそうな酒を、間断なく流しこんでいた。アリの周囲は、彼の左手が抱いた女のほか、たれもいなかった。同族の者ですら、彼を怖《おそ》れ、とくに今宵《こよい》の彼の酔態をおそれて、彼よりもはるかはなれたところで群れを作り、時折彼のほうを窺《うかが》っては、高声も出さずに酒をのんでいた。

砂上に伸ばしたアリの左腕に触れる砂は、昼間の太陽を含んで温かく、その左腕に抱きすくめた女の胸は、さらに砂よりも温かかった。掌《てのひら》の下に、豊かな乳房がある。アリの大きな掌の下で、その乳房は、こまかくふるえていた。今宵のアリにすれば、そのことすら、不快の種であったのである。

「なんだ、こいつ。まだ、ふるえてやがるのか。おれのしたことの、どことどことが気に入らねえ。云《い》え。云わねえか」

女は、瞳を動かして、アリを見た。そしてすぐ伏せた。

女は、その夜、新月と部族の守護神に捧《ささ》げられた処女犠牲《にえ》だったのである。しかし女はこの砂の上でアリのために犯された。

「何の、ふしぎがあるかよう！」

アリは、祭典が進んでいる真最中、人垣を押し倒して祭壇にかけのぼり、犠牲の女を小脇《こわき》にひっさらったまま、叫んだものだ。

「守護神なんて、どこにいやがるんだ。血迷わずに、みんな、よっくおれを見ろ。おれが守護神じゃねえか。ええ、戦さがあるたびに誰がおめえらを守った。この部族もよ、おめえらの薄汚ねえ心臓もよ、こんにち生きて新月を拝めるというのも、みな、おれという守護神のおかげじゃねえかよ。祭るなら、おれを祭りやがったらどうだ。わかったか。わからねえはずはねえ、この犠牲は、おれ様のもんだ」

「アリ。お前は酔っている。すこし醒《さ》めるまで、その辺で横になっていてくれ」

「おう、おめえが今日の司祭役か。戦さのときは逃げてばかりいやがってよ。こんな時になると、しゃしゃり出て来やがる。おめえ、おれが守護神じゃねえというのか」

アリは、その男の右肩を摑《つか》んだ。ポキポキと骨の砕ける音がして、男は斃《たお》れた。ふりむきもせずアリは、女をさらったまま、向うの砂丘へ消えたのである。

一つには、アリが酒乱ということもあったろうし、一つには、彼の戦場での働きにもかかわらず、部族内での処遇が、もともと冷たかった鬱積《うっせき》も原因していたかもしれぬ。アリは、戦場でこそ強かったが、平素は粗暴で単純で、思考力のほんのひとかけらさえないと部族の中では軽侮されていたのである。

「云わねえか、な、女。おれは、おめえ達の命をまもってやる守護神だぞ。そうだろう？

——なんとか、云え」

アリは、女の肩をゆさぶった。女は、恐怖を眼いっぱいにみなぎらせながら、それでも必死にものを云おうとしている風情《ふぜい》だった。声にはならず、ただあぐあぐさせている唇許《くちもと》へ、アリは耳をつけて、

「さ、云え」

「あ、あの、神様なら、死なないでしょう？　あなたは、やがては死ぬんですもの」

「死ぬ？　おれが？　ははは、おれが死ぬというのか。無邪気なことをいう奴だ」

「じゃありません？」

「じゃねえな。死なねえ。死のうにも、おれを殺せる奴が、このアラビア中にいねえよ」

愚にもつかぬ問答をくりかえしているうちに、アリの酒も狂気も、しだいに醒めはててやがては、横にいる女も忘れたかのように、ぼんやりと、星いっぱいの空に瞳を漂わせはじめた。

(おれを殺せる奴が、このアラビア中にいない……)

たしかに、そのとおりである。このアラビアでは、月が東から昇るとおなじ程度に、アリを殺せるものがいないということは、不動の真理のようなものであった。

(なるほど、おれを殺せるものがいない)

こう呟《つぶや》いてみると、アリのこころは、ふしぎと沈んでくるのである。アリの半生というのは、ただ戦ってきたというだけのものであった。戦って敵を殺す、その肉体的な衝動の記憶の連続だけが、アリの半生というものであったかもしれぬ。おかしなことに、この男は、自分が誰よりも強く誰よりも弱いということを、かつて考えたこともなかった。漠然と、おれは沙漠第一の勇者であると思ったことはあるが、それも他人の力量と自分のそれとを秤《はかり》にかけたうえでの思量計算ではない。自分を客観的に量《はか》るという了見のまったくない男で、動物的な肉体感だけでこの男は半生を生きてきた。

ところが、なんと、この沙漠では、おれを殺せる者が、ただの一人もない。なるほど、もともとそうには違いないが、しみじみと、そう胸の底から思い至ったのは、これが最初であった。

(おれは、なんと、たった一人の男だ)
それはなんとも、ふしぎなことであるが、アリの胸に湧《わ》いたこの想念は、アリの心を昂《たか》ぶりへはかきたてずに、思えば思うほど、心は沈んでゆくばかりなのである。なぜ、心が滅入《めい》るのか、アリにはわからない。しかし、心がこのように冷たく、やるせなく沈んでゆくという経験は、この男にははじめてのものであった。しかも、心が沈んでゆくその底に、ぽっかりと暗い大きな穴があいて、そこから妙な風が吹きぬけているような気もする。風が胸の内壁に当るたびに、肉が腐り、血がよどんで、もはや手足を動かすのさえ、ものうくなってきた。

やがて、アリは、女を離して、よろよろと立ちあがる。ちょうど、そのときである。山猫が、アリの部落の丘にたどりついた。

一目みて、丘の上で身を起した男が、めざすその男であると知った山猫は、呼ばわりもせずに槍をとりなおし、ひょうと、投げかけた。狂いもせずに、穂先はアリの胸板に当って、カラリと落ちた。アリの胸に毛ほどの傷をつけたにすぎぬ。この男の筋肉の固さは、叙事詩によれば、胸板に当った岩石がこなごなに砕けたと讃えられている。山猫の槍はアリの足元に踏まれて、無残にも柄《え》がいくつかに折れ飛《し》んだ。

山猫は、素早く矢をつがえて、二矢、三矢と射た。それも、アリのすねと腕の皮膚をわずかに傷つけたにすぎぬ。山猫は呆然《ぼうぜん》と弓を砂上に投げだして、はじめて夢から醒めたように、敵の姿をまじまじとながめた。

アリは、ただ立っているだけなのである。まるで、山猫の姿を、その視野の中にも入れていない様子で、眼はぼんやりと空《くう》を游《およ》がせていた。

山猫は、つるぎを抜き、じりじりと近寄って、その眼を見た。アリは立っている。眼は、ただ開いていた。

「アブル・アリ」

山猫は、呼びかけた。

アリは、はじめて醒めた人のごとく、山猫の顔を見おろした。

「お前を、殺しに来た」

「殺しに？」

「いや、おれのほうが殺されるかもしれぬ。おそらく、そうなるだろう。おれには、どちらでもいいことだ。とにかく剣を抜け」

「剣を抜いて、どうするのだ」

「おれと、勝負をしてもらう」

「ふむ……」

アリは、あらためて、この男を見た。この小男の顔を、ふしぎな歌をうたう鳥をでも見るよ

うな眼で、まじまじと見つめながら、

「無駄なことだ。お前が負けるにきまっている」

「なるほど、負けるにきまっている。しかしおれは、部族の者から勝負をして来いといわれた。抜け」

「はじめから決っている勝負を、勝負とはいえんわい。おれは、急に、そんなものが面白うなくなった」

「抜いてくれ。な、刃を合わすんだ。そしておれを、お前は殺すんだ」

山猫はまるで、この大男を、さとすような口調で云った。

「なにを云やがる。面白くもねえ」

アリは肩からゲッソリと力をぬいて、うしろをむいた。このまま、山猫をすてて丘をおりはじめようとした。

「アリ！」

山猫が、剣をとりなおし、背をまるめてそのあとを追いすがったとき、

「………」

アリの気持が急に変った。

抜く手もみせずに、アリの白刃は星空にかがやき一閃《いっせん》したかと思うと、山猫の首は鮮血をひ

いて天に刎《は》ねとんだ。と同時に、白刃はそのまま一旋して、アリ、みずからの首をたかだかとはねとばしていたのである。そばで見た者があったとすれば、それはまったく一瞬の出来事であった。

山猫は死んだ。アリも死んだ。

蒙古桜

花妖譚十

初出「未生」一九五七年三月号。福田定一名で発表。

カラコルムの城門を出た一騎の伝騎が、しばらく往来の人波をタヅナで掻《か》きわけていたが、やがて町を離れると馬首を西方にむけ、たちまち流星のように地平のむこうへ消えた。——西暦一二四〇年、夏のことである。

同じ時刻、ナルンの疏林で恋人と逢《あ》うはずであった少女サラには、草原のむこうに陽《ひ》が狂い没し群青《ぐんじょう》の夜がきて狼星が輝く時刻になっても、ついに待つ男は現われなかった。

サラがその男と契ったのは、カラコルムのオボ祭の夜、いまから数えて一年前のことであった。その夜から七日ごとに、ふたりはこの疏林の中で逢瀬《おうせ》をかさねた。男は林のむこうからサラが来ると、言葉もなく草の上にサラを押し倒し、まるで狼が兎《うさぎ》を食いちぎるようにはげしく愛撫《あいぶ》した。やがて、ふたりの愛に静かなゆとりがうまれ、互いを夫とよび妻とよべる一つ包《パオ》の生活を語りあうようになった。しかしそれらの言葉は、いつも空《むな》しく天へ消えた。男は、一頭の羊さえももたぬ、乗馬靴ただ一足だけを穿《は》いた兵士にすぎなかったのだ。兵舎を離れて、どんな食べものをあたえてサラを養ってゆけるのか。

「サラよ、お前ならどうする。いい知恵はないか。おしえておくれ」

男はいつも語りおわると、こうサラにたずねた。サラは黙って男の眼をのぞきながら、静かな微笑《ほほえ》みをただよわせるのが常だった。成らぬ物語とはいえ、夢の包の物語を熱っぽく語りつづける男の顔が、身の融けるほどに好きだったのだ。

「あたしには、わからない」

男の話のあげくにポツリとそう答えて、それがいつもの終止符であるかのように男の胸に身をもたせた。やがて狼星が地平からのぼりはじめ、二人は身をはなして、林につないであるそれぞれの馬にまたがり、一人は城の中の兵舎へ、一人は城外の村《アイマグ》へ、蹄《ひづめ》の音を忍ばせて帰るのである。

そうしたある日、男は、

「大汗の病がおもくなった」

とサラに告げた。サラは、疏林を通して南のほうにピンクの影を浮ばせているカラコルムの宮城を見た。——そこに、ジンギス汗の子、大蒙古帝国二代の大汗オゴタイが、しずかに病を養っている。一二二七年、南ロシヤを馬蹄《ばてい》に蹂《ふみにじ》ったジンギス汗が、軍をかえして西夏を襲ったのを最後に六十年の生涯を閉じた。ただちに子オゴタイが立ち、五百万の蒙古軍国に号令して、まず東は金国を覆滅し、西は、猛将バツーに五十万の兵を与えて遠くヨーロッパを蹂躙《じゅうりん》した。「天《テングリ》の神よ、わが父ジンギス汗よ、我等モンゴルの子、ついにラインの岸に馬蹄を洗いたり」雪嶺に登り碧落《へきらく》の天にむかって高笑したオゴタイ大汗は、欧洲征服の完成もみぬまに、いま風土の病につかれて命は旦夕《たんせき》のあいだもさだめぬ。「持つまい。あとふた朝もな」男はいくぶん弾んだ声で、そう伝えるのである。大汗の病と、私たちの愛の営みの間にどんなつながりがあるのか。……サラは、かすかにふしぎを覚えたが、やがてはげしい抱擁のなかに身を入れていった。終えて、男は草の上に立ちあがった。そのときサラは見た。男の帽子に、ひとすじの鷲《わし》の羽がそよいでいたのを——。サラの視線に気付いて、男はあわててそれを引きむしった。サラを抱きよせながら、

「なんでもない。ね。今にきっとなにもかもよくなる。千頭の羊を飼って、きれいな包《パオ》に住んで。……な、サラ、ふたりの幸福のために、私は何でもするつもりだ」

七日経《た》ったその次の逢瀬に、男はついに来なかったのである。はじめての契りの夜から嘗《か》つてないことであった。サラはくたくたと下草のうえに崩れて、祈るような姿で星をながめた。男の心が、褪《あ》せたのか。そう疑えるだけの心の機能を、十三世紀の中央亜細亜《アジア》の草原に育ったサラは、生れつき持たなかった。恋人を、信じつづけたのか。それもやや違っていた。信ずるという心の力みは、疑うという機能の裏付けがあってこそ可能なものだ。このときのサラの心は、ただひたすらに震えつづけていた。男への、ただそれだけしかない思いに震えつづけた。その震えが、サラのいのちの底に、ふしぎな怖《おそ》れを呼びさまさせた。――奇蹟《きせき》というものは、こうした時に起る。こんにちの世界に、すでに奇蹟は絶えた。奇蹟の起るひたすらな原始の心が、もはやどの民族の恋人たちの心からも、退化しはてたためであろうか。十三世紀、疏林の中で星をみつめていたサラの心に、奇蹟が起った。サラは、みよ、満天の星の中を星座から星座へ、ただ一騎、天の風の中に馬を漕《こ》がしてゆく青い小さな恋人の影を見たのである。

「あっ、あの人……」

そのとき、サラの肩につめたい掌《て》が載った。冷たい掌の指先からひと茎の桜草がそよいで、サラの頰《ほお》をくすぐった。はっとふりむくと、そこに青い煙のようなひとの形がたたずんでいた。ひとの形は、右手をサラの肩にかけ、左手に桜草をかざして、サラの背を抱きかかえるようにしてうずくまっている。

「サラ、びっくりするんじゃない。私は、この森の精だ」

小さな、細い、きれいな声だった。

「お前たちの恋を、いつも見ていた森の精だよ。けっしてお前たちとは他人じゃない」

森の精は話しつづけた。

「いいかい、あの青い点、お前は見たね。ホラホラ、あの青い点、……消えた、いやまた行く。西へ西へ、あの男は、かぎりもなく走りつづける。行く先は、……あの男の死の壁だよ」

「えっ」

「おどろいても、いまさら仕様がないじゃないか。もう始まってしまったんだから。あの男は、自分でそんな運命の鞭《むち》を選んだ。それもみんなお前の為《ため》だよ。お前と一緒に暮らす幸福のために、可哀そうに、あの男はあんな所を走っている……」

「あたしのために？……」

「そうさ。そうなんだよ。人間て、なんて、馬鹿で可愛いいきものなんだろう。ホラ、また星を一つ越した。かわいそうに、ああ走っても……」

「お、お願いです。あ、あの……」

「わかってるよ。助けてあげてくれというんだろう？　そのために、私はこうしてあんたの前に来ているんだ。さ、掌をお出し。掌だよ」

サラの出した掌に、森の精は桜草を握らせた。

「いいかい。この桜草はね、私の祈りがこめてある。みてごらん。花びらが、うっすらと血の色をして、こんなにきれいだろう？　しかし根をはなれた草が、いつまでいのちをもつか、この花の色も、あと、知れたものだ。ね、サラ。いいかい、この花に、私の祈りがこめてある。萎《しお》れちゃ、花のいのちも私の祈りも、それで天に還《かえ》ってしまう。わかるだろう？　それを萎れさせないようにするのさ、お前のいのちをこめて、花の祈りといのちを守るのさ。――そうすれば、あの男は、きっと、元気でお前のところに帰ってくる」

いうと、森の精は青い煙となり、煙もうすれて、草の上にぼんやりと座ったサラの掌にひと茎の桜草がのこった。


この男の名前は、後に史上に記録された。蒙古騎兵が誇った鷲の羽の伝騎、その伝騎の中でも、鬼神のような走破を遂げた名騎士、それが、このエルトム・バートルである。

地球のほとんどを制覇した蒙古の軍団には他民族にない、いくつかの秘技があった。騎兵が輜重《しちょう》と一体で動くこと、集団騎射の巧技、それらはいずれも中世のヨーロッパ軍団をふるえあがらせたが、そのうちでも最も大きな勝因をなしたのは、その凄愴《せいそう》きわまる通信連絡の法であった。いうところの、モンゴルの伝騎である。その伝騎の中でも、最も重要、もっともすさまじい役割をはたす者に、鷲の羽をつけさせた。鷲の羽、それをかぶとにつける。エルトム・バートルは騎士としての名誉と、羊千頭の褒賞《ほうしょう》のために、百人長に申し出て、鷲の羽の伝騎を志願したのである。

オゴタイ大汗の肺が最後の呼吸をするや、宮殿を躍り出た一騎の蒙古馬は、風よりもはやく西へ西へ驀進《ばくしん》した。西のかた、一万キロ、およそ地球の半周にもちかい距離を、地中海岸に布陣する欧洲征討軍司令官バツーのもとへ、大汗の死を報《し》らせるために走る。恋人サラに、別れを告げるいとまもなく。

地をつかみ空《くう》を飛び、地平から地平へ、昼は烈日のもとに、夜は星屑《ほしくず》の下を、鷲の羽は弾丸のごとく大気の中を流れ走った。

このとき、記録によれば、エルトムは、一日千三百キロを走破したといわれる。

出発にさきだって、内臓を破裂させぬために下腹部に一丈あまりの白木綿を巻き、日出から日没まで何一つの固形物をとらずに、ただ走る。内臓の負担を最少限に軽減するためだ。ただ、駅々で茶だけを喫《の》むことが許されていた。その駅で馬を代える。代えればさらに疾駆した。新しい蹄のうしろで、乗りつぶされた馬が脚をあげて斃《たお》れた。このとき駅々に付置された代馬の数、百九十三頭。

ときどき、エルトムの唇から血が滴《したた》った。血は頰を横に流れ、そのまま風に吹き散った。かくて、おのれがあげる砂塵《さじん》のみを蹴《け》って、天と地、ただそれだけの曠野《こうや》に、エルトムは夜もひるもない孤独な疾走をつづけた。いつ、彼の内臓が破滅するか。

ナルンの疏林のなかでは、サラが、エルトムのいのちの明滅をみつづけている。掌の中の桜草は夜を重ねるうちに次第に乾きはじめ花びらはみずみずしさを失いはじめた。サラは茎を唇に含んで生気を保とうとしたが、七日目の夜、ついに花は白い移ろいを見せて、花芯は力なく垂れた。天を見ると、なお男の青い影は、満天の星の中に無限の疾走をつづけている。

（エルトム！　ア、あなたは、死ぬ……）

サラは、夢中で桜草を抱きしめた。と、急に、狂気したように自分の膝《ひざ》をひろげた。夜目にしろく、白い股《もも》がみえた。その股へ、サラは、逆手にもった小刀をためらいもせずに突き刺した。その傷口へ、ふかぶかと桜草の茎をさしこんだのである。

血が、脚を流れ草をぬらし、それを砂がむざんに吸った。サラは唇を花に寄せ、両手でそっと茎をかこんで、いつまでも影を動かさなかった。――幾時間かを経た。やがて、白い股に立った花は、しだいに生気を復しはじめた。花びらに、うっすらと血のあか味がさした。

（あ、生きる。……この花……）

サラは、天を見た。相変らず青い影は、無感動なまでの速度で、東から西へ動きをつづけていた。

しかし、サラの試みは、一夜しかもたなかった。やがて、血が傷口の中で凝固しはじめた。そのつど、サラは花を抜いて、再び小刀を股の新しい皮膚へつきたてた。あふれ出る新しい血を吸って、花はいくどか活きかえりをつづけた。

記録によれば、一二四〇年の八月十八日、エルトムはカスピ海浜を越え、同十九日、バツーの軍旅の中に入った。

「鷲《シンボル》の羽!」そう叫んで軍団の中を、矢のごとく駆けぬける。騎兵たちは、道をあけた。日も落ち、十九日の狼星が天にあがったとき、バツー汗は、ライン河からほどちかい大幕舎の前で、伝騎エルトムの口から、全蒙古の大汗オゴタイの死を知った。

エルトムは馬から落ち、それだけを伝えると、おびただしい血を吐いて、息を引きとった。左右の騎士が駆け寄ってエルトムの靴の裏をみて、そこに刻まれた出発の日を知った。カラコルムを発《た》ち礫沙《れきさ》のアジアを駆けぬけ、日を繰ってわずか十日ののちであった。

報告を受けるや、バツーは全軍に撤退令をくだし、そのまま死骸《しがい》には眼もくれず、幕舎の中に姿を消した。

「元朝秘史余録」という古記によれば、同時刻ナルンの疏林で、少女サラが死んだと伝えられる。血があかあかと砂を染め、頬は草よりも青かった。

ペルシャの幻術師

初出「講談倶楽部」一九五六年五月号。第八回講談倶楽部賞受賞作。
司馬遼太郎名で発表。

西紀一二五三年の夏、ペルシャ高原のひがし、プシュト山脈をのぞむ高原の町メナムは、ここ二カ月、一滴の雨にもめぐまれなかった。

「シュラブがとうとう干上ったそうだぜ」

メナムの雑沓《ざっとう》を、そう伝えてあるく声が往《ゆ》き来《き》する。シュラブとは、この高原に住む人達が「母《マダール》」と呼んでいる河である。

毎日のように、沙漠のあちこちから、隊商《キャラバン》の群れが半死半生で避難してきた。メナムには、どんな旱魃《かんばつ》にも絶えることのない緑泉《オアシス》があった。しかしそれさえ、きのうあたりから池底の水草を見せはじめていた。

ついに、水市《みずいち》が立った。

この雑沓がそうである。

人混みをゆく小商人らしい男が、連れの男に向って、笑いかけた。

「蒙古兵《ムンク》めは――」

「メナムの人間を四千人までは殺したが、あとの五千人は、太陽に殺されそうだ」

「しっ」

連れの男が、商人の不用意な高声を、あわてて制した。そばを、巡視兵らしい数名の蒙古兵が通りすぎてゆく。……商人は、首をすくめた。たしかに、聞えたが最後、そのひょうきんな首は、熱い砂にまみれずには済まなかったろう。

げんに、この雑沓に面した家々の壁にも、城壁にも、おびただしい血の痕《あと》が、黒々とこびりついていた。

新月のまだ懸らぬ六月二十八日の夜、いまから一月前のことである。アラ山脈を越えて突風のようにやってきた蒙古兵が、メナムの町を一夜のうちに鮮血の霧で包んだ。

町の土侯とその兵は戦わずして遁《に》げ、市民は、血に飢えた東方の蛮族の手で思うさま殺戮《さつりく》された。シナ北西部はおろか、遠く東ヨーロッパまで征服した成吉思汗《ジンギスカン》四世蒙哥《マング》が、その弟旭烈兀《フラーグ》に二十万の兵を授けて、史上有名なペルシャ攻略の緒にようやくつきはじめたのである。

そうした殺伐な背景のなかに、この数日来、メナムの町は奇妙な賑《にぎわ》いをみせていた。

沙漠をゆく隊商《キャラバン》が、水を買いにきて市を立てる。町の狭い南北路に、青や赤のフェルトを日《ひ》蔽《おお》いにした出店がならび、そのあいだを水甕《みずがめ》を担いだメナムの男女が歩いて行く。陶器、織物、装飾品など、商品の山を囲んで、売手と買手が喧騒《けんそう》なやりとりを繰返す。ペルシャ人は吝嗇《しわ》く、アラビア人はずるい。すべて、水が通貨であった。

「あ、あ、だめだよ。なに、宝石――？　はは、いつもなら御の字だ。が、今日んところは、水にして貰《もら》いてえね。明日から三十日もカヴィール沙漠を歩くんだ。水を持ってきなよ、けちけちせずによ」

シナの絹の山の中から、アラビア人らしい隊商《キャラバン》の男が、薄紅い軽紗《けいしゃ》を手にしている若い女を口汚なく罵《ののし》った。

「ぶっ……」

ぶれいな、と、女の従者らしい男が、思わず前へのめり出した。

女は、それをかるく手で制して、

「あいにく、水を持っていません。見せて頂くだけならいいでしょう？」

アラビア人は、顔をあげてあらためて客を見た。女は、皓《しろ》い羅《うすぎぬ》を右肩から懸け流し、烈《はげ》しい太陽の下で、あえかな隈《くま》を作って立っていた――男は、だらりと、下唇をあけた。なんという美しさだ。まるで、弦月の輝きを、そのまま人型にとったような女じゃないか……。

異教徒であろう、それは顔に覆《ニゲイブ》いをかけていないことでもわかった。あるいは血も、この種族のものではなく、遠い西方の血がまじっていようことは、ふかぶかとした碧《あお》い瞳と、透きとおるような大理石いろの皮膚ででも知れた。あごが幼くくびれて、齢《とし》のころ、まだはたちには一、二年の間はあろうかと思われる。

「行きましょう。買えなければ仕方がないし、買ったところで……」

女は、そこでちょっと言葉を切り、意外にあかるい調子で、

「誰のために着飾ろうということはないのですから――」

従者を促して雑沓の中に入った。

擦れちがう町の人々が、ちらちら視線を送っては、鼻の頭にかるく、ゆがんだ笑いをうかべたが、女は気付かぬふりをして、ひらひら泳ぐような歩き方で人混みを縫った。

そのときである。

奇妙な出来事が、女の視野の中で起った。むこうから、異様に背の高い男が、近づいてくるのである。

青い纏頭帽《ターバン》、それだけでも異風なのに、青い裾長《すそなが》の服を足でさばくようにして歩く。

顔は青黒い。鼻梁《びりょう》はそれ自身彫刻のように張り出、何よりも異様であったのは、その眼であった。十米《メートル》はなれていてさえ、その奇妙な輝きと、吸い込まれるような妖《あや》しさは、見る相手

に、軽いくるめきを覚えさせた。

大股で、近づいてくる。

そのそばを、一人の蒙古兵が、擦れちがった。

擦れちがった拍子に、どちらが相手の足を踏んだのか、蒙古兵は醜くよろけた。

当然、兵は怒気を発してさっと一歩引退《ひきさが》った。剣を半ば抜きかけたのと、青い衣服の端がふわりと兵の顔にかかるのと同時であった。

青い衣服の端にキラリと短い反射光が光ったとみる間、蒙古兵は、まるでそれが演技であるかのように、ゆっくりと折れ崩れて路上に横《よこた》わった。左頸部から一すじ、赤い血の糸が砂地に吸いこまれた。

黙劇はあっけなく終った。ただそれだけであった。時間にすれば数秒も経《た》っていなかった。

男は、その一瞬の間も、歩くことをやめていない。

雑沓すら、それに気付かなかった。数瞬、平和なざわめきをつづけ、気付いて騒ぎだしたときは、事件の犯人を割り出すなんの手懸りもうしない、犯人は悠々人混みという絶妙な迷路を散歩していた。

女は、ある角度にいたために、情景のいっさいを知る、おそらく唯一の目撃者になった。

が、声をあげるよりもはやく、犯人自身が女の眼のまえに近付き、ひょいと、覗《のぞ》きこむように背を枉《ま》げ、眼の奥で微笑《わら》い、風のように手をのばして彼女のあごに二本の長い指をあてた。ぺたりと、冷たい指の感触がした。

「可愛いあごをしている」

男の鳶色《とびいろ》の眼の奥へ吸いこまれそうな幻覚をおぼえた。はっと気をとりなおしたときは、男の姿は無かった。どうしたことか、おびただしい汗が、胸から腹部にかけて流れた。

「チャタム――」

女は、従者を呼んだ。

「あの青い男のあとを蹤《つ》けるのです」

従者を放つと、女は小走りに、町の中央にある宮殿へ帰った。なぜ、あの男を探らせる気になったのか、理由は自分でもわからなかった。

ただ、強い蛮酒を飲んだあとのようなうずきが躰《からだ》中を駈けめぐって、足もとがふしぎにもつれた。


中庭はちょうど、四隅を遊歩して五分はかかるという広さであった。

熱帯樹が日光を遮り、地上はこうも乾ききっているというのに、中央にある噴水が、不断の霧をふきあげていた。水は、城南の緑泉《オアシス》から引かれてきたものである。

宮殿は、壮麗とまではゆかなかったが、かつての支配者であった土侯が、北の方バコン山から緑石を斫《き》り出して、分限《ぶげん》なりの贅《ぜい》をこらしたものであった。

宮殿に帰った女は、長い廻廊を走り、中庭の入口まで出たとたん、

「あっ」

と身を避けた。

蒙古人特有の短い矢が、右頰《ほお》をかすめて後の石壁に当って弾けとんだ。

「ははは、帰ったか。町は、面白かったか」

若い男が、樹のあいだに見え隠れして怒鳴っている。なんと、素裸だ。股間さえ蔽っていない。

その裸男が、足が地上に届くほど矮小《わいしょう》な蒙古馬に騎《の》って、樹間を曲芸のようにぐるぐる縫いまわっている。

縫いながら、ひ、ょ、う、と矢を射る。眼も止まらず矢継早《やつぎばや》に射る。

蒙古人が、その兵技で世界を征服したといわれる近接騎射だ。

矢がすべて噴水に向って注がれる。矢柄《やがら》に青や赤の塗料がぬられているらしく、びゅんと噴水を射抜くごと、美しい虹が空に舞い上った。

「カッ」

最後の一矢が、再び女の左頬をかすって壁に弾き落ちると、男は、その矢を追うように馬を駆《はし》らせて、女の前にぴたりと止まった。

「ナン――」

色の白い、乙女のように豊かな童顔が笑っている。

無邪気な、翳《かげ》のない笑いだ。この若者が、メナムの新しい支配者であり、ペルシャ攻略軍の支隊長として草原の他種族からその兇暴と残忍を怖《おそ》れられている旭烈兀《フラーグ》の第四子、大鷹汗《シンホルハガン》ボルトルであるとは、どうみても受けとれなかった。

「あまり退屈だから、ひと汗かいた。蒙古人が二日も馬に騎らず、三日も弓を引かぬと蒙古人でなくなる」

ひらりと馬から降りて、自分の素裸に気付くと、苦笑しながら、

「ナン。何か布はないか。これでは、王《ハガン》の権威が保てぬ」

ナンは、無言のまま、自分の被布を肩からすべらせて、王に渡した。王はそれで腰を蔽った。

まぶしそうに視線を外《そ》らしたのは、むしろ、ナンの豊かな半裸身を前にした若者のほうであった。

「行こう、広間に。食事が出来ている。父の陣から故郷の馬乳酒が届いている筈《はず》だ」

王は、背を向けて先に立った。

丈《せ》は、ナンよりも低目である。その肉付のいい、丸い背を眺めながら、ナンは、この曠野《こうや》そのもののような粗野な若者に、かつて覚えたことのない愛情に似たようなものが、心をかすめた。


王は、健啖家《けんたんか》だった。

薄く紙のように切って焼いた塩味だけの羊肉を、次々と食い、口中ほおばりながら、ナンにも勧めた。食っては馬乳酒を飲む。乾草に似た、いやな匂《にお》いのする乳状の液であった。この王だけがそうなのか、蒙古人の舌は低能に近く、あれほどあくない掠奪《りゃくだつ》を全世界に繰展《くりひろ》げていながら、こと食物となるとふしぎに淡泊で、異国の珍肴《ちんこう》など見向きもせず、遊牧民が食う野外料理のようなものしか摂《と》らないのである。

「酔った」

「あまりお強くないのですね」

「いや——」

久しぶりの故郷の香りに酔ったのだ、と、王は弁解した。弱いといわれることが、何事にせよ、きらいなのである。

「ナン。まだ気持が決まらないか」

「何の？」

「予の妃《ハトン》になるという気持だ」

ナンは、黙った。

（きらいです）

こう云《い》いきってしまえば済むのだが、云い切ればおそらくこの男は、私を生かしてこの宮殿から出すまい。この奇妙な拘禁状態——生殺《なまごろ》しのままで意思を尊重されるよりも、いっそ、力で、からだだけを捲《むし》りとってくれたほうが、いくらかはましだと思った。

「無理にとはいわない。その気持が萌《きざ》すまで、予は待つだけだ。だが——」

若い王は起《た》ちあがって、ナンを露台のほうへ誘った。

「下を見よ」

宮殿の前庭に、武装した五百名ばかりの蒙古兵が屯《たむ》ろしていた。そのむこうには、蒙古軍団特有の包《パオ》と輸送車が、はるか城壁の下まで、るいるいと地上を蔽っていた。

「世界を血で染めた蒙古《モンゴル》の軍団だ。予は十六のとき父の軍に従って以来、遠く西夏《せいか》国を攻め、西蔵《チベット》国を侵し、ペルシャを襲い、二十五歳の今日まで、四十九の町を灰にし、十万の敵兵を屠《ほふ》った。この手を見よ。この手さえ右に振れば、たった今でもメナムの全市民を殺すことが出来る。いまや、予が望んで成らぬことは一事もない。だが——」

王は、ナンと向いあった。

「だが、予がはじめて恋をした乙女までを力で奪おうとは思わぬ。予の自信が許さない。ちょうど、ケルレンの草原の牧草が春の光を得て芽を吹きだすように、その柔い胸が予の力を感じて、自然の愛情を育てはじめるまで、予は待つのだ」

ナンは、ふしぎな動物でも見るような眼差《まなざ》しで、王の白い顔をながめた。この、草原に育って人を殺すことしか知らぬ若者は、自分は何人の人間を殺せる、こうならべたてることが、異性の関心を惹《ひ》く唯一の方法だと、無心に信じこんでいるのである。

「あの夜——」

草原の自然児は続けた。あの夜とは、蒙古軍がメナムを襲った夜である。同時に、王がナンをはじめて知った夜でもあった。

「メナムの男女を四千人まで殺したとき、予は戦い止《や》めの鼓を打たせせた。乱軍の中で逃げまどっていたお前を発見したからだ。あかあかと紅蓮《ぐれん》に照らしだされたお前の姿をみたとき、これは地上のものかと思った。お前の類《たぐ》いない美しさに免じて、それ以上市民の生命を断つのを止めさせた。わしの祖先の王にただ一人の女を得るために十万の軍を動かし十万の敵兵を殺した男がある。が、わしは、四千人を屻《ちぬ》らしただけで、お前を得た。ペルシャ人は、お前の美に感謝しなければならぬ」

王は、そのとき想いだしたように、

「で、その後、お前の父の行方は？」

「まだ消息が知れません」

ナンの父は隊商《キャラバン》の長老であった。彼女はその父とともにアラビアからこのメナムに到着した夜、蒙古兵の夜襲に遭《あ》い、天涯ただ一人の身寄である父を喪《うしな》った。

「おそらく、その不幸な四千人の人々と同様、王の強い兵士たちの刃にかかって果てたのでしょう」

ナンは呟《つぶや》くように云って、瞳を西の空にむけた。

落日が、夏雲をすさまじい朱色に燃えたたせていた。悲しみに飽き切った、虚脱にちかい表情で、ナンはいつまでもそれを眺めた。

「……？」

人の呼ぶ声がして、はっと夢から醒めたようにふりむくと、もう王の姿は無く、

「お妃様――」

さきほど、あの青い男のあとを蹤《つ》けさせた従者が、右膝《ひざ》をたててうずくまっていた。お妃様、とこの宮殿の人々は彼女をそう呼ぶ。そうとしか呼びようがなかったのである。

「私の部屋に行きましょう」

彼女は裳《もすそ》をさばいて階段をのぼり、部屋に入ると、いきなり寝台に腰をおろした。

「で、どうでしたか」

「は。それが……、王の……」

「え？　王の？」

「はい。王の命を断とうという男らしゅうございます」

「お待ち」

彼女は、部屋の入口まで行って、廊下に人気《ひとけ》のないのを確かめ、

「さ、お話をするのです」


雑沓を通りぬけ、城門を出、従者は城外までその男を蹤けた。

男が、城の南西にある赤茶けた岩山への径《みち》をたどりはじめると、従者は男を数町追いぬき、岩蔭に身をひそめた。

ほかにもうひとり、男のあとを尾行しているのに気付いたからである。

岩蔭から、眼だけ出して窺《うかが》うと、男は、青い衣を翻《ひるがえ》しながら、悠々と歩を進めてくる。

そのあとを数歩はなれて、一人の老人がひたひたと尾行《つけ》る。風体、乞食に近かった。

従者のかくれている岩蔭のあたりまで来たとき、老人は男を呼びとめた。意外に小柄である。害心のないのを示すためか、道ばたの石に腰をおろし、男の並はずれた長身を見あげて口を切った。

「見たぞ」

「………」

「さきほどの一件じゃ」

「………」

青衣の男は、老人を凝視《みつ》めながら、青黒い貌《かお》をゆがめ、小さな笑いを洩《も》らした。

「頼みがある。お前は約束を守れる男か」

「契約《カラールダード》によってはな」

老人は、黙って、一握りの砂金の袋を男の掌に渡した。

男は重さを衡《はか》るように掌の上で転して、

「義務《ワジーファ》は？」

「大鷹汗《シンボルハガン》ボルトルを殺せ」

「なに？　王《ハガン》？……か」

男は、も一度笑いを洩らすと、受取った砂金袋を老人の膝に投げた。

「いやか」

「足らぬ」

老人は、もう一袋の砂金をとりだし、二袋を男の掌に載せた。

男は、苦笑してそれを懐に入れると、

「日は？」

「二十日以内」

うなずいて、そのまま立去ろうとした。

老人はあわてて問いかけた。

「で、名は？　お前の」

「名？」

男は、一たん口をつぐみ、思い返したように、

「幻術師《シャヒル》アッサム」

そう答えると同時に、やにわに身を翻して跳躍し、岩蔭の従者の頸筋《くびすじ》を抑えていた。

「ははは、聞いていたか」

道ばたに引きずり出した。しかし、そのまま手をはなし、城のほうに向けてどんと突き放した。従者は飛ぶように逃げた。

老人は不満であった。

「なぜ殺さぬ。城に洩れよう。お前の命があぶない。いや、それはよい。契約が成就《じょうじゅ》できまい」

「余計な指図だ。契約は終った。老人。行くがよい」

アッサムは、くるりと背をむけて、歩き出した……。

はなしを、宮殿のナンの部屋に戻そう。

聴きおわると、ナンは寝台から踵《かかと》をおろして部屋の中を往き来しはじめた。ドアから窓際へ三度ばかり往復したとき、不意に従者のほうに向き直って、ゆっくりと頸から飾をはずし、その一環を力まかせに引きちぎって従者に与えた。

「黙っているのです。王へは私の口から申しあげましょう。もし、他《ひと》に喋《しゃべ》れば――あなたの命を頂きます」

べつだん、深い思慮があってそう云ったわけではない。ただ何となくそうしたい気になっただけであった。

その日も、その翌日も、ナンは王にそれを告げなかった。これも、深く思慮したわけではない。ただなんとなく、そうしたかっただけである。

毎日、宮殿の下では、蒙古軍の調練が行われていた。おもに、騎射の法である。

東西十騎ずつ、ならぶ。

蒙古馬は、滑稽《こっけい》なほど矮《ちい》さい。双方、二町の距離があり、それぞれの横隊の五間《けん》前方には、十張の弓と、十本の矢が置いてある。

進鼓《しんこ》とともに、一せいに相対《あいむか》って駈け、途中、双方身を枉《かが》めて地上の弓と矢を拾い、駆《はし》りながら先《ま》ず東軍が、正面の対手《あいて》に矢を射かける。

むろん、対手の構えている楯《たて》を狙って射るのだが、射損じれば対手の命はない。

両軍が中央の一線で駈け違うと、直ちに攻守を転じ、こんどは先刻《さつき》射られた側が矢を番《つが》え、逃げてゆく対手の楯に射込むのである。これを「やぶさる・める」と呼ぶ。わが鎌倉武士のあいだに流行した「流鏑馬《やぶさめ》」とは、騎射の法こそちがうが、語源をここに置くという説がある。むろん、説にすぎない。

時に、若い王もこの競技にまじることがあった。彼は、対手の楯を射るや、直ちに二の矢、三の矢を番え、対抗軍の騎馬が接近してくる数秒間に、矢継早に三、四騎の盔《かぶと》の頂《いただき》についている飾毛の基座を射落した。

「ナン。見るがよい。あの鷲《わし》を」

露台から調練を見おろしているナンに、彼は楽しそうに叫ぶ。

鷲が一羽、旋回していた。空が、手の染まりそうに青かった。

若い王は、馬を駆らせながら、矢を碧空にむけて放つ。羽音を乱して落ちてくるのを、他の騎兵がそれをめがけて射込む。ばさりと地上に屍《むくろ》を横《よこ》えたときは、蝟《はりねずみ》のように矢が群がって刺さっていた。

わっと歓声があがる。

ナンはめまいを覚えて、手擦にからだを支えた。胸に吐気が充ちて、のどを衝《つ》きあげてきた。まさしく野獣《けもの》の群れである。けものという以外、この広場に跳梁《ちようりよう》する一群は何と称《よ》べよう。

それから九日目、ナンは十八の誕生日を迎えた。この宮殿に身を寄せてから一月半になる。何事も、物憂かった。

ナンは、物心づいて程なく母を亡くし、その後母の縁者の家を転々と預け替えられ、よほど複雑な事情があったのか、父の手許《てもと》に引取られたのは、成人してからであった。

母が異教の信者であったからだというが、十分な事情は知らされていない。ナンの今までの人生は、すべて他人の意思によって作られた。彼女はただ、転々とする環境の中で、ひそやかに身だけ置いていればよかったのである。自分の意思を強く出すことは、破滅であった。

そうした、本能にちかい智恵が教えるまま、彼女はこの宮殿の中で生きた。

半面、好悪の情が強かった。しかしそれを閉ざして容易に外に出さなかったのも、他人の中で生きた彼女の半生の智恵である。

「ナン。水を浴びた。体を拭《ぬぐ》ってくれ」

王は、ナンが独り居る広間へ、素裸ではいってきた。

「蒙古人は沐浴《ゆあみ》を嫌う。しかし、予は、ペルシャに来てからその愉《たの》しみを知った」

全くの裸である。しかしナンは白布をとって王の体を拭《ふ》いた。むっと鼻を衝く体臭があった。羊の腸の臭気に似た、他種族には堪《た》えられぬにおいであった。

「ナン。こんどは二人で浴室にはいろう。男と女のからだの違いを、ナンと眺めあいたい」

そういう戯言《たわむれ》をいうくせに、この王はナンの手も握ろうとしなかった。若者らしい節度と、この男の体一ぱいにある強大な自信のためである。やがてナンが自分に愛を感じて、自ら身をもたせかけてくるであろうことを、幼児のごとく信じていた。

「誕生日といっていたな、今日が」

「はい」

「酒を飲もう。やがて陽《ひ》も落ちよう。予が生れた草原の南に『宋』という広大な国がある。やがて、わが伯父蒙哥《マング》大汗の手で攻略される日も近かろうが、その国には長夜の宴《うたげ》という風習がある。われわれも、今宵はナンの誕生日を祝って、その風習にならおう」

王は白布を肩に懸け、裸のまま、歩きながら従者に支度を命じた。

広間では、楽器をかかえた数人の男がならび、王が入ってくると、鏘然《そうぜん》と金属の打楽器が響いた。

「やめい――」

王はいきなり馬鞭《ばべん》を振った。そしてナンの方に振返り、意外に気弱そうな微笑を泛《うか》べ、

「悪かったかな。しかしこの国の――」

卓《テーブル》の上の赤い果実を把《と》り、がぶりと齧《かじ》った。

「音楽が妖《あや》しすぎるのだ。われわれの野性を眠らせようとしている。世界の果ての沙漠からやってきたわれわれ蒙古兵に、もし野性がなくなったときは自滅しかない。それよりも――」

王は、小羊の皮を重ねた敷物にナンをすわらせ、

「お前の美しさと、馬乳酒の酔と、羊の肉の満腹さえあれば、予の望みは満足する」

日没後、王の部将が居並び、はてしない徹宵の宴がつづけられた。

夜更とともに、喧騒な空気に体がもちかねるほどナンは疲れた。この異人種たちは、ただ酒を飲み、肉を啖《くら》い、怒号するだけで何が面白いのだろうか。

窓を見ると、ちょうど月が中天《なかぞら》にさしかかっていた。朝までにまだ、よほどの時間があろう。

そのとき、広間の向うの入口あたりで、騒ぎが起った。宴席から立ちあがって、駈けつけてゆく男もあった。

「何事か」

王は、物憂そうに瞼《まぶた》をあげた。
「バートル。調べよ」
が、部将が立ちあがるまでもなかった。
騒ぎが急に熄《や》み、衛士《えじ》の一団が、王に向って膝を折り敷いた。
全員、立膝の礼をとっているなかで、ただ一人、両股を開いて立っている男があった。
（ああ）
ナンは危うく口を抑えた。
青衣の男であった。
上半身を細い鎖で縛られている。
兵士の一人が、伸びあがって男の肩をつかみ、坐らせた。
（アッサム――）
男は胡坐《こざ》し、彼女に向ってにやりと不敵な微笑を泛べたようである。
ナンの胸に、冷たい笑いが湧いた。
（これだけの男だったのか）
ここ数日持ち続けた、なんとない期待と緊張が、自分でも可笑《おか》しくなった。
若い王は、無造作に觴《さかずき》をあげて一気に干し、

「十人長。事情を話せ」

「は。裏廊下を歩いていた男でございます。窃《ひそか》に、広間を窺《うかが》っていたものと見えます」

十人長は、饗宴を騒がしたことを、くどくどと弁解した。

「もうよい。幸い、宴の興でもある。予が直接糺明《きゅうめい》しよう。男――」

「名がある。アッサムと呼ぶがよい」

王は、ほう、と眼を輝かした。いつのまにか、王は立ちあがっていた。相手の面魂《つらだましい》に尊敬と闘志を感じたのである。

「何をしにきた」

アッサムは、それには応《こた》えず、

「大鷹汗《シンボルハガン》ボルトルとは、お前か」

まじまじと、王の貌をみた。

「忘れずに覚えておこう。実は、お前を殺す契約を結んだ。幻術師《シャヒル》は約束が固い」

「ほう……」

王は左右を見渡した。会心と云いたい表情だった。

「予を殺せるか」

楽しげに、叫んだ。

「いうまでもない」

「たった今、殺せるか」

「殺せる」

「見よう。楽しみだ」

無邪気なほど、語調が弾んでいた。

が、幻術師は、自分の上半身にちらりと眼をやって、苦笑した。

「喜ぶのは、まだ早い。お前の獣のような部下が、わしの自由を奪っている」

鎖に気づいた王は、手を振って気忙《きぜわ》しく、「解け」と命じた。

戯れが過ぎましょう、王の手を抑えた部将に、王は、うるさい、勇者の遊びとはこうだ、と語気を荒らげ、アッサムに向って、

「斟酌《しんしやく》は要《い》らぬ。ただ、制限を設けよう。五歩の自由だ。五歩のみ行動せよ。よいか」

幻術師は、黙って起ちあがった。

あたりを見廻す。医師が施術をするときの氷のような冷たさが表情にあった。

満堂に、すさまじい静謐《せいひつ》がうまれた。部将も衛士も剣の欛柄《つか》を握りしめて、燃えるような瞳を、男の挙動に注いでいる。

男は、纏頭帽《ターバン》に手をやった。

部屋中の視線が、その手に吸いついた。

手は、ゆっくりと動いて、帽を解く。

男は、歩きはじめた。入口に向って五歩。

篝台《かがりだい》に近づく。

満々とみたされた油が、勢いよく炎と油煙を噴いていた。

帽の最後の一巻を解きおえると、くろぐろとした頭髪があらわれた。

溜息《ためいき》が聞える。

男は、その頭髪をぐっと摑《つか》んだ。そして、じつに無造作に、それをぽいと火中に入れたのである。

轟然《ごうぜん》たる音、硝臭《しょうしゅう》、そして血のように赤い煙が部屋の中に充ちた。

数十条の剣光が一斉に燦《きら》めき、広間は走り乱れる足音と怒号で包まれたが、濃煙は密度深く蔽って何物も見えなかった。

やがて、薄らぐ。部屋中の男が王の身辺にひしめいて剣の林を作っていた。

二つの異変があった。

一つは、衛士が一人、無惨な死体となって部屋の入口付近で転っていたことである。

もう一つは、その死体のそばで、衛士の弩弓《どきゅう》を構え、王の胸許を狙っている男のいたことだ。

「ははは、王よ、これで遊戯は終ろう。わしは、この右指を弾きさえすれば、お前を殺せる。しかし、お前の鼻の低い部下共は、わしを無事にはこの宮殿から出すまい。勝負を後日に譲った方が利口そうだ」

「はは、分別のいい男だ」

王は笑って、男を城外まで送れと命じ、

「では、十日以内に再び予に挑め。そのときもし予を殺せなかったら、お前が払う代価は、お前の首と、メナムの全市民の首だ。守れるか」

「くどい。わしは、お前のような遊びごとでやっているのではない。……これでも依頼者から二袋の砂金を受取っている」

二匹の悪魔！　そのすさまじい遊戯に、ナンは息をつめた。なぜか、快感に近い戦慄《せんりつ》がからだ中を走った。官能を濡らしてゆくような血の騒ぎ、しかもその裏では、奇妙にも、嘗《かつ》て覚えぬ「罪」の意識に慄《ふる》えた。この悪魔の遊戯には、無辜《むこ》のメナムのいのちが賭けられている！

ナンは思わず、幼女のころ母が教えた神の名を呟いた。

その翌日、ナンは従者をよんでアッサムの居所を探らせ、さらに翌々日、王に外出の許しを乞うた。

「はは。また新しい隊商《キャラバン》がはいってきたのか。ナンは、予と居るより、絹の山を眺めている方が楽しいとみえる。ただ、護衛の兵だけは連れてゆくがよい。アッサムがどういう卑劣な計《はかりごと》をめぐらすかも知れぬ」

城門まで出てから、ナンは護衛をそこで待たせ、従者ひとりを連れて、岩山への径をいそいだ。一足ごと踵が焼けて、熱っぽい埃《ほこり》が二人の影を包んだ。

幻術師《シャヒル》の家は、岩山の北側の襞《ひだ》に小さく建っていた。石を積み重ねて壁をつくり、窓が一つ、入口が一つ。どこから来た男なのか、半日もまえまでは、この荒涼たる山肌には、家どころか、野鼠《やそ》の穴一つ無かったはずだと従者が云った。

従者を外に待たせ、彼女は入口の扉《ドア》を押した。

「ナンか」

椅子にすわり、壁に向って何かしていた幻術師が、背中でそう呼びかけた。

「来る頃だと思った。掛けるがよい」

くるりと振りむいて椅子を一つ出し、ふたりは対《むか》い合った。

「やめてほしいのです」

「何を?」

「むだな遊びをです」

「…………」

「メナムの人達が可哀そうだとはお思いにならないのですか。あなたの血の中には、愛というものが……」

「愛？　ない。可愛いことを云う女だ」

「では、神が、いや神を怖しいとは思わないのですか」

「奇妙な詰問をする。お前は、景教徒《ネストリアン》（アジアに流行した古代キリスト教の一派）か。なら、お門《かど》違《ちが》いだろう。幻術師とは、人間の悪魔性をしか、信ぜぬものだ。マホメットの徒のごとく、仏陀の徒の如く、神《アラー》や慈悲などという世迷《よまい》ごとは幻術師に用はない。愛なんぞに用事が出来れば、わしの自殺だ。通力《つうりき》を喪《うしな》う」

いつになく多弁になったアッサムは、

「それよりもナン、折角の来訪に、何のもてなしもない。が、よいものを見せよう。神よりも真実なものだ」

右手首をゆっくりとナンの前に出し、

「この宝石を見よ」

手首の腕輪に輝いている宝石を指した。真紅の色を湛《たた》え、指頭《ゆびさき》程もあった。

「見るのだ」

吸い寄せられるように、ナンは覗いた。

単なる真紅の一色ではなかった。

宝石は、中央に一点、複雑な褐色の渦があり、ちろちろ、一条の微妙な光彩を発していた。

光彩は、ナンの瞳孔を射た。射るごとに、彼女のこめかみは心地よく麻痺《しび》れてゆき、みるみる真紅は彼女の視野いっぱいに拡がってはっと周囲《あたり》を見廻したときは、天も地も、ふかぶかとした真紅に染まっていた。

「……！」

叫ぼうとしたが、声は出なかった。

眼が馴《な》れるにつれ、ナンは、一望見渡すかぎりの花園にいる自分を知った。

（封じられた——）

思わず、遁《のが》れようとした。脚も、軀《からだ》も動かない。せせらぐ音が聞えて、ふと前を見ると足許に急湍《きゆうたん》が渦を巻いていた。

ナンは、花園のなかに折れ崩れた。

遠くから芳香が漂ってくる。

香りは、次第に近づく。そして、彼女の鼻腔はおろか、全身を強烈な刺激で包みはじめたころ、芳香は、突如、ナンの眼の前で、一人の若者の像《かたち》をとった。

「ナン――」

芳香の精は呼んだ。

ナンはすでに意思を喪っていた。

呼ばれるとゆらゆら立ちあがり、倒れるようにその男の胸に身を投げた。

激しい抱擁……。

狂おしく唇が触れ、合せた唇を通して、火のように熱いものが、ナンの全身を貫いた。生れてこのかた、味ったことのない激しい快楽《けらく》が、ナンを一瞬のうちに女にし、全身をくるめかせた。

……やがて、真紅の天地が、薄紙を剝《は》ぐように色褪《いろあ》せはじめた。

「あっ」

小さく叫んで、両掌《りょうて》で顔を蔽った。ナンは再び、幻術師アッサムの前で、椅子にきちんと腰かけている自分を発見したのである。

「はははは、ナン。快かったか。快かったであろう」

幻術師は、傍《かたわ》らの砂時計を見た。手を伸ばしてその括《くび》れを摑み、ゆっくりと逆さにしながら、

「見よ、何ほどの時も経っておらぬ。ほんのふた瞬《また》きほどの間だ。……が、ナンよ。お前は、

生涯費しても味えぬ快楽を、いま、味った」

ナンは、夢遊病者のごとく起ちあがった。

「帰るか」

アッサムも、椅子を立つ。ナンは、青ざめて、ぱっと身を引いた。

が、幻術師は彼女には眼もくれず、一直線に出口の方へ進み、扉をひらいた。

ナンは身を翻して走り出ようとしたが、

「待て、女」

衣のはしを、アッサムは摑んだ。

ナンは、畏怖《いふ》と諦《あきら》めで虚脱した瞳をひらいて、幻術師を見あげた。

「可愛いあごをしている……」

幻術師は、彼女のくびれた二重あごに指をあて、眼をのぞきこんだ。

奇態にも、女の瞳から恐怖の色が消え、焦点のさまようた薄紅《うすあか》い霞がかかりはじめて、軽い脳震蕩《のうしんとう》を起したようにくたくたと崩れかけようとしたとき、それをはぐらかすように、つと、アッサムの指は彼女のあごから離れた。

「大鷹汗《シンホルハガン》の宮殿へ帰れ。あ、待て。念のために云っておくが、わしは施術中、お前のからだには一指も触れておらぬ」

女は、意味のわからぬ叫びをあげて、狂女のごとく太陽の下へ走り出た。


その夜、星はなく、月も出なかった。

高原にはめずらしく、雷声と稲妻が空を蔽いはじめたのは、深更を過ぎてからである。

やがて雨が降りはじめ、未明とともに豪雨となった。

その日、終日降り続いた。雨季でもないのに異例のことだった。

翌日も熄《や》まず、さらに三日目も、風雨は草原の天地に狂った。

メナムは、ついに沾《うるお》った。

しかし、宮殿では、王は退屈であった。

「馬にも乗れぬ。弓も引けぬ。雨が、予を殺すだろう。ナン、なにか面白い趣向はないか」

そう云ってから、王は何を思いついたか、ひざを打って急にはしゃぎ出し、百人長以上の将を集めて、何事かを命じた。

「予は雨に濡れたくない。バートル、麾下《きか》の指揮をお前に任せよう。すぐゆけ。日没までに帰るのだ」

そのまま、王はナンを連れて、望楼にのぼった。

下をみると、数千の軽騎が、糧秣《りょうまつ》もつけずに雨の草原に煙りながら、東を指して駆った。

「見よ、ナン。血に飢えた蒙古《モンゴル》の子らがゆく。やがて、バークフの町が地獄になるだろう」

彼らは、東のほう半日の行程にあるバークフの城市を襲ったのだ。ここは、メナムの土侯が逃げこんだ町であり、シュラブの流域地方における最後のペルシャ人の城として残兵を集め城《じょう》塞《さい》を固くしていた。

「ナン、胸が鳴る。アッサムとの約束さえなければ、予はあの騎兵の最先に立って剣が血に飽くまで闘うのだが」

王はそう云ってから、

「顔色がわるい。眼が空《うつ》ろではないか」

ナンは、はっと眼を見ひらいた。

今の一瞬、彼女は白昼夢を見ていたのである。

「どうしたのだ」

彼女は、煙のような微笑をくゆらせて、かぶりを振った。

ナンの、秘密の生活が始っていた。

アッサムの家から帰った夜、彼女は、あの真紅の幻覚を、再び夢の中で見たのである。

次の夜もみた。

ついには、現実と夢とが、意識の中で白濁して、真昼ですら、何かの拍子に夢幻境にはいり、あの芳香の精と甘美な密会をつづけるようになっていたのである。

「いえ、なにも——」

「あ、ナン。静かに」

王は、咄嗟《とつさ》に、剣に手をかけた。

何かが、この野性の男の本能に響いたようであった。

王が、身構えて、あたりを窺う。むろん、何者もいなかった。

「妙だ。いま、ふしぎな気配がした」

そう云って王は腰から一口《ひとふり》の短剣を抜き、

「向後、何事が起るかもしれぬ。ナン、これで万一の場合を防ぐがよい」

柄《つか》に宝石がちりばめてあり、鞘《さや》を払うと、深淵《しんえん》のような青光を放っていた。

やがて、日没になった。

地をゆるがすような馬蹄《ばてい》の響きが聞え、軽騎団が、再び雨を衝いて帰ってきた。

王は、広間で指揮官たちの報告をうけた。

雨と血にまみれた戦利品が運びこまれ、最後に、一つの首が王の前に据えられた。

「ナンよ、これがかつて『月の蛇《マーマル》』の異名をとってこの草原で怖れられたメナムの土侯フーゼルだ。予の力の前には、ついに首でしかない」

王は右足をあげてその首を蹴《け》った。そして剣を抜き、見開いた両眼を刺した。

この男の体を流れている獣のような血に、ナンは激しい憎しみを覚えた。

「ははは、思い知ったろう。幻術師《シャヒル》アッサムを買収して予を殺させようとしたのも、この男であったにちがいない。アッサムも、ついに予を殺す理由をうしなった。勝負、予が勝ったぞ」

王は、哄笑《こうしよう》を続けようとしたが、途中で、不意に黙った。

（大鷹汗《シンボルハガン》ボルトル――）

地底からうめきあげてくるような、奇妙な声が耳の奥で響いたのである。

「気の毒だが……。幻術師の眼には、生も死も一つでしかない。依頼主が死のうと、契約は消えぬ」

声は、ナンの耳にも明確に響いた。が、他の、広間にいる誰の耳にも聞えなかった。

――その夜を皮切りに、怪異が、ひんぴんと、宮殿の中でおこった。

胸墻《きようしよう》のうえに大火柱があがった。とおもう間、たちまちに消え、深夜の廊下を青い火がころげまわって往き来したという。

すべて、衛士の報告であった。

王は、実際にそれを見なかった。

「ばかな。アッサムの催眠術に過ぎぬ。驚くことはない」

笑って、とりあわなかった。

催眠術は、それを信じた瞬間から術者の薬籠中《やくろうちゅう》のものになることを、王は故郷の巫女《シャーマン》をみて知っていたのである。

しかしついに、怪異は王の寝室までやってきた。

「王よ——」

がばと起きると、死んだ土侯月《マーマル》の蛇の首がボッと暈光《うんこう》を発して宙空に浮んでいる。

首が笑う。——剣がない。さがしても無い。王が焦ればあせるほど、首はみるみる大きくなり、ついには部屋一ぱいに拡がってゆらゆらと迫ってくる。

王は、落着きをとりもどした。寝台の上に胡坐を組み、しずかに呼吸をととのえ、両手を後にまわして探ると、果して剣はあった。うしろ手でそれをしずかに抜き、心気を鎮《しず》め、さっと横殴りに一閃《いっせん》する。首は消えた。しかし首は消えて、両眼のみが、空間に浮び残ったのである。

王は寝台から躍り上ってその右眼を刺突した。消えた。しかし左眼のみは残って、ふわふわと空間を退いてゆく。

さらに一躍したが、及ばず、二躍、三躍を重ねる。眼は燐光《りんこう》を放ち、笑うように退く。

「ははは、アッサム、これしきで予が眩《くら》むと思っておるか。受けよ、この剣《つるぎ》――」

大きく跳躍して最後の刺突を加えたとき、王の五体はふわりと空間に浮き、そのまま雨の中をはげしく落下して地面にたたきつけられた。

衛士に発見され、意識を寝台の上で回復したのは、翌朝になってからである。

「さがれ。退らぬか」

意識をとりもどすや、王は寝台の上に立ちあがって、医師と侍者を追った。自分の醜態を何者にも見られたくはない。幸い、大きな負傷はまぬがれた。ただ、狂いたくなるほど不快であった。

その夜からほとんど眠らず抜身をさげたまま広間にすわり、衛士から怪光が立ったと聞けば奔《はし》り、青火が燃えたというと、その現場へ駈けた。

「アッサム！」

王の頬から、少年のような豊かな血の色が消え、悽愴《せいそう》な鬼気が相貌を隈どりはじめた。

「ナン。離れてはならぬ」

王は、女の肩を摑んで引寄せた。

かつてなかったことである。

この若者が、あれほどナンを愛していながら兄妹のような清潔さを守ってきたのは、勇者とは、王とは、そういうものだという無邪気な信仰があったからである。自分の力への絶対な矜《ほこ》りと自信、それがアッサムのもつ不可解な力の前にゆらぎはじめたとき、その幼い節度は、むざんな音をたてて断弦した。

「ナン。お前が欲しい」

王は、頬ずりしながらあえぐ。

「お前の耳を、お前の唇を、そしてお前の腰と、この花のような指の爪まで、予は自分のものにしたい……」

しかし、ナンは何の反応も示さなかった。かぶさってくる若者の唇を、ただ無感動に避けた。

彼女もまた、はげしく恋を覚えるようになっていたのである。

夜となく昼となく意識の襞《ひだ》にすべりこんでくる芳香の精との恋、ナンの全身は真紅の幻覚の中で激しく渇《かわ》き、忘我の陶酔に痺《しび》れた。

――雨は、なおも降りつづいている。

すでに六日の昼夜は、豪雨のなかに明け暮れ、道路は幾条《いくすじ》かの細流と化し、今日も城壁の一角がゆるんで雨中に崩壊し兵に死傷が出たという。

「それも、アッサムの仕業であろう」

王は剣をきらめかして躍り出、裸馬で現場を駈け廻りながら喚《わめ》いた。

人々は、脅えた。

すでに、王の狂気は町中の噂になり、狂気の度合が高まるにつれ、メナムの流言は死相を帯びはじめた。

大虐殺……？

それも今夜か明日、というような噂が、風のように流れた。

朝になると、家財も人も、煙のように消えている。雨の草原を、どこを目当てに放浪するのか、城を巧妙に脱出する市民がふえはじめた。

それを、王は容赦なく斬ったのである。

兵を草原の四方に散らして逃亡者を追い、家族および近辺の住民諸共《もろとも》、町角に引きずり出して残らず斬った。

王みずから刃を把《と》って雨中に立ち、

「アッサム、見ておくがよい。お前もやがて同様の身となろう」

雨と血を全身に滴《したた》らせながら、物狂おしく首を刎《は》ねていった。

ナンは、蒼い膜を張ったような表情で、露台からその光景を見下していた。

その夜である。

夜半から雨は小降りになり、ときには遏《や》んだ。

……ナンは、真紅の園を歩いていた。

ここには、雨も、王も、メナムの路上を蔽う死骸《むくろ》もすべて無く、天地はただ、芳香の精と彼女との歓喜のためにのみ存在した。

幻覚の中の男が、ひくく抑えるような声でナンの耳許に囁《ささや》く。そのつど、ナンははげしく求めて、男の首筋へ腕を巻きつけた。

歓喜がおわると、二人は、地上を割って流れる小川に身を浸した。快い、死を想わせるような疲れ――、それが癒《い》えると、男は、ナンのからだを抱きあげ、再び花園の衾《しとね》に置く。接吻《くちづけ》、愛撫、そして生と死の間のあくない悶《もだ》え……ここでは、いのちの中にある悦楽の琴線のみが惜しみもなく緩急を弾じつくした。

突如、真紅の天を截《き》りさいて、一つの裂け目があらわれた。

ナンは歓喜の中から醒めた。裂け目から一ぴきの蛇があらわれ、ナンにむかって進んできたのである。真紅の世界とは、それだけでも異質の、青黒い蛇身が無気味にひかっていた。

ナンは、怖れに身を固くした。

男を振りかえった。芳香の精は、口許に微《かす》かな笑いをうかべながら、ナンの傍を指す。

一口《ふり》の短剣が置かれてあった。

王が護身用にとナンに与えた剣である。

彼女は、抜く。

芳香の精は、その手もとを、凝《じ》っと見ていた。

蛇は、ナンの膝もとまで近づいた。

「突け、力いっぱい――」

精は、命じた。ナンは、夢中で刺した。

「あッ」

真紅の世界は弾けるように消え、彼女は、呆然と寝台の上に坐っていた。

右手に短剣を持っている。血が、滴っていた。

ナンは声を呑《の》んだ。寝台の裾のほうに、大鷹汗《シンホルハガン》ボルトルが、苦笑しながら、右の上膊部《じょうはくぶ》を抑えて立っていたのである。

「ナン。――予だ」

王は、ついにナンを求めて寝室に忍んだのである。

「夢でも、見ていたのか」

云い終らぬうちに、王は笑いを消して、耳を澄ました。

「……?」

二人の鼓動が聞えるほどの静かさである。

王は、何をおもったか、そっと、ナンの手から短剣をとった。

そして振りむき様、後のカーテンめがけて投げた。

鈍くかすかな音がして、短剣は、重い布地に突きたつ。

……音もなく、濃緑のカーテンの裾から、血が糸のように滴り落ちた。

「アッサム、いたか！」

長剣を抜き、躍りかかろうとした途端、部屋中が薄紅い煙に包まれた。

王は、剣を諸手《もろて》に持ち、体ごとカーテンにむかって突進する。手応えは、空しかった。すでに煙は部屋に満ち、王は視野を失った。

床を這《は》った。そして周囲《あたり》を払った。が、手応えはなかった。

そのとき、王は知った。床のうえ二、三寸の高さだけ煙の無い層があった。王はさらに低く這いつくばい、床の上を舐《な》め透《すか》した。

移動しているではないか。血が移動している！　赤い蠕動《ぜんどう》模様をえがきながら、血はゆっくりと入口の方へ移動していた。

「見たぞ、アッサム！」

王は跳躍した。

血は、それにつれて走る。

「ナンよ」

ナンにのみ、聞えた声である。耳底に湧くように言葉がうまれた。

「望楼へ行くのだ。いそぐがよい。ほどなくこの宮殿に黒い死がやって来よう。いま剣をふりまわしているこの男にも、わしにも、蒙古兵《ムンク》にも、またメナムの市民にも、すべての上に死がやってくる」

ナンは、一瞬、時間の止まる思いがした。この声！　似ている。あの芳香の精と、幻術師グラペット・アッサム……。それが、同一人であったのだろうか？

「行け――」

ナンは、幽鬼のごとく立ちあがった。

王は、八方に剣を振った。ただ、煙のみを斬った。

血は、滴々と走る。

外に出るや、廊下の飾灯が割れ落ちて再び赤煙があがり、血はなおも、王を誘うように階段を下へと走り続ける。

血と王が、篝のあかあかと燃える中庭の入口まで降りたとき、王は大きく跳躍し、赤煙の右端をめがけて力の限りに刺突した。

「……」

もう一条の血糸が、新たに赤煙の中から流れ出た。

「はあっ」

突き終ると、王にはげしい疲労が襲った。思わずよろめき、剣を杖に身を支えたとき、

「ははは、まだお前の剣はわしの心臓を刺していないではないか。ボルトルよ、この心臓が動いている限り、勝負はおわっていない」

二条の血は、哄笑した。

「とまれ、グラペット・アッサムの一代の失策《しくじり》であったよ。王よ、剣を捨てるがよい。どうせ死ぬ身だ、お前もわしもな。剣を捨ててわしの最後の繰言《くりごと》を聴くがよい。――幻術師の血とはな、あくまで氷のごとくであらねばならぬものだ。が、今わしの体から流れている血に触れてみよ。それは小羊よりも温い。はは、浅ましくも、わしは愛を感じたのだ。愛というものをな。……お前の剣は、たしかにわしを貫いた。しかし、待つがよい。お前が勝ったのではなく、わしの中の本能が、その主を斃《たお》したに過ぎぬ。強いて、勝者を選べというなら、あの女……」

「ナン――」

幻術師は、虚空にむかって呼びかけた。

「上ったか、望楼に。そこで、やがて起るメナムの潰滅《かいめつ》を見よ。ナン、わしは、お前を真剣に愛した。聞えるか――」

きこえた。低く、うめくような声となって望楼にいるナンの耳の奥にひびいた。

彼女はそのとき、この数日間の夢幻の世界からはじめて醒めた。呆然と、東のかた、微かに白む地平線の彼方を見た。

雨は、何時《いつ》のほどにか遏んでいる。

青い狼が美少女を誘って天に住んだという「狼座」が哀しいばかりの美しさで輝いていた。

そのときであった。

地平の白みを逆光に、えたいの知れぬ真っ黒な層が、むくむくと盛りあがっているのを見たのである。同時に、地軸までどよめくような、無気味な遠雷の音をきいた。

望楼に立っていてさえ、床に重苦しくゆすりあげてくる地鳴り——。

遠雷では、なかった。

（洪水——）

ナンがそう直覚したとき、真っ黒な奔流が天地にすさまじく鳴動しつつ、眼下の宮殿はおろか城郭も町も一瞬に呑みつくしていた。

母《マダール》シュラブが、決潰《けっかい》したのである。

メナムは、全滅した。

征服者ボルトルとその麾下三万の蒙古軍団は、叫喚《きょうかん》の声さえあげるいとまもなく、刹那《せつな》のうちに濁流の底へ消えた。

一二五三年八月二十六日の未明、ただ蒼穹《そうきゅう》を蔽う星のみが、きらきらと生きていた。


……………


ナンがその後どのような運命をもったか、草原の伝説にも定かではない。

水は二日を経て退き、一旬ぶりで復活した太陽が、再び地上に現われた町を灼《い》りつけはじめたときは、くろぐろした廃墟に、生けるものは一茎の草さえなかった。

メナムの町は、この時をもって永遠に歴史の彼方へ没した。

洪水が、緑泉《オアシス》の水脈を変えたためであろうか、廃墟はその後、七百年のあいだ、人影を絶ったのである。

いまなお、クラサン沙漠の東北辺に無気味な死の市街を横たえ、謎の古代都市ペルセポリスやパサルガダイの遺跡とともに、草原をゆく旅人の眼を傷ませている。

グラペット・アッサムの死については、その後も多くの異説がある。生きてヒマラヤの麓《ふもと》を越え、インドに漂泊したともいわれるが、たしかな史実はない。

ただ、いつの時代か、廃墟の中から、一個の宝石が発掘された。

真紅の色を湛え、指頭ほどもあった。

それが、伝説の幻術師グラペット・アッサムの所持したものかどうかは分明でないが、その後ながく、ペルシャの幻術師の仲間で、法流を継ぐときの印可の証として伝承されたという。こんにち、テヘランの博物館に収蔵されている「悪魔の石《シャイターン》」がそれである。

一二八一年、日本の弘安四年の夏、忽必烈《フビライ》の蒙古軍十四万が玄界灘を押渡り、同閏《うるう》七月一日、博多湾頭を襲った狂飈《きょうひょう》のために、生存数千を残して悉《ことごと》く滅んだ。

大鷹汗《シンホルハガン》ボルトルの死より二十八年ののちである。その後百年を経ずして大蒙古帝国「元」は亡び、成吉思汗《ジンギスカン》の夢は、草原の彼方へ消えた。

戈壁《ゴビ》の匈奴

初出「近代説話」第一集（一九五七年五月三十一日）。

蒙古《モンゴル》高原の南、戈壁《ゴビ》のさらに南、黄河が大湾曲をとげるオルドス草原の河流を西へ離れると、地は漠々として天に連なり、曠沙《こうさ》の上には、一滴の水を求める泉さえない。一九二〇年の夏、この地を旅した英国考古学協会所属の一退役大尉は、寧夏《ねいか》の西で幕営を張り、夜、星明りの沙上で光るものを見た。

翌朝、蒙古人に命じて発掘させたところ、白日の下に出てきたのは、一個の玻璃《はり》の壺であった。

壺といっても、口径一メートルに余り、高さはゆうに人の身のたけを越え、中に入った男が半身を折って仰臥《ぎようが》するに足りた。壺中の人が動くたびに、半透明の玻璃は、ゆらゆらとあわい虹をえがいた。

この器物が何であるか、大尉の考古学知識のすべてを動員しても、容易に判断がつきかねた。触れると、きりこの幾何学模様が掌につめたく感じ、鉛がふくまれているのか、かつぐに十人の男を要し、うつと、清涼な金属の音を発した。

寧夏の西郊に、回紇《ウイグル》人のラマ教院がある。大尉は出土品をその寺へはこび、使いを北京に送って、そこからロンドンの考古学協会会長アウレル・スタイン教授に問い合せの電報を打った。教授は、いうまでもない、それより六年前、この付近を踏査したスタイン探検隊の長である。

半月を経て、大尉は、教授からの長文の電報を受取った。要旨は、

「出土したガラス製の壺《ポット》または槽《タブ》については、これを考定するいかなる資料も、今は持たないが、出土地域からみて、十三世紀の初頭にほろんだ中央亜細亜東疆《アジアとうきよう》のオアシス国西夏《せいか》の遺物ではあるまいか。もしここに恣《ほしいまま》な空想がゆるされるとすれば、それは西夏滅亡時の主権者であった李睍《リーシエン》公主のもちいた浴槽であろうかと愚考する」

歴史は神の神秘にみちたアトリエであるといわれる。しかし、その工房で創られた作品の半ばは、ついに後世の人類の目に触れることはない。漠南のオアシス国西夏もまた、そうした国の一つであった。歴史は沙《すな》の上にこの華麗な国を創り、わずか二世紀の生息をゆるしたのみで、ふたたび沙漠の底に風葬し去った。

数少ない史料によれば、西夏は党項人《タングート》の国であった。蒙古史料の表現癖を借りれば、その国は「崑崙《こんろん》の青玉《グフトプチ》のごとく」小さく、国土の中央を、マルコ・ポーロの越えた絹の道《シルク・ロード》が貫いていた。

絹の道を通って、東西の歴史と文化はここで交流し、血をすら、東と西はこの民族の血管の中で交流した。西夏人の或る者は今日の欧州人に似て、碧《あお》い目と高い鼻梁《びりょう》、そして小麦色の肌をもち、しかも服装はやや唐宋のシナ風であったと伝えられている。姓もまた王族のみはシナ姓にならっていた。前記李睍公主の名が、その一例である。ただ言語は、漢字に似た独特の文字を使っていたというのみで、今日ほとんど不明に近い。

ここまでは、大尉の知識の中にあった。しかし、それ以上を知ることは不可能に属した。西夏に関する古記録は、漢、回紇、蒙古、安息《ペルシャ》文字を含め、おそらくそのすべてを合しても、世界で千語を出ないはずだからである。

大尉は、なお現地での発掘を進めるとともに、教授から指示された書誌を北京国立博物館からとりよせ、文献による資料の考定に没頭しはじめた。

大尉の名は、サー・アルフレッド・エフィガム。爵位は男爵。ケンブリッジ大学で東洋考古学を専攻し、第一次大戦のベルダン塹壕《ざんごう》戦で左腕を付け根からくだかれた。

戦場での体験は、彼を一人の夢想家に変えた。いや正しくは、歴史という死者の国の旅人にかえた。

彼が、沙漠の中で何かの破片を拾ったとする。事実、彼は、廃址《はいし》で無意味な小石を拾っても、そこに死者の声を聴けぬかと耳にあてた。それが一片の瓦であっても、そこに壮麗な青丹《あおに》の宮殿を幻出することができたし、錆《さ》びた銅鏃《やじり》のうえにも、百万の軍団が死闘する干戈《かんか》の音を聞くことができたし、一枚の銭刀をひろっても、その円孔の向こうに、二千年前天山《テンシヤン》北路を越えてゆく悠揚たる駱駝《らくだ》隊をみることができた。

玻璃の壺、そこに一体、何が見えるか。大尉の宿舎は、前記ラマ教院にある。青い瓦と白堊《はくあ》の壁をもった、美しい西蔵《チベット》式の建築であった。壺は、その部屋の薄暗い一隅に置かれていた。大尉は時に、書物の上から目をはなしてその壺を眺める。

沙漠の星を吹きあげる風が、時々窓に垂れたフェルトを動かし、そのたびに獣油燈のほのおが大きく成長した。灯影《ほかげ》がゆれるたびに玻璃の壺は大尉の目に生けるもののごとく輝きを放った。見つめるうちに大尉の瞬《また》きが緩慢になり、目に靉気《あいき》がかかるにつれて、あの、考古学徒のみが享受しうる詩と奇蹟《きせき》と科学の融けた「天国」が、静かに霧のように降りてくるのである。

大尉の靴底はすでに二十世紀の土の上にはなかった。彼は、自らが命じて降臨させた「天国」へむかって、ゆっくりと歩を運びはじめる。

その天国の向こうに見たのは西夏の街衢《まち》、そこを往《ゆ》き交う異風の男女、それではなく、彼が最初に見たのは、暁闇《ぎょうあん》の風を衝《つ》いてゆく十万の騎馬軍団と、その先頭の軍車にゆられていくひとりの老人。記録によれば、このとき、朔北《さくほく》の天は、初夏に入りはじめていた。

時代は一二二七年。馬蹄《ばてい》は戈壁を越えて西南へ、西夏の城へ向かっていた。

老人の名は、成吉思汗鉄木真《チンギスカンテムジン》である。地球の半ばを劫掠《ごうりやく》したこの男も、いまや頬《ほお》に暗い衰えの翳《かげ》をうがち、少年の頃、天山の山頂に登って「我に六十五年の天寿を貸せ」と祈った、あの宿命の寿齢に漸《ようや》く達しようとしていた。

死が、そこにある。この自覚は、彼の意識の中で抜きがたい権力を振るいはじめ、嘗《かつ》ての成吉思汗のつややかな英姿はもはやそこにはなく、彼の最大の美徳といわれた忍耐は焦躁に変わり、放胆は短慮に変色していた。

ときどき彼の車上から短切な叫びに似た命令が発せられ、その都度《つど》、全騎馬団は、痙攣《けいれん》したように馬足を早めた。漠南の蒼穹《そうきゅう》に子《ね》刻の狼座が輝き、六月の風は黄沙を含んで戎衣《じゅうい》に寒かった。

年譜によると、成吉思汗は五たび西夏を攻めた。が、そのいずれもが勝利とは云《い》い難く、数度は完全な敗北さえ喫している。

最初、西夏を攻めたのは、彼がまだ仲間たちから強大《チンギス》と畏称《いしょう》されていなかった頃、つまり朔北の一小部族の土酋《どしゆう》、しかも孤児にすぎなかった十九歳の夏であった。

「西夏という国をきいたことがあるか」

斡難《オノン》河畔に、蒙古桜の乱れ咲いた大きな窪地《くぼち》があった。そこで風を避けつつ昼寝をしていた何人かの部族の若い仲間達に鉄木真がそう囁《ささや》いたのは、その年五月の暮のことである。朔北の風はまだ肌につめたく、高原を蔽《おお》う碧落《へきらく》の天に、蒙古鷲《わし》が一羽、獲物を求めて舞っていた。

「そこには、女がいる。白い肌、豊かな胸、くびれた腰、女とはそうしたものを云うのだ。わしの馬についてきたければ、一人に二十人の仲間を語らえ」

仲間の若者達は、むくむくと起《お》き上がった。匈奴《きようど》、鮮卑《せんび》と卑称されたこの沙漠の民は、当時から世界でも最も性欲の強烈な人種だとされていた。それは、穀食人種の常識を越えきったものであった。常食に、獣肉、獣肝、獣髒を食い、獣血を飲み、髄を啜《すす》る。匈奴ハ日ニ七タビ交ハル、と、古代シナの記録者は伝えている。後漢の中期、玉門関の西方に版図《はんと》をもった烏孫《うすん》国の王某は、十歳で三人の妻妾を持ち、十七歳のとき、生母を除く亡父の妾十五人を相続し、六十歳で夜ごと十人の女を御《ぎよ》したといわれる。おそらく、この男のみの特異記録ではなかったであろう。

「本当か、鉄木真。お前はその目でその女達を見たのか」

「いや、わしは見ない。見たのは、回紇人の橋爾別《チヤオルベ》だ。あの男は世界を知っている。この話は、信じねばならぬ」

「ちゃおるべ……」

橋爾別という男は、青海《グフノール》の南に住んでいる回紇人の商人であった。漠北に冬が去ると、彼は駱駝に絹や日用具を積み、遊牧と戦闘のほか生産を知らぬ蒙古人との交易のために、毎年欠かさず戈壁を越えてやってくるのである。

彼等は、蒙古地帯に着くと、それぞれの包《パオ》に分宿した。橋爾別は、この年、鉄木真の包に宿をとった。この家には、十九歳の鉄木真とその母である寡婦とふたりっきりで住んでいた。

橋爾別は包に入ると、あるじの寡婦に絹十疋と磚茶《せんちゃ》を贈り、青年にも愛想よく肩を抱いた。

「鉄木真、大きくなった。その斜眼《すがめ》までお前の父親にそっくりだ。もう、女を知っているのか」

「………」

「ははは、どうせ、蒙古の女だろう。蒙古は、馬はよくても、女はわるい。蒙古女は犬《ノゲイ》より劣る」

「犬?」

「何、犬を知らんのか。犬というのは、回紇人の商人仲間では沙漠妻《ゴビネーハント》といって、沙漠の旅に女の代わりに連れてゆく。まさか、戈壁を女と一緒に越えられんからな。これは、存外な味がする。むろん、人間の女のほうがよいにきまっているが、それでも蒙古の女よりはましなものだ」

沙漠での能弁家は、回紇人と色目人《アラビア》と、こう相場が決まっている。橋爾別は、鷲鼻《わしばな》の突きでた黒光りする顔を振りたてながら、その夜牛糞炉《アルガリ》のつきるまで、世界中の話をした。

むろん、この男のことである。商売の話でも戦争の話でもなく、女の話であった。露骨な描写をいれ、異常な情熱をこめて語った。

「鉄木真よ、世界の女で、どこの女がうまいか知っているか」

「知らない。……支那《ギタツト》か」

「ぎ、た、つ、ともいいが、美人がすくない」

「安息国《ペルシヤ》か」

「うむ、いい。たしかに美人が多い。しかし体格が大き過ぎるな」

「女真《じよしん》はどうだろう」

「赤山羊だ、これは。問題にならない」

「吐蕃国《トブト》は知っているか」

「知っている。羴《やく》のように毛深いな」

「身毒国《インド》は?」

「身毒はいい。この国には素晴らしい経《ビチック》があって、女達はみな技巧を心得ている。男がかしこいわけだ。しかし、色が黒い」

「韃靼《ダッタン》は？」

「ばか。あれを女だと心得ているのか」

「では、どこの国の女がいいのだ」

「それは……」

橋爾別は、いちだんと声を低め、鉄木真の耳に掌《て》をかこって囁いた。

「西夏の女だ」

その皮膚、匂《にお》い、顔、からだ、橋爾別は精妙に描写しながら、西夏女の匂やかな像を、青年の脳裡《のうり》に刻ませた。

「鉄木真、お前は、生涯、犬よりも下等な蒙古女を相手に暮らすか」

「いや、暮らさない」

「いい料簡《りょうけん》だ。世界の女を知ることは、世界を征服することだ。どうすればそれができるか、知っているか」

「知らない。教えてくれ」

「うむ、教えてやる。お前の父親の也速該把阿禿児《イスゲイバーズル》には、世話になったからな。橋爾別の特別の好意だ。それはな、商人になることだ。商人になれ、蒙古人は金勘定が出来ないというが、お前なら、なれないことはあるまい。駱駝をひいてゆけば、欧州《ユアルプ》までも行けるぞ。商人になるか」

「ならない」

「では、どうして、あの身毒《インド》の女や、西夏の女を知るのか。分別することだ。おれの駱駝隊に入るがよい」

「蒙古女は犬よりも劣るかもしれないが、蒙古男にはうってつけの方法がある」

鉄木真は、いま聞いた西夏の女を思いうかべながら、生唾《なまつば》を嚥《の》んで云った。躰が妙に熱っぽくなっていた。咽喉《のど》を流れてゆく唾に、ふしぎな甘い味が残った。気がついて拳《こぶし》をひらくと、掌《てのひら》が汗でびっしょりぬれていた。ステファン・ツワイクに云わせると、歴史には不思議な瞬間があるというが、このとき、鉄木真が嚥んだ生唾が、のちに世界史を動顚《どうてん》させた。

「鉄木真、お前の言葉を信用してやる。それだけの国なら、ものもあるだろう。俺は部族を脱走してくる。みんなはどうだ」

仲間達は、細い吊《つ》り目を燃やしながら、一斉にうなずいた。鉄木真は、

「よいか、きょうから七日経《た》った夕、時刻はあの疎林に狼星がのぼった時、この窪地に集まるがよい。それからオルコン河を南下し戈壁を越える」

この時代、この沙漠民の人生は、ものとおんな、この二つへの強烈な執念で成立っていた。地は、北へゆくに従って、冷え、乾き、生物の生息にきびしい冷淡さを示し始める。ここに棲《す》む騎馬民族が、南の豊穣《ほうじょう》と色彩に寄せる夢はわれわれ農耕民族の子孫達の想像を絶するものがあった。シナ五千年の歴史は、一つの角度からみれば、この夢をいだいて南下してくる塞外《さいがい》の蛮族と、中原《ちゅうげん》の穀物のみのりと文化をまもろうとする農耕民族との、人口の擦りへらしあいであったとも云えるのである。

たとえていえば、青銅の什器《じゅうき》、象嵌《ぞうがん》の剣、朱塗りの椅子、螺鈿《らでん》の寝台、彼等はそのいずれを作る才能もなく、また資源もなかった。それに、絹を纏《まと》った嫋《たお》やかな女。これらの物資のどの一つを摑《つか》みとるにも、匈奴、烏孫、女真、鮮卑とよばれた沙漠民は一族の生死を賭けたのである。この欲望は今日の常識の及ぶところではない。

物に飢え、性に飢えた人種が、馬に騎《の》っている。

その馬は、大宛《たいえん》馬にくらべ、体軀《たいく》こそ奇妙に矮小《わいしょう》であったが、沙漠の瘴癘《しょうれい》に堪えて千里を走るといわれた。地球の如何《いか》なる場所であっても、そこに物があり、女さえあれば、この男たちの集団は走った。この集団の頭目になる資格は、これまたたった一つしかない。性欲と好戦欲と掠奪欲の人一倍激しい男、こういう男にのみ安心感が置ける。この男の欲する方向が、民族の欲する方向であるからだ。それに勇気と狡智《こうち》さえあれば、たとえそれが鉄木真のような、父を他部族に謀殺された一介の孤児であっても、男たちは血ぶるいしつつ従った。

「西夏の女を知っているか」たったそれだけを云った鉄木真《テムジン》は、忽然《こつねん》として軍隊を持った。三百の仲間が集まった。武具も自前、服装もまちまち、かぶとをかぶっている者は十人に一人、中には素裸に近いものがあるという、うらぶれた烏合《うごう》の衆であったが、他人種と違う点は、それらがすべて自前の馬を持った騎兵であり、しかも自前の羊を連れた、つまり輜重《しちょう》まで自前で準備した長距離行動の軍隊であった。

戈壁を越えたこの性欲集団が、西夏の城壁に着いたのは、夏も半ばを過ぎようとしていた。城の西南にある疎林の中から、それを遠望した鉄木真は、思わず声をのんだ。彼は城というものを見たことがなかったのである。蒙古人は城を造る技術というものを持たなかった。必要もなかった。彼等の国には、沙と草と羊と馬の外、他民族から盗まれるべき何物もなかった。従って彼等は常に襲撃者の立場にあり、たとえ侵される場合があっても、戈壁という沙漠そのものが絶妙の天嶮《てんけん》をなしていたからである。

疎林の中で、三百人の襲撃者達は、まるで無邪気な観光客に化したように、倦《あ》かず西夏の城を眺めていた。

記録によれば、この城は、色目人《アラビア》の技師が設計したものといわれている。

城壁は八稜郭をなし、三重の厚壁をめぐらして、外郭、中郭、内郭にわかち、外郭は三百歩ごとに望楼を聳立《しょうりつ》させて死角をなからしめていた。

城内の市街地には、迷路を縦横に走らせ、辻々に石塁を築き、弩弓《どきゅう》十挺《ちょう》を配備するという、恐らく人口十万を出ない都市に、これほどの防備が施された例は、西域史上他に類を見ない筈《はず》である。推して絹の道の商業国家西夏の富を想像すべきであろう。遠望すると、城は美しい淡紅色に煙った。これは、石材にはすべて金犀《きんさい》石が使われていた理由による。

夜に入った。

鉄木真は、包囲に先立って、風上である城の南側に兵の密集を命じ、全員に火箭《ひや》を用意させて、弦の続くかぎり城壁の向こう市街地へ射込ませた。忽《たちま》ち、数百本の火箭が星空に弧を描きつつ城壁の中へ吸いこまれて行った。

胸墻《きょうしょう》からは、一本の矢の応酬もなかった。石材で出来た市街地は火の手ひとつ上がらなかった。城は、闇《やみ》に包まれて森閑《しんかん》としずまりかえっていた。この静寂は、襲撃者にとって、意表であった。彼等のあいだに目に見えぬ動揺が起こった。

「火車《ガルンメル》を出せ」

鉄木真は叫んだ。数台の車が引き出されてきた。忽ちその上に枯れ草が満載され、油が注がれて、兵がその後ろに群らがってごろごろと転ばし、ある地点に来るや、力一杯突きはなした。

車は勢いよく転んで、城門に衝《つ》き当たって横転した。その上へ火箭が注がれてゆく。やがて枯れ草は団々たる火炎となり、城門を包みはじめたが、依然、城内からは何の応酬もなかった。人がいないのか、まさかそういうことはない。とすれば、立ち竦《すく》んで手も足もでないのか。いや、この城の中の人種は我々を愚弄《ぐろう》して相手にしないのかもしれない。

蒙古人たちの心は、一種の虚脱に陥入《おちい》った。自信の喪失するまま、彼等は鉄木真の制止もきかず、てんでに城壁へ寄ってゆこうとした。

「城へ寄るな。寄るやつは斬《き》るぞ」

鉄木真は、仲間のあいだを駈けめぐって叱咤《しった》したが、一団は、まるで催眠術にかけられてゆくように、よろよろと城壁へ吸い寄せられて行った。鉄木真は、彼等の後ろ姿に、名状しがたい気持を味わった。強《し》いて表現すれば、文明というものを始めて知った野蛮人の、物悲しい虚脱を仲間の集団の中に見た。

そのときであった。城壁の上に、突如、弩弓を構えた数百の西夏人が現われ、炎に照らされてよろよろと近寄ってくる蒙古人達に、音もなく矢を注ぎはじめたのである。弩弓という武器を始めて見たのが、このあわれな襲撃者達の最期《さいご》であった。忽ち二百名余りが城壁の下に転がった。

「退《ひ》けえっ」鉄木真は、悲鳴に似たさけびを城下に残して、必死に馬腹を蹴《け》った。馬は十数歩走って前脚を折った。前へ投げ出された所へ一筋の矢が鉄木真の右肘《ひじ》を貫いた。乱軍の中で替馬を探そうとしたが、仲間の馬はいずれも傷つき、四脚を何とか地にあがかせているのはまだいい方であった。馬を捨てて徒歩で逃げて行く者もあった。生き残った者は、わずか二十名、これでは算を乱して逃げてゆくという形容さえ当たりにくかった。このみじめな野蛮人の後ろ姿へ、西夏の兵達は、もはや追い矢さえ射ず、城壁の上から、まるで滑稽《こっけい》な劇の観覧者でもあるかのように、手を打ち転げまわって笑った。この野外劇の滑稽な役者達の中に、後に世界を征服する男がまじっていようとはむろん神ではない西夏人の知る由《よし》もなかった。

運命は、この男を助けた。乱軍の中から蒙克《マング》という仲間が現われ、馬上から腕をのばして、鉄木真をすくいあげた。そして北に向かい、はるか戈壁に向かって鞭《むち》を当てた。

鏃《やじり》に毒が塗られていたらしく、鉄木真の肘は、樽《たる》のように脹《ふく》れあがった。馬上で、蒙克は剣を抜いた。鉄木真の腕を摑んで大きくその皮膚を裂いた。走りながら傷口に口を当て毒血を吸っては吐いた。痛みが、鉄木真の意識を混濁させた。薄らいでゆく意識の中で、なんどもあの城壁から聞こえてきた嘲笑《ちょうしょう》を幻聴のごとく聞いた。

第二の西夏攻撃は、微微児温都爾《チエチエルオンズル》の山麓《さんろく》で、同族メルキ部一万の兵を破り、その土酋托克塔《ツクタ》という男を捕えた時にはじまる。

このとき、鉄木真は三十二歳、あの西夏での惨敗以来、十数年の歳月が流れていた。彼はすでに朔北の一孤児ではなかった。西夏から敗れて帰った彼は、敗残の仲間とモンゴル部の部衆を集め、

「西夏、安息《ペルシャ》、身毒《インド》の女、支那の物資《ユム》、それらをお前達は獲《え》たいか。獲たければ、鉄木真に従え。まず蒙古高原を、このつるぎの刃で統一する」

中世蒙古人は、神の生んだ最も卓《すぐ》れた獣であった。

あの戈壁を例にとっても解る。彼等の故郷の南に横たわるこの大沙漠は、今日の探検装備をもってさえ、越えることは容易なことではない。

ところが鉄木真の頃の蒙古人は、十日間の食糧を持ち、二十日間の日数で、北から南へ越え渡ったといわれる。彼等は、六日間の絶食に耐えられる特異な胃袋をもっていた。

その心臓も、他人種のそれとは異なる。成吉思汗鉄木真の子窩闊台《オゴタイ》大汗が、喀喇和林《カラコルム》の宮殿で崩じたときのことであった。

この宮殿を、一騎の伝騎が躍り出た。かぶとに鷲の羽を付けていた。この羽は、通例早飛脚《はやびきやく》の目印に使われるものであった。鷲の羽の伝騎は、一昼夜を経るごとに途中の駅で馬を代え、不眠不食で、命じられた目的地へ走る。

この時の伝騎は、はるか欧州の征旅にあった猛将抜都《バトウ》のもとへ、大汗の死を報知するのが目

的であった。

出発に先立って、彼は内臓を破裂させないように腹に木綿《もめん》を巻き、喀喇和林からカスピ海まで、記録によれば僅《わず》か十日で到着している。中近東の山野を疾駆し全行程一万二千キロ、ほとんど地球の半周にも及ぶ距離である。しかし、これを特異記録とするわけにはゆかない。中世の蒙古民族にあっては、一昼夜の騎走千キロ以上というのは、普通であったからだ。この場合、内臓をまもるために、茶だけをのんで食事はとらない。しかもそれを十昼夜つづける。これを他民族の常識では、人と呼ばない。人以上か、人以下である。

その卓抜した同族の獣性に気付いた最初の蒙古人は、成吉思汗であった。この民族さえ手に握れば、世界は卵殻を岩で割るごとく征服しうるであろう。彼がこれを直覚したとき、初めて、世界史は成吉思汗の出現を迎えることになるのである。

ところが、蒙古人の地上における数は、わずかに四百万を出ない。この稀少民族がさらに幾多の小部族に分かれ、殆《ほとん》ど劫初《ごうしょ》以来漠庭で同族間の争闘を繰返してきた。

鉄木真の三十代は、その困難な統一事業のために、費されたといってよい。

そうした時期、つまり彼の三十二歳の晩春、前記メルキ部を討滅したのである。といってもまだ、彼の手兵はわずか千を出ず、メルキ部を破った軍勢は、ほとんど他の大部族から借りてきたものであった。漠北での彼の政治的位置はまだ微弱であった。

メルキ部の土酋托克塔《ツクタ》が、彼の幕営の前に引き出されてきた。当然、これを斬殺《ざんさつ》する。古い小支配者達を、一人一人殺してゆくのが鉄木真の統一への方法であった。しかも、

「托克塔、この鉄木真を覚えているか。お前には怨《うら》みがある」

鉄木真の父也速該《イスゲイ》が、托克塔の兄の謀計で殺されたという風説が、当時あった。怨みというのはそれを指すが、話が煩瑣《はんさ》になってゆくのを避けるため、ここでは述べない。

鉄木真は、剣を抜いた。その剣は、数度の戦闘で血と脂がまつわり、銅剣のごとく見えた。蒙古人は、明澄の剣を尊ばず、血で銹《さ》びた剣を、勇者の魂とした。

托克塔は、漠庭では獰猛《どうもう》で鳴った男である。鉄木真の剣をちらりと見ただけで、観念の眼《まなこ》をとじた。

鉄木真は、剣を振りあげて、まずその耳を削《そ》ぎおとした。托克塔は、血の噴き出す右耳をおさえた。そして、躍りあがるように、

「あ、あ、有難い。何ということだ」

鉄木真は、黙って今度は左耳を削ぎおとした。血が、托克塔の顔から肩を真っ赤に染め、その血の中で托克塔は、はしゃぎ立ちながら、

「鉄木真、耳だけでよいのか。有難い。わしはお前のために何でもするぞ。さ、何をすればよいのか」

「西夏へ行け」

鉄木真は、托克塔の躁《はしや》ぎを興《きよう》なげに見ながら、

「お前の旧部下を五百名つけてやる。西夏へ行って、お前は何をする積りか」

「女を狩りとる。狩りとって、鉄木真、お前にみんな捧《ささ》げる。それが俺の仕事だ」

「そうだ。それから、お前の肺は、お前の意思で呼吸するのだ」

鉄木真にすれば、首を斬ろうとしたときふと思いついたまでのことである。こんな男にさして期待はしていなかった。

それから三カ月ばかり経って、鉄木真がこのことをすっかり忘れていたころ、この男は、骸《むくろ》になって帰ってきた。

生きて帰った者は、わずか五名であった。彼等はまだ、眠りの醒めきらぬようなふしぎな顔付をしていた。

五人の話によると、その当夜、五百名の蒙古兵が西夏城を遠く巻いて露営をした。

夜半に至った頃、東風が吹いた。その風に乗って、城のほうから、微妙な音が聞こえてきたというのである。

兵達は、何となく総立ちになった。音はいよいよ大きくなった。時に急に、時に緩《ゆる》やかに、やがてそれは轟然《ごうぜん》たる大音響となり、あたかも、城全体が楽器に化したかに思われた。天地を

包んだ音響の中で、蒙古人達は、ただ佇立《ちょりつ》するばかりであった。

そこを、西夏の伏兵が襲ったというのである。伏兵達は、馬を離れて右往左往する蒙古人に向かって、まるで射的遊戯のように的確な矢を注いだ。五百名が斃《たお》れるまで、さほどの時間はかからなかった。

「その音は、例えば笳《あしぶえ》の如きのものか」

鉄木真は、生存兵にむかって訊《き》いた。兵達は、かぶりを振った。唯、音がした、それ以上の感想を、彼等の知識の中から求めるのは無理であった。

鉄木真は、西夏の様子に通じている安息《ペルシヤ》人の武器商人を招《よ》んで訊いた。

「さてそれは、笳の如きものではありませぬ」

商人の語ったところでは、西夏には、二十絃の竪琴《たてごと》があり百人がこれを弾じ、五尺余の巨大な銅製の笛があり、五十人がこれを奏し、それに鼓《つづみ》、鉦《かね》、簫《しょう》などを混えて錚然《そうぜん》たる音響を醸《かも》すという。蒙古人は笳のほかに楽器をもたず、風籟《ふうらい》のほかに人工の音律のあることを知らない。

彼等が、魂を喪失するまでに妖《あや》しさを覚えたのも無理はなかった。

鉄木真は、ふと思い至って、この五人の敗残兵を斬った。

彼が世界を征服したのちもなお、蒙古人を朔北のその故郷にとどめ、その子窩闊台《オゴタイ》もまた、これを墨守して首都をわざわざ世界の人文から隔絶した喀喇和林《カラコルム》に置いたのは、この時の経験を徴したからであった。しかし、彼の孫忽必烈《フビライ》は大元《げん》帝国を作り、祖父の教訓を破って、都をシナの中原に移し、蒙古人を親衛隊として都に住ませた。やがて、元がほろぶ。この時、これを支えるべきあの蒙古軍団は、往年の野性を喪失して、ただの人間に化《な》り変わっていたのである。同様、こののち、満州の騎馬民族女真《じょしん》から興った愛新覚羅《あいしんかくら》ヌルハチは、わずか六十万の遊牧民をもって四億の明《みん》を滅ぼし、清《しん》を建てて都城を北京に営んだが、この民族もまた、今日、ツングース族の一派古代満州民族という呼称を民族学に遺すのみで、いまはその人種さえ現存していない。

文化に対する未開の血の儚《はかな》さは、托克塔《ツクタ》の惨敗の場合、とくに端的であった。文化は掠奪すべきもので、浸るべきものではない。托克塔の死は、鉄木真に教えた。血に毒のまわった五人の同族を斬ったのも、この直覚に繫《つな》がるものであったろう。

第三回目の西夏攻撃は、一二〇六年の夏。

このときすでに鉄木真は、漠北の一土酋ではなかった。

その前年、つまり彼の四十三歳の春、東は興安嶺から西は阿爾泰《アルタイ》山脈に至るまでの漠庭はようやく戡定《かんてい》を見、彼の生地斡難《オノン》河畔に蒙古三百部族を集めて大集会《クリルタイ》を開き、二百万の剣光に飾られながら、蒙古皇帝に即位した。成吉思汗と号したのは、この時からである。ついに卵殼を、岩で打つべき時がきた。

即位後五年、大汗旗は、始めて戈壁を越えて南下した。欧亜の歴史は、この時から恐怖時代に入る。

二百万の匈奴は、まず、シナの本土、当時の金《きん》の版図に乱入した。忽ち、金の西京（いまの大同）は血の海と化し、桓、撫二州の野に屍《しかばね》が満ちた。さらに長駆して、金の首都燕京城《えんけいい》（いまの北京）にせまった。

居庸関《きょようかん》を過ぎたあたりである。鉄木真はふと馬を止めた。潮のごとく南下を続けてきた蒙古騎兵団は、これにならって一斉に行進をとめた。

道は、三方に分かれている。

東は山海関へ、南は、燕京城へ、西は、はるか玉門関を経て絹の道にむすび、中央亜細亜の高原を走って欧州に通じている。

その玉門関の東方に、西夏があった。

西夏への執念は、鉄木真にとって、まるで恋のごときものになっていた。燕京城への道を真っ直ぐに南下していた彼の脳裡にうかんだのは、

「蒙克《マンググ》――」

軍旅の中から、その名を呼んだ。西夏の城壁下で、十九歳の鉄木真を救ったこの男は、いま、

銀色のかぶとを冠《かぶ》り、銀竜の旌旗《せいき》を持ち、真紅の戎衣を着た千人長になっていた。蒙克とは、中世蒙古語では「温和な」という意味があったらしい。蒙古人には、名があって、姓がない。名も多くは仇名《あだな》である。恐らくこの男は、戦いは上手ではなかったに違いないが、その温和な性質で鉄木真に愛されていたのであろう。

「大汗、おん前に――」

鉄木真は、黙って、鞭を西方に挙げた。そこには、滴《したた》るような血の色の太陽が、静かに地平線に沈みつつあった。道は、黄土の上を果てしもなく続き、やがて落陽の空へ融けていた。

「この道を西へゆけば、西夏がある。お前に、五万の兵を与えよう。わしは今から燕京城を攻める。六十日ののち、再びこの居庸関で、お前と会いたい。その時は――」

蒙克は、黙って一礼した。解っていた。大汗は、西夏の女を所望したのである。

蒙克の兵は、その夜のうちに進発した。出発に先立って、鉄木真は、再び蒙克を招んだ。

「囲んで、戦うな」

蒙克は、再び黙って一揖《いちゆう》した。若い頃から鉄木真と起居を共にしてきた彼には、鉄木真の意中は、すぐに解けた。鉄木真にとっては、西夏はいわば、未通の処女であろう。若年の頃から、あえかな夢と恨みをこめたこの城へ、いま部下の馬蹄が先んじて蹂躙《じゅうりん》することは、彼の感情が許すまい。囲んで、戦うな。もし戦ってこの城を掠奪すれば、大汗の嫉妬《しっと》は自分に死を与えるであろう。この城と、この城の女を犯す最初の男は、大汗でなくてはならないのである。その大汗は、いま南征の軍旅の途上にある。彼は、向後、地の限りを極めて、すべての大国を略取してゆくであろう。小国はそれに伴い、ただ枝から落ちるを待つ。しかし、西夏のみは、例外なのである。あの女達を、早く得たい。青年の頃、回紇《ウイグル》人橋爾別《チヤオルベ》が語った西夏の女とは、どのような女であるのか。鉄木真のこの想いは、恋といえばそれに似ていた。

西夏城を取囲んだ蒙克は、示威のために火箭五万発を新月に向かって飛ばすや、直ちに使いを城中に送った。いわば、和平使であった。使者に持たせた蒙克の手紙というのは、蚯蚓《みみず》の這《は》い跡のような回紇文字で書かれ、文章は粗笨《そほん》をきわめていた。直訳すると、

「われは、戈壁の北の匈奴。（匈奴、フンヌとも読む。蒙古語でフンヌは「人」の意である）

汝の国の王女を所望する。

城門の門《シユラル》を欲しない。兵の血《チルグ》を欲しない。王《カガン》の首を欲しない。王女のみを欲する」

一夜、明けた。

暁の光が金犀石の城壁を、くれないに染め、やがてそれが淡紅色に褪色《たいしょく》してゆく頃、城壁の上から、一個の籠《かご》が吊るされた。

思わず、蒙古兵達が近寄ろうとしたところ、

「寄るな」

蒙克はただ一騎、馬腹を蹴って城壁の下に近寄った。彼は馬を降りた。そして、頭上を仰いだ。

籠は、するすると降りてくる。やがて、蒙克の足もとに着いた。

籠の中には、ひとりの少女が、半裸に白紗《はくさ》を纏《まと》い、胸を宝石でうずめて、なかば失神したようにぐったりと折り崩れていた。その肌は、七月の太陽の中で、淡い紅彩を発し、匂うばかりに美しかった。

記録によれば、この少女は、西夏の国主徳日《ドーリー》王の王妹であったということになっている。事実それが王妹であったとすれば、この物語の最後に出てくる李睍《リーシエン》公主の叔母《おば》にあたるわけである。

蒙克は、その日のうちに陣を引いた。

疾風のごとく甘州へ出、そこで二日間、王女のために休息をとってから、居庸関への道を行軍した。

甘州で、蒙克は彼女のために、常の居室ほどもある壮麗な車輪付の包《パオ》を作り、調度寝具はおろか、浴室までその中に作って、二十頭の蒙古馬に曳行《えいこう》させて進んだ。

時々、蒙克が部屋を訪ねて、武骨な世辞を云っては、彼女の無聊《ぶりょう》をなぐさめようとした。が彼を見てもただ怯《おび》え、慄《ふる》えるばかりでひとことも口をきかず、行旅一カ月、食事もほとんど摂《と》らなかった。

平地泉を過ぎて、西京城に入り、恒山を南に望むあたりまで来たとき、彼女の目はついに生気を喪《うしな》った。

医者と巫人《シャーマン》を部屋に入れ、扉の外で蒙克自らが剣を握って三昼夜一睡もせずに侍立したが、四日目の朝、王女の胸からついに鼓動の音が絶えた。

その翌々日の夕、蒙克は、屍となった王女を擁しつつ、居庸関に達した。

鉄木真は彼の幕営の前で、それをむかえた。彼は、王女の顔の蔽いをとって、始めて接する西夏女をながめた。

やがて彼は、みずからの手で弔衣をとり、王女を抱いてそれを着せおわると、全軍に弔列を命じた。


それから八年ののち、大征西の緒についた鉄木真は、始めて葱嶺《パミール》を越え、サマルカンドへ入った。サマルカンド城は、葱嶺以西、裏海《りかい》東岸にまで威を振るう西域の大国花剌子模《クワラズム》国の根拠地である。

王ムハメッドは、戦わずして西へ遁《に》げた。

「哲別《チエベ》、追え。朮赤《ジユチ》、南下せよ。速不台《スブタイ》は葱嶺の西に生ける者をあらしめるな」

六人の猛将に、それぞれ二十万の兵を与え、地に満ちた二百万の蒙古馬の蹄《ひづめ》は、パミール高原を血の色で染めた。

最も虐殺の酸鼻をきわめたのは、サマルカンドの城内であった。男という男は子供に至るまで殺戮《さつりく》され、その数は二十万を越えた。女のみ、生存がゆるされた。それはすべて、蒙古兵の飢えに供された。

遠く裏海の小島に遁げこんだムハメッド王は、サマルカンド城にあった頃、女色をもって、西域諸国に聞こえた男である。

絹の道を通って葱嶺を越える隊商の男たちは、この王を揶揄《やゆ》して、

ムハメッド汗は、ナクシュの黄栗鼠《きりす》、
飽食知らぬ、大食漢

という俚謡《りよう》を歌った。葱嶺は、世界の葡萄樹《ぶどうじゅ》の原生地として知られる。秋ともなれば、山野に自生する葡萄樹が、人と栗鼠のためにつややかな果実を結んだ。この俚謡は、ナクシュ地方の栗鼠というのが法外な貪食漢で人間への分け前を残さぬことに掛けたものか、あるいは葡萄を房のまま食べる食べ方の貪婪《どんらん》さに掛けたものか、いずれにせよ、ムハメッド王の後宮には、

六百人の女が囲われていた。あるいは彼の食作法として、女性を粒としてではなく、房として愛玩《あいがん》していたのかもしれない。

その一房に西夏の女が五人いた。

宮殿の広間で、六百人の女をいちいち検分していた鉄木真は、最後に引出された五人の西夏の女を見て、蔽いがたい不快を眉《まゆ》にうかべた。

「たしかに、西夏の女であるか」

吐蕃《トブト》人の通訳は、叩頭《こうとう》した。

「誤りございません」

「ございます」

「お前は、嘗《かつ》て、西夏の女を見たことがあるか」

「それは、この女達に似ていたか」

「さあ。なにぶん若年の頃でございましたゆえ……」

鉄木真は、黙った。やがて、

「はげ」

兵が走り寄って、女の衣裳を剝ぎとった。黄色い肌が出た。どのからだも瘦《や》せて、胸が不健康に萎《しぼ》んでみえた。それなりに美人には違いなかったが、目はほそく吊り、鼻は低く鼻翼の張った、どうみても支那の女以外の何者でもなかった。鉄木真の幻影の中にある西夏の女とは、その相貌《そうぼう》は凡《およ》そかけはなれていた。事実、これは、西夏の女であったのかもしれない。西夏に住む党項人《タングート》とは、吐蕃種、シナ種、アリアン種の混合した、複雑な混血人種である。なかには、シナ系の血の濃い顔もあったはずなのだが、鉄木真の執拗《しつよう》な先入主からすれば、これは西夏女ではなかった。彼は、目の前にいる何人種とも知れぬ五人の女が、その女達の存在そのものが、自分の威信に対して侮辱を投げつけているように思えた。二十年抱きつづけてきた夢を、その細い目とその低い鼻が、嘲《あざけ》りかえしているように思えた。

彼は、剣を投げた。兵士たちは、その剣を拾って、抜いた。五人の女の首は、前に落ちた。黄ばんだ体から、血が噴き出た。鉄木真は、通訳を見て云った。

「吐蕃人。なお、詐《いつわ》りを云い張るか」

通訳は、青黒い顔を痙攣《けいれん》させ、わなわなと血の中に膝を折った。

鉄木真、六十五歳。一二二七年の春のことである。

身毒《インド》遠征を終えた彼は、シナ侵入以来十数年の転戦の疲れをいやすため、軍をめぐらしてサマルカンド城を経、さらに北上して、故郷の蒙古高原に帰った。

ある日、彼は、斡難《オノン》河畔に水浴した。これが悪かったのか、宮殿に帰ってから、大熱を発した。

鉄木真の発病は、全蒙古を震撼《しんかん》させた。諸部の長が陸続と彼の穹廬《きゆうろ》にあつまり、数十万の兵が戎衣を解かずに斡難河畔に宿営し、数万の炬火《きよか》を焚いて、大汗の平癒《へいゆ》を天に祈った。

その頃、老将蒙克《マング》が、責めを負って、自殺した。いきさつは、こうである。

帰郷して数日後、鉄木真は、蒙克を誘ってただ二騎で斡難河畔を周遊したことがある。沙と草と天と、ただそれだけの故郷の自然であったが、世界のあらゆる風景を見てきた鉄木真も、この磽确《こうかく》たる天地に、滲《し》みとおるような懐しさを覚える年齢になっていた。久しく見なかった斡難は、相変らず阿爾泰《アルタイ》の雪を融かして沈々と流れ、碧落の天に遊ぶ蒙古鷲までが、鉄木真の目に懐しいものに映った。

「蒙克、見ろ。故郷の水だ」

流れにしゃがんで、鉄木真は、水を掬《すく》って飲んだ。やがては、服をぬぎ、裸になって、河の中に入って行ったのである。

「大汗。まだ冷とうございますぞ」

そう蒙克は制止しようと思ったが、この男のからだにある五十数カ所の傷痕をみて、口をひらくのを諦《あきら》めた。とめて、やめる男ではないのである。若い頃から、欲することを、そのままにやってきた。

やがて水からあがってきた鉄木真は、

「疲れた。年の所為《せい》かもしれない。すこし昼寝をする」

鉄木真は、水際からすこし離れた窪地に入って、その草の衾《しとね》の上に寝転んだ。

「蒙克。この窪地を覚えているか」

「覚えているどころではない。あなたにそそのかされて、この窪地から我々は部落を夜逃げするように出て行ったのですから」

その頃の仲間は、その後鉄木真に従って各地で転戦し、ほとんどが戦没して、今生き残っているのは蒙克ただ一人だった。その蒙克も、すでに六十の半ばを越していた。

「そのあなたが、いま、地の主になってここに帰ってきた」

「いや、まだ仕残しがある」

「西夏でしょう」

蒙克は、声をたてて笑った。西夏に関するかぎり、政治や軍事に属することではあるまい。当然、女噺《おんなばなし》に属することであろう。それに、大汗も自分も、六十の頽齢《たいれい》を疾《とっ》くに越した。往年の鉄木真のあの執念は、もはや茶のみばなしの話柄《わへい》にしか過ぎまいと蒙克はかるく思ったのである。

しかし、鉄木真は笑わなかった。その表情の意外なかたさに、蒙克は内心、怯《おそ》れとたじろぎを覚えた。

「蒙克、お前は齢《とし》をとった。そう、気軽く笑えるところを見れば、お前は男でなくなりはじめている。お前の目の中から、蒙古兵の獣の輝きが消えかけているようだ。わしの目をみろ、十九の若者と変わるまい。この目こそ、モンゴルの子等の皇帝にふさわしい目だ。わしはまだ、西夏の女を諦めてはいないぞ。あの匂い、あのからだ。若者の頃に描いた映像と同じものが、まだ生ま生ましくわしの躰の中にある。わしは、西夏を討つ。全世界の兵力をこぞって、あの小さな宝石のような国を奪いとる」

いつになく多弁な鉄木真の顔を眺めるうちに、蒙克は、身のうちから抑えがたい奇妙な慄えがわきあがってきた。稀薄な生命力が、異常に強靭《きょうじん》な生命に対した場合、ときにこうした精神の力学現象の起こることがある。蒙克の震えは、それかもしれなかったが、蒙古人の環境にあっては、もう一つの理由があった。

老齢になって生活力を喪った父を、子供が生きながらに風葬する例は、この種族の習慣として、当時普通に行なわれていたことである。彼等にあっては、老人ほど、憎むべく、またうとましい存在はなかった。この種族の戦いは、他種族のように兵士だけの戦闘ではなく、前面に若者が立ち、中軍に壮年が並び、後方は女子供から羊群までをふくめた輜重《しちょう》隊が続いた。いわば、部族そのものが、軍団なのである。この戦闘団の中で、老衰者という特権的な例外は、一切認められなかったのは当然といってよい。身の自由の利かなくなった老人は、野に棄《す》てられた。沙漠の劫風《ごうふう》が、まるでそれが役割であるかのようにこれを白骨に化した。

老人が、老衰したと見られることは、それは死の判決に近い。蒙古軍団の宿将である蒙克が、老衰したところで野に毀棄《きき》されることはないが、この場合、その老衰の判決を、大汗が下したのである。怖れと恥に温和な彼は年甲斐《としがい》を忘れて動揺した。こういうとき、この野性の種族に起こる反応は、抗弁ではなく、きわめて直《じ》かな行動であった。蒙克は、反射的に起ちあがった。

「大汗。勝負をしたい」

「やぶさ、る、め、る、か」

二人は、ものも云わずに、それぞれの馬に乗った。

「刻限は?」

「日没まで」

二人の馬は、まだ落日まで二時間はあろうという太陽に向かって、真西にむかって、驀直《まっしぐ》らな疾走をはじめた。

やぶさるめるとは、いわば競馬である。しかし、蒙古人のそれは通例の概念にある競馬とは、まるで異なっていた。まず円周をまわるのではない。地平線にむかって、真っすぐに疾駆するのである。さらに、終着の目標物というものはなかった。時間というものが目標であり、所定の時限内に、いかに多くを走ったかで、勝負を決するのであった。

二人の勝負は、落日に賭けられた。沈みゆく太陽のために、天は鮮紅に化し、草原は茜《あかね》に染まる。その中を大地の大汗と、蒙古の宿将は、征矢《そや》のごとく太陽に向かって疾駆した。疾駆しては地平の稜線へ躍りあがり、さらに地を攫んでは、次の地平へ驀直《ばくちょく》した。

二時間の疾走ののち、太陽は、ついに落ちた。鉄木真は、蒙克よりも数馬身を追い抜いてとまった。蒙克は、敗《ま》けた。鉄木真は、笑いながら、

「蒙克、お前は、素晴らしい蒙古兵だ」

馬上から、彼の肩を抱いた。しかし、蒙克の息は不規則に荒く、顔は蒼かった。

二人は宮殿へ帰った。鉄木真の発熱はその夜からである。水浴の冷えと、そのあと一時に心臓を酷使したためであろうか。

数夜で、彼は枯骨のごとく痩せた。相貌に、死色が現われた。

諸部の長が、その責任を蒙克に追及したのは当然であった。蒙克は甘受した。

「一々の条、詑《わ》びの申し様もない」

詰め寄る族長達の前で、うなだれた。しかし、意外に明るい色があった。彼は、包に帰ってから息子達を呼び、

「忌むべき老衰の疑いは晴れた。責任のためなら、死はむしろ、慶事ではないか」

そう云って、剣を執った。欛《つか》を握る手が騎走以来驚くほどに痩せて、漸《ようや》く剣を保つと、それを咽喉へ突き刺して果てた。

鉄木真の病が、奇蹟の小康を得たのは、その後、一月経ってからのことであった。

彼は病床から体を起こすと、間然を許さぬ至厳な口調で、命令を下した。

「ただちに、兵を準備せよ。軽騎のみ二十万。強兵をすぐれ」

その先頭に病車が準備され、朮赤《ジュチ》、哲別《チエベ》の猛将に指揮された二十万の騎兵が鉄木真の穹廬の前に整列したのは、それからわずか二日後のことであった。そのとき、鉄木真ははじめて、

「西夏へ行く」

と宣した。ひさしぶりで蒙古軍団は、戈壁を越えて南下した。

ひと月の後、西夏城を囲んだ鉄木真の軍団は、黄白の旌旗を雲のように棚引かせ、全軍が銀兜、銀甲を着し、弩弓一万挺を揃え軍車五千台、騎馬二十万、宛《あたか》も、これが彼の戦いの人生を飾る、最後のページェントのごときものであった。

西夏城を守る者は、数カ月前に病死した徳日王《ドーリー》に代わって指揮をとる李眖公主《リーシエン》である。

公主は、徳日王の姪《めい》にあたり、このとき未だ二十歳を越さぬ未婚の公女であった。

この公主がいかに美しかったかは蒙古典籍に明らかである。「それは、青狼《グフノハイ》のごとき瞳をもつ。頬は桃花玉のごとく輝き、肌は吐蕃麝香《じゃこう》のごとき芳香を放った」。この筆者は、元初のラ

マ僧である。彼はその容姿を見聞者から聞きとって筆写したものであろうが、原文に禁欲者独特のねとつくような執念が流れていて、無気味なほどである。

李睍公主の麾下《きか》の西夏兵の奮戦はすさまじいものであった。

彼等の戦意が奮ったのは、恐怖によるものといえた。敗ければ、掠奪と虐殺であることは、鉄木真崛起《くつき》以来の蒙古軍の歴史がそれを教えていた。

西夏軍は、徹底的な籠城《ろうじよう》戦をとり、城外に一兵も出さなかった。出せば忽ち蒙古兵の剣と槍が蝟集《いしゆう》して、一溜《ひとたま》りもない。兵だけではなく、西夏の市民のすべてが胸墻に拠《よ》り、弓、石、弩弓をもって、城壁下の蒙古兵を狙撃《そげき》した。

このとき、はじめて鉄木真は、砲を用いたともいわれるが、それは誤伝である。砲は、鉄木真の孫忽必烈《フビライ》が色目人《アラビア》の傭《やとい》技師の試作品を使って、南宋の臨安城の城壁を粉砕したときが東洋史上での最初の登場である。

籠城一カ月、ついに西夏城に、糧水が尽きた。李睍は、毎日城壁を巡回して、市民を激励したが、人々は、もはや弓弦を引く気力さえ喪失しはじめていた。

ある日、その早朝から、蒙古軍の矢戦さが熄《や》んだ。彼等は、城外を遠く退き、はるか西郊の丘に集結している。

やがて使者が来た。城門がひらかれた。むろん、降伏の勧誘であった。

李睍は、峻拒《しゅんきょ》した。しかし、使者は帰らなかった。彼は、大汗の意向として、受降後、殺戮は一切しないと伝えた。蒙古軍の慣習からすれば、稀有《けう》のことであった。

「掠奪は？」

「する。ただし、市民の財産には手をつけない。王家の財宝のみが対象です」

「保障できますか」

「できると思う。しかし、最大の条件が受け入れられればです」

「それは？」

「成吉思汗は、貴女を欲している」

「………」

使者は、返答を約して帰った。李睍は、すでに覚悟をしていた。通例なら、国主の死を求められるところであろう。が、西夏の場合、国主は女性である。匈奴の王は、そのからだを求めた。李睍は、このからだが、無気味な匈奴の穹廬に運ばれてゆく日のおぞましさを思ってみた。しかし、死は考えなかった。それが王家の務めなのである。西夏国は商業国家であり、何人かの富商に支持されて、その王家が成立している。他国のような、専制国主ではなかった。選ばれ、承認され、そして都城の危機のときには、市民に代わってその責めに立たねばならない。李睍を決意せしめたものは、壮烈な美談的感情よりも、そうした王族としての不文律の義務感からであったと云える。

公主は、決意した。市民は、生命と財産の無事を歓喜した。城に満ちた市民の歓呼の中に、公主個人の悲劇へ想いやる感情がどれほど含まれていたか疑問であった。

李睍公主は、使いを攻城軍に送って、日没とともに開城し、自ら車騎を用意して鉄木真の陣中に赴く、と返答した。

夕刻、部屋に戻ると、公主は侍女をよんで晩餐《ばんさん》の支度を命じ、独りで卓子に向かった。皿の上で数片の羊肉を裂いたが、しかしそれを口へ運ぼうとはせず、やがて肉叉《にくさ》を措《お》いた。この胸のつかえは、哀しみともつかぬ。不安ともつかない。怖れというものでもなかった。それらの入りまじった気持、いわば、女の肉体の深部が、つまり感情を隔絶したふかみの中から激しく湧きあがってくる生理的な疼痛《とうつう》といった方がいいかもしれない。彼女は、茘酒《れいしゅ》の壺をとりあげた。血のように赤い酒液が、角の酒器を満たした。唇に寄せ、やがて一気に飲み干した。赤い滴が、つと彼女の口辺を流れて、白い軽紗の膝に散った。

公主は、立ちあがった。危うく、からだの重心を失おうとした。いつのまに入って来たのか、侍女がそれを支えた。

「お湯をお召し下さいますように」

公主は黙ってうなずいた。侍女はその手首を軽くとって、廊下を隔てた浴室へ導いた。思うに、当時の西域諸国の習俗からみて、この浴室は、蒸気の沐浴室《もくよく》であったろう。凝脂《ぎょうし》を蒸気で融かした後、浴槽でそれを洗い流すのである。

「さがって、よい」

侍女にそう云うと、李睍公主は、湯槽へ身を沈めた。公主のからだが沈むにつれ、湯は縁に溢《あふ》れ、せんせんとこぼれた。湯槽は、厚い玻璃《はり》をもってできあがっている。底部は円く、槽体は四すみに角をとり、口はやや小さく、一見、巨大な壺のようにもみえる。半透明の玻璃に刻まれた模様が、彼女のからだが沈みゆくにつれ、複雑な乱反射を瞬いた。

彼女は、つとうなじを引いて、玻璃の光に融けた自分の肉体を見た。日没が来ればこのからだは匈奴の王の所有に帰する。それを、手の中の小さな海綿で無心で洗っている。

悲しみとは別な、何か依怙地《いこじ》なまでの手のうごきであった。もはや彼女のなすべきことは何も残っていない。匈奴の陣中へ行く日没までの彼女の人生の時間は、いま、真空のごとくであった。

その真空の中で、何かする行為があるとすれば、湯槽の中で手を動かすより外なかったかもしれない。それは、人が重大な時間の前によくやる、意識や感情とは無関係な、痴呆的な反復行為であるともいえた。

それ以上、われわれは現代の言葉をもって、十三世紀初頭に生きた沙漠の国の王女の心の中に踏みこむことはできない。ただこの公主は、鉄木真という匈奴の王を知らなかった。或る想念はあった。それは、色彩に似たものであった。戈壁という、暗い褐色の幕がそこにあった。その幕の中から突如現われてきた男、その男は黝《くろ》ずんだ装束《しようぞく》と薄汚れた革の匂いをもっている。塵《ちり》にまみれた脂くさい掌で、彼女の肉体を撫《な》でるのである。この色彩が彼女の意識を襲うごと、公主は玻璃の中で胸を抱いた。

沙漠の陽は、青海《グフノール》を赤く染めて落ちた。西夏城の門は大きく開かれ、一人の馭者《ぎよしや》と二人の侍女を連れた李睍公主の馬車が、沙《すな》に暗いわだちの跡を引いて出た。

はるか西郊の丘に匈奴の陣がある。数万の炬火《きよか》が、天と地を彩って、公主の目にはそれは現実の時間の中の火とは思えぬほどの美しさで燃えたっていた。

幕舎の中で鉄木真に謁見《えつけん》した李睍は、一瞥《いちべつ》してこれが亜細亜を席巻した不世出の英雄《バガトル》であるとは、到底思えなかった。豪華な白い戎服がむしろ痛々しげに見えるほどの、痩せた土色の皮膚をした老人がそこに座っていたのである。椅子にもたれながら時々背を枉《ま》げて絶え入るような咳《せき》をした。

「公主か。よく来られた。私は、成吉思汗である。待つことが久しかった」

鉄木真は椅子を立って公主の手をとろうとしたが、足許がよろめいて、左右の侍者に支えられた。

「部屋へ行こう。ただ一人で、お前を眺め尽したい」

侍者数人が椅子のまま鉄木真をもちあげ部屋に運んだ。短檠《たんけい》の中で、二人は向かいあった。公主は立っている、鉄木真は座っていた。

「美しい、これは、この世のものではない。わしの若いころ、橋爾別《チャオルベ》という回紇《ウイグル》人がいた。彼はお前の生まれぬ先から、お前の美しさを讃えていた。その後、わしはお前を獲《え》るために、四十年を費した。世界を従えて、ついに西夏を獲た。そのお前が、いまわしの前に居る」

しわぶきの中から洩《も》れるように聞こえてくる老人の口説《くぜつ》に、彼女としては、皺《しわ》んだ口許の震えを眺めるほか、為《な》すことがなかった。

言葉も解らない。ましてこの蒙古の老人の半生についての知識など、何一つ彼女は知っていなかった。しかし、鉄木真にすれば、これが恋の囁きであったかもしれなかった。その語彙《ごい》が素朴であり、その表現がこの男の人生の規模に似て、いわば壮大な世界性を帯びていた点だけが、世の常の恋人と異なるのみである。

その夜、鉄木真の病は革《あらた》まった。六日のあいだ高熱がつづき、七日目の朝、大蒙古帝国の大汗鉄木真は、西夏の公主の手をとりつつ、喀喇和林《カラコルム》へ帰る陣中で没した。

一二二七年の八月十二日。

麾下の蒙古軍はその死を悼《いた》み、かつ、その死を沙漠の他民族に知られぬために、喀喇和林への行軍の途上、道で遭う隊商、遊牧者のことごとくを殺害した。

この頃、漠南に驟雨《しゅうう》が降り、戈壁へつづく北の空はめずらしく晦冥《かいめい》した。

李睍公主はその後、父の女を相続する蒙古人の慣習により鉄木真の嫡子窩闊台《オゴタイ》の夫人になったといわれる。

エフィガム大尉の発掘した玻璃の壺は、その後、大英博物館に送られた。それが李睍公主の浴槽であったかどうかは、なお確定していない。

丼池《どぶいけ》界隈

初出「面白倶楽部」一九五七年九月号。

（い、い、い、い……）

「何しとるんやろ、彼奴《あいつ》。癲癇《てんかん》かいな。——いや。あらア、丼池筋《どぶいけすじ》のガタ政《まさ》や」

「なるほど。駒田《こまだ》はんや。往来で背エそらして、脚突っぱって、まるでチンバ馬が、六方《ろっぽう》踏んど格好やなあ。この商いの忙《せわ》しい刻限に、何の真似《まね》やろ？」

（イ、イト、イト……）

「何にやら、口走っとるがな。おお、相手は、女子《おなご》やないか、しかも、良《え》え女子や。あの白いうなじ、年増《としま》のたまらん色気やなあ」

「あれ、動いた。駒田はん、逃げだしよったでエ。……真ッ昼間から、えらい色模様や」

丼池銀座といわれる北久太郎町《きたきゅうたろうまち》通の昼さがり、「喜楽」で、狐二杯を流しこんだ駒田政吉は、ノレンを上げて往来へ出たとたんに、ウッと声を詰めた。運命というものは、どこでどんな地雷を伏せているかわからぬものだ、眼の前に火柱がたった思いがして思わず、「い、い、い、い」と、竿立《さおだ》ちになり、ややあって矢庭《やにわ》に駈けだしたものである。

ビッコだ、踊るように駈けねばならぬ。あとを、雑踏をかきわけて女が追う。裾《すそ》がすこし乱れて、往来の野次馬が舌を巻いたとおり、多少年増だが、たしかに色ッぽい。といって、玄人《くろうと》ではない。古い大阪語でいえば、良家の若御寮《わかごりよう》はんといったふぜいだ。

「待って。政どん――」

丼池筋の角で追っつかれた政吉は、両掌《りようて》でアワアワと円を描くようにして、

「い、いとはん。堪忍《かに》しとくれやす。わてエは、一生あんたのお顔を見ンつもりだした」

「そやかて、十二年ぶりで遇《お》うたというのに、立話ぐらい、仕てくれはっても、ええやないの。薄情な、ひと」

「ハ、薄情は、いとはん、あんたのほうだすがな」

「わかってます。後悔してます。そやからそのお詫《わ》びやら、その後の話やらをユックリしたいと思うて、こうして……」

「ナニ、お詫び。益体《やくたい》もない。わてエの今ほしいのは金ぐらいのもんや。お詫びみたいな、要《い》りまへん。あのな、いとはん。あれから十二年、政吉は人が変りました。昔の政どんは、死によったンや。今ここに立っとるのは、丼池ではちっとは知れた台屋《だいや》のガタ政だっせ。商売の鬼。いや金の亡者とも云《い》われとるわい。三十八の今日になるまで嫁はんも持たんと、金戦《かねいく》さだけに身イ入れてきた丼池のガタ政や。体も悪けりゃ、心もヒネ者やな。そういう政どんにしたのは――」

「わかってます」

「あんたやあれへん。わてエ自分で、そうしてん。自惚《うねぼ》れたらあかん。一代身上《しんしょ》つくるには、何ぞ犠牲にせんならん、それには家庭やと思うてな。常人《ひと》のやること、やれんわい。云うとくが、あんたに未練はあれへんで、わてエは」

「あ、政どん――」

いとはん、いや鳩仙堂《きゅうせんどう》の桃子の声を背中で跳ねかえして雑踏の中へ消えてしまった。

躍《おど》り政、ガタ政とも云う。丼池筋の商人《あきんど》たちは気も荒いし、口も悪い。駒田政吉を、そう端的に表現した。右足が悪くて、ガタガタと躍るみたいに商い場を走り回るからだ。それが通り名になって、屋号も「我多政」とつけている。屋号といっても、レッキとした店舗があるわけではない。「我多政」は、丼池筋で云う、台屋だ。

日本一の繊維街、一日でこの街だけで二十億の金が動くという大阪の丼池筋は、客と店員と品物のほかは、土も見えないといわれているほど建て込んだ処だが、それだけにちゃんと構えた店舗はほぼ半数しかない。あとは、市場形式の安ビルだ。安ビルの中に、数百軒の店が、腸詰《ソーセージ》の肉みたいに押詰まっている。店といっても、一間四角の机があるだけ。その机の上に生地や既製服を積みあげて、電話一本で荒く大きい商売をやる。「別珍《べっちん》の朱地の規格品、五反回してンか」と地方の小売店から電話が掛ってくると、すぐ別の電話で方々の問屋を呼びだし「別珍の朱地、お前の店《うち》ナンボやア、え、ヤール二百六円。二円負《ま》からんか」と、居ながらで利鞘《りざや》を稼いで商いする。だから、別称「イザリ・ブローカー」ともいう。ガタ政は、そのイザリのひとりだ。

逃げこむように店へ戻った彼は、小店員に、

「新コ、うどん食うて来い。……二杯か」

「へえ、三杯。済ンまへん」

二十五円×三杯七十五円を銅貨で渡して、ガタ政は小店員を外へほうり出した。昼めしは大抵、狐うどんである。栄養もあり、消化もいい。時々、ケツ・ランというやつも食う。ケツ

ネ・ランチというわけで、狐うどんを飯のおかずにする。旨くて、腹が太る。新コは、中学を出て二年目だから、腹の減らし時だ。黙って、百五円渡してやると、新コはうどん屋で、

「おばはん。めし付やでエ」

「へえ新ちゃん、今日はえらい働きやな」

という段取りになる。尤《もっと》も、これは夏の閑《ひま》なときだけで、秋場の忙しい頃になると、いくら新コでも、ケツ・ランでは動かない。時々二百円札をほうり出して、

「まむしでも食えや。そのかわり、ロイ奢《おご》るな」

と云ってやる。丁稚《でっち》は沢庵《こうこ》のシッポでけっこう、といったのは、今は昔の大阪の伝説である。新コを外へ出してから、ガタ政は、ぼんやり机の上に肘《ひじ》をついた。てかりと、机の上の受話器が映るほど色が黒い。眼鼻だちが大振りで、間のぬけた戦国時代の武将を、素顔で演《や》れる顔だ。

隣の店（といっても、五糎《センチ》と離れていないが）の店員が、電話をかけながら、いつにないガタ政の様子をチラリと見た。気のせいか眼尻に涙のようなものが滲《にじ》んでいた。

（大将、不渡でも出しよったかな？）

そう睨《にら》んだのも、無理はない。このあたりでは、感傷といえば、そんなこと位しかない。その倒産も、多い日には、二、三軒はあるという、まるで活火山の上にいるような界隈《かいわい》だ。

(いとはん。あんたは、良うまあ、この俺《わい》を人混みの中で呼びとめはったなア。どの顔さげて、俺に会えた義理があンのや)

さっきから、そんなことばかり、口の中でぶつぶつ呟《つぶや》いている、呟くたびに、眼尻から妙なものが滲んでくるのだ。それを腹立たしそうにゴシゴシ拳《こぶし》でこすりながら、ガタ政は、近頃は滅多に想い出すことも無くなった昔のことを、ぼんやりと思いだしていた。

昭和十九年、戦争も押しつまった頃、ガタ政こと駒田政吉は、小僧のころから勤めた鳩仙堂の手代として、戦争で人手のなくなった店を殆《ほと》んど一人で切りまわしていた。

鳩仙堂は、その世界では知られた道修町《どしようまち》の漢方薬問屋である。

「政吉。仕事が済んだら、ちょっと話がある。住吉の家《うち》まで来てンか」

老主人の孫谷《まごたに》彦兵衛に云われたのは、忘れもしない、天神祭の翌日。その夜、住吉の公園西口にある鳩仙堂の自宅に伺うと、

「ほかでもない。こう押詰まると、戦争の行末も、店の行末もさっぱり見当がつかんしな、儂《わし》もええ加減に気苦労がいやになったわ、年でな。この辺で楽ウさして貰《もら》うことにしたンやが、どやろ、お前、家イ入って呉《く》れへんか。外に、店の者《もん》ちゅて、戦争行って誰もおらへんし、差

当ってお前や。桃子は、独り娘やから気儘《きまま》でいかんが、それで良かったら、お前エ、養子に……」

「えッ、そ、それで桃子《いと》さんは、それでええと」

「ええも悪いも、親の云い付けやがな」

「あ。ありがと、ござります。ヒイ」

ヒイとは、政吉は思わず泣いたのだ。桃子は大阪の相愛女学校の四年生だった。京人形《いちまさん》のような桃子の顔が、二十五を過ぎた政吉の瞼《まぶた》に、その頃夢のまも離れたことがなかった。その桃子《いと》さんを貰える。思わず、うれし涙が噴きでたのも無理はなかった。

政吉は、働いた。挙式は、桃子の卒業を待ってするという。もう主家ではない。自分の家の、自分の仕事だ。身を粉にして働いていた或る日、生薬の梱包を積んだ荷車をひいて御堂筋《みどうすじ》を東から西へ渡ろうとしたとき、轍《わだち》の振動で木箱のふたが開いて、海人草《かいじんそう》の一茎が道路上へこぼれ落ちた。金額にすれば当時で一銭ほどにも当らない。たかが、海人草《マクニン》一茎。そうは、政吉は思えなかった。やがて、俺《わい》のもンになる商品やないか、政吉は駈けだして、それを拾った。

「あッ」

大きな軍用トラックのタイヤが、彼の網膜に焼きついた。それっきり、意識がなくなった。

外科の大野病院から退院して帰ってきたとき、彼は生れもつかぬ片輪になっていた。

「片輪もンではなあ。桃子がいやがるのも無理はないわ」

そうした老主人の蔭口が政吉の耳に入るようになった頃は、挙式の話も出ないまま、すでに終戦を越していた。店の者も、復員してくる。番頭、手代の数もそろった。政吉の必要だった時代は、過ぎたのだ。

主人や御寮はんの態度が冷たくなっていた。たまりかねた政吉が、ある日、店へ遊びにやってきた桃子を無理やりに外へ連れだした。

「何やのン、政どん。袖《そで》ひっぱったりして、まるで色きちがいみたいに。変なことしたら、声たてるしイ」

「い、いとさん。わてエを嫌いになったんですか」

「嫌いも何も、始めっから、うち、あんたを好きとも嫌いとも思うてへん。第一、お話したことも、二、三遍しかあらへんし、ただのお店の人やないの」

「そ、そやけど、……養子の」

「そや、そんな時もあった。お父さんが政やんはどうや、と云うたはった頃もあったなあ。その頃は、うちかて、まだ小娘やったから、あんたの顔を見て、ああaあれがうちの将来の旦那はんやと、ポーッとなったこともあった。まあ軽い初恋、いや疑似初恋やろか。少女時代には、誰でもあるもんや。そやけど、その後、あんたの養子の話、立消えになってから……」

「立消え？」

「そや、この頃お父さん、別の話うちに勧めたはるがな。そやけど、うち、嫌やな。こんな自由な時代になったし、うちはやっぱり、ちゃんとした恋愛をしたい。したいどころか、本当《ほんと》のこと云うたら……」

「本当のこと、云うたら？」

「うち、今、恋愛してるねん」

その夜から、政どんの姿は店から消えた。消えた政どんが、丼池のガタ政になる迄の苦心惨《さん》憺《たん》の物語は、長くなるからここでは書くまい。ただ、この桃子と政吉との会話に、重要なウソが一つある。桃子が「第一、あんたとお話したこと、二、三遍しかあらへんし」と云ったくだりだ。たしかに、二、三遍しか口を利《き》いた機会はなかったが、その三度目は、こうだ。政吉が、住吉の家へ使いに行ったとき、家人は桃子のほか、誰もいなかった。桃子は、政吉を自分の部屋へ連れて行って一時間ばかりトランプの相手をさせたのち、帰ろうとした政吉の手首をとって、

「あんた、黙ンまり屋やなあ。そいでも遊んでくれたかわりに、ええものをあげよ。ね、こんなん、知ってる？」

やにわに、腕を政吉の頸《くび》へ巻きつけ、顔を仰向けさせて、政吉の黒い唇へ自分の唇を押しつ

けた。気の遠くなるような、永い時間が経《た》った。やがて、つき離すように、

「さ、お帰り。誰にも云うたらあかんよ」

政吉は、夢中で玄関をとびだした。住吉から道修町まで、どこをどう帰ったか、おぼえてない。はじめての経験だった。政吉は、それから何月も、夜寝床に入るたびにも、「も、も、こ。も、も、こ」と、うわ言みたいに呟いた。その時の唇の感触は、十二年たった今日でさえ、体の中にちゃんと残っている。

桃子は、それからすぐ、吉野の疎開先へ引越したきり、終戦まで大阪へもどってこなかった。帰ってきて、お店で政吉と顔を合したときも、ケロリとした顔付で「政どん」と、声もかけてくれなかった。

(俺《わい》は、弄《なぶ》られたンと、ちゃうやろか?)

進駐軍の生地で作ったグリンの合《あい》オーバの裾を翻《ひるがえ》して出てゆく桃子の後ろ姿へ、政吉はそう思った。今となって、冷静に考えれば、たしかにそうだったに違いない。弄られたんだ。戦争で、身辺の若い男といえば、兵隊にゆかぬ政吉ただひとりだった。その政吉と、ウッスラ、と養子縁組のある話も聞いていた桃子が、ある瞬間、そんな気になったのも、無理のないことかもしれない。最後に、桃子の袖《そで》をとって表へ連れだしたときも、政吉は、なんどか、

「しかし……、そやけど……」

とその時のことを云いだしかけたが、桃子のシラを切ったような表情の前には、声になって出て来なかった。戦前からの道修町丁稚だった政吉には、主家の人は、まるで絶対に近いものだったのだ。

「おンどれ、今に見くされ」

そんな根性が、政吉の体中に漲《みなぎ》ったのは、道修町をとびだしてからのことだ。今に見くされ、とは、誰に対する呪《のろ》いの言葉なのか、裏切った桃子に対するものか、政吉との口約束を丁稚なるがゆえに紙屑《かみくず》のように破りすてた主人に対するものか、それは政吉自身もよくわからない。わかっていることは、「身分というても、所詮《しょせん》、銭やないか。銭に使われてる身やったればこそ、俺《わい》は馬鹿《こけ》にされてもよう腹を立てんかった。今に見い。鳩仙堂の倍の金エ作って、桃子や彦兵衛を見返して込《こ》ましたるぞ」

それには、三十代の暮まで嫁を貰わぬ。身上作って、鳩仙堂よりもええ処《とこ》から、嫁を貰うて込ます。見くされ！　今に……。

戦後の闇《やみ》時代をきりぬけて、ようやく、この丼池の一角に「台」を持った。イザリ・ブローカーとはいえ、電話一本で動かす商品は日に五百万円を越えるときもある。台といっても、馬鹿にならない。一坪たらずの机の権利が二十万円はするのだ。

「あとは、丼池を抜けて、唐物町《からものまち》に進出するだけや。そうなれば規模《やたい》の大小《おつきちさい》だけで、伊藤忠や伊藤万と変らんわい」

唐物町は丼池筋界隈からほんの数町いった船場《せんば》の中心街だ。ここは丼池の雑然たる空気とはちがって、本格的な繊維問屋がずらりと並んでいる。ガタ政の理想は、そこだ。そこへ出ることだ。それには、二千万円の金を握る必要がある。唐物町ともなれば、間口三間奥行二間程度の小店でも、老舗《しにせ》料は一千万円の高値をよんでいるきょうびだ。

「儲《もう》けりゃ、ええンじゃや。俺《わい》は、それだけを考えてりゃええンじゃや。桃子がなにか。唐物町に出りゃ、金で面《つら》張って、ミス・ユニバースでも嬶《かかあ》にして見せたるぞ」

想い出から醒《さ》めたガタ政は、ドシンと、テーブルを叩《たた》いて立ちあがった。

「新コ、飯イ済んだか。よし、済んだら、問屋五、六軒回って、冬物の相場予想オ聞いてこい。ええか。それから測候所へ電話かけて、今年の冬は暖冬異変あるかないか、ひつこう、聞いてみたれ」

さすが、商いの鬼といわれたガタ政だ、一たん感傷をふき払うと、風雲に臨んで立つ戦国の猛将の風格があった。

「政はん、もう商い、仕舞うたか。仕舞うたら、コーヒーでも、付き合わんか」

「おお、大学教授」

「金は、俺《わい》、出すでエ」

大学教授といっても、大学の研究室にいるああいう人達とは、少しちがう。丼池の大学教授だ。もっと正確にいうと、手術着をきて眼鏡をかけて闊歩《かつぼ》しているところは、医学部教授そっくりだが、理髪で飯をくっている。職種は理髪だが、世間学にかけては、大学の講座に出てもいいと自慢しているオヤジだ。底抜けの世話ずきで、丼池の町では無くてはならぬ名士の一人に数えられている。コーヒー一杯三十円の大衆喫茶の三脚椅子に腰をおろすと、

「政はん、嫁貰わんかい。ええのンが、一人いる。河内《かわち》の枚岡《ひらおか》の引抜屋《ひきぬきや》の娘や」

「引抜屋て何や」

「引抜屋知らんのか。ダイスという鉄の駒の穴に鉄棒を通して、向うからグイッと引きぬくンや。すると、ハリガネになる。つまり河内式のハリガネ職やな。えらい、儲けとるでエ。そこの娘や。不嫁《いかず》後家で、年は食うとるが、顔もまずい」

「ンなら、ええとこ、あらへんがな」

「ある。色オ、つけよる」

「あほらし。持参金かいな。ナンボや」

「これだけや」

大学教授は、そばにあったソロバンをとりあげて、ポンと玉を弾いた。

「十万か。ざっと、別珍十五反ぶんやな。そんな目腐れ金で、俺《わい》の男が売れるかい。アホいうな」

「えらそうな口利いたら、あかん。お前は品物《しなもん》でいえば、ハンパ物やないか。年食うとる上にビッコや。半値に引かんと、売れてゆかん品物やないか。高う値積りしてたら、世間のええ笑いもンやでえ」

「そら、違うわい。男の値うちは、足や年では決まらん。ド根性できまる。どないしても丼池で天下取ったろという、ド甲斐性《かいしょ》できまるンじゃァ。お前らみたいな、働き取りの散髪屋にはわからんわい」

「ふむ。さては、お前。鳩仙堂の桃子はんにまだ惚れとるな」

「えッ、鳩仙堂……なんで、お前、そんな店知ってる」

「大学教授や、何でも知っとる。とは、ウソで、俺は若いころ鳩仙堂の主人の——お、その主人、亡くならはったン知ってるか」

「知らん」

「もう八年も前や。その前に、桃子はん東京へ駈落ちしたン知ってるか」

「……」

「近所に下宿してた私大の学生とでけてなあ。あの人、あれでなかなか浮気者《もん》や。番頭はんとも怪しかったという話もある。体がええから、辛抱でけん方やろな。そいで駈落ちして七年も東京で暮らしたが、男がまた放らつな浮気者で、病気イ伝染《うつ》されたり、だいぶ手古《てこ》ずったらしいわ。とうと、別れて帰ってきたのが二年前や。もう男はコリコリやと、生れ変ったみたいにヒッソリ暮らしているらしいが、なにぶん代が変ってな。自分を勘当した父親も母親も死んで、あとを従兄《いとこ》たらいう夫婦養子が継いどる。その上、鳩仙堂も近頃の新薬ばやりでな、トンとアカンようやから、わが家でありながら、だいぶ居辛《いづら》いらしいわ」

「えらい、詳しいな」

「そら、俺《わい》は先代のお気に入りの散髪屋やさかいな。よう、住吉の家に通うたもンや。その縁で、今日、桃子はんがヒョッコリ店へ訪ねて来やはった。女一人で生きてゆける技術、なんぞないかという相談や。大家の嬢《いと》はんも、世が変ると、えらい変るもんやな」

「俺《わい》も、午《ひる》、表で遭《お》うた」

「自転車のオヤジから聞いたわ。往来で、六方踏んだちゅう話やないか。それが終るとチンバ踊りしながら花道へ逃げこんだという話や。だいぶ見応《みごた》えのある一幕やったという評判やでよ。丼池に置いとくのは、もったいない役者や」

「桃子はんから、何ぞ、俺《わい》のこと聞いたか」

「聞いた。大学教授ちゅうもンはなあ、何でも知っとらんならんもンや。それはそうと、引抜屋の話はアカンか」

「アカンいうてるのに。ひつこい奴ちゃな」

「アアそうか。コーヒー代、損した」

大学教授は、たちあがった。その手術着の後ろ姿を睨みすえながら、政吉は、「何いうてくさる。結納の一割、仲人料を儲けたろと思いさらした癖《くせ》に」ちゃアんと、お前のハラは読めてるぞと、吐きかけた。

それから一ト月経ったある夕方、

「新コ、散髪して来るぞエ。あと、頼むわ」

「散髪。ボクも行かしとくなはれ」

「阿呆《あほ》、まだ伸びとらンやないか。あと十日は持つ。散髪せいで死んだ話は新聞で読んだことはないさかいな」

「そやけど、雑誌の続きが読みとうおますねん」

「極道たれ。雑誌は本屋で立読するもンや」

「ケチやなあ、そんなことというてたら、唐物町の旦那衆には成れまへんで。唐物町では丁稚の部屋に、本備えつけたアるという話や」

「それはな、大正時代の修身の国定教科書や。備前堂の旦那はんが、『きょうびの小僧はシンセイ出とるさかい、心が成っとらん』ちゅうて、古本屋から買い集めて来やはったンや。なんでも、一冊一円やったそうやが、お前にも買うてきたろか」

「シューシン。……ええこと書いてまっか」

「何でも、金はシッカリ貯めなあかんと書いたアるそうや」

政吉は、表へ出た。丼池筋を北へゆくと北久太郎町通に出る。そこを右に曲って一丁ばかり行ったところが理髪店衛生館だが、そこへ行く二町というのが十分もかかる。人の踵《かかと》を踏む雑踏だ。六時というのに、人の波は引きもきらない。地方から来た仲買人、加工業者。売込みの製造業者、立っている奴も歩いている奴も、ぜんぶ商人《あきんど》だ。

「なにしろ、日に、二十億もの商いをする街やさかいなあ」

政吉は、その往来を歩くのが、大好きだ。わアんと、金がうなっているような感じがする。金が喚《わめ》いている。泣声もある。泣声は、今日も何軒か倒産してゆく金の声だ。

「お入り。だいぶ伸びとるなあ。混んでるから、先に顔だけ剃《そ》らして貰おか」

大学教授が、この間のことはケロリと忘れたように、威勢よく声をかけた。丼池の人間は、忘れっぽい。喧嘩《けんか》しても倒産しても、明日になれば、もうその日のことしか考えない。尤《もっと》も、過去のことをクヨクヨ考えている暇もないのだ。

政吉は、理髪台の上に、長々と仰向となった。蒸タオルが、かぶされる。政吉のような人間にとって、この時間だけが、自分の内部に閉じこもれる唯一の機会だといっていい。ジャリ。剃刀《かみそり》が頬《ほお》をすべる。何か、考えごとをしている以外、手のない時間だ。

自然、想いが、先日会った桃子のことに及んだのも無理はない。

(この間は、たしかに驚いた。しかし、おかしないい方やが、俺《わい》は冷静やった積りや。慌《あわ》てるのは俺の癖で、心は案外、冷やかアなもンやったと思うてる。鳩仙堂を飛びだしてここ十二年、ずっと桃子《いと》はんのことを思い続けてきたといえば、話はきれいやが、そら小説の中だけの世界や。生き身の人間は、そうひつこう思い続けられんもンや。桃子《いと》はんのことなど、かアーッとなったあの当座だけのことで、きれいに忘れてしもた。あとは、何とか仇《あだ》、討ったらんならん、……いやそれも忘れた。それよりも、何とかイッパシの人間になりたいと思う一念だけが残ったわい。その一念で、十二年、年とってしもうた。考えてみたら、桃子《いと》はんは、俺の恩人やなあ。こんこと、大正時代の修身の教科書に載ったアれへんやろか)

太い眉毛《まゆげ》のあたりで、カリカリと剃刀が快い音をたてている。政吉の思索は、なおも続くのである。

（しかし、桃子《いと》はんも変ったなあ。昔はもっと権高《けんだか》い女やった。俺《わい》らは、桃子《いと》はんから聞いたのは、命令語だけやった。それが、あれほど変るもンやろか。もっとも、ここの大学教授は、だいぶ前「女子《おなご》は、化物や。一生に三度変りよるでエ。娘時分と、嫁になった時と、婆アになった時と、三度や。コロッと人間が変化《へんげ》しよる。そやから、女子は人間やない。あれは、別のモンや」というとったが、そんなもンやろか。俺は、女も人間やと思うがなあ。その証拠に、女だけやない、男も変る。俺は、若い頃、気が弱うて純情な子やったのに、今は、ガタ政と人にいわれるほどスジコイ、ガミツイ人間になってしもうたもンな。しかし不思議なもンや。変ったつもりでも、この間桃子《いと》はんに会うと、途端に昔の俺に還《かえ》ってしもうて、ビリビリしてしもうた。……それほど、桃子《いと》はんがきれいやったからやろか）

うつら、うつらしつつ、政吉は昔の桃子の顔を思いうかべた。白い陶器のような皮膚で、黒々とした大きな瞳、古い美人だが確かに京人形《いちまさん》のようだった。桃子《いと》はん、桃子《ももこ》、ももこ……思わず、政吉は半覚醒状態《ゆめうつつ》の中からその名を口にした。ところが、

「なあに。政吉さん」

クスクス笑う声がして、その声が、ちゃんと返事をしたのである。

「あッ」

政吉は、はね起きようとして、からだを押えられた。

「動いたら、あかん。顔が切れるから」

政吉の顔を剃っていたのは、なんと、桃子だったのである。大学教授と何時《いつ》のまに交替したのか、白い上ッぱりを着た桃子が、顔をくっつけるようにして、政吉のあごを剃っていたのである。

政吉は、静かになった。顔は、みるみる青ざめた。その顔は、ガタ政といったようなものではなく、気の弱い昔の丁稚時代の政吉にコロリと変ってしまっていた。なるほど、ガタ政の思索は正しかった。時に、男も変る。

とまれ、ガタ政にしてみれば、幻想の中から急に現実の人間がとびだしたような驚愕《きょうがく》だったが、タネは至極簡単なのである。手品でも、何でもない。先日、桃子が、大学教授を訪問した用件というのが「女ひとりでも生きてゆける技術は、ないものか」ということだった。それへの大学教授の回答が「女理髪店主というのは、どうだっしゃろ。散髪屋へ来るのは、男ばっかりやから、はやるかもしれん。とりあえず、うちの店で見習うてみたら」ということだったのである。

(居るなら居ると、なンで、俺《わい》に一ト言ぬかしやがらンのや、大学教授め。ケロリとした顔をしやがって、あのド狸《たぬき》だけは、肚《はら》の底の知れん奴や)

政吉は、突如の事態に、昂奮《こうふん》を鎮《しず》めるのに躍起となりながら、その一方で、腹わたが煮えくりかえるようだった。

そこへ当の大学教授がやってきて、

「桃子《いと》はん。もうその位で、顔はよろしいやろ。なるほど……」

ジッと、政吉の顔を見おろして、

「出来《でけ》とる。この顔なら、上出来や」

指先で、剃りあとを触ったりした。政吉は躍りあがって大学教授の頬ゲタを二つ三つしばき、あげてやりたいと思ったが、じっと眼を閉じて辛《から》くも衝動を押えた。

(俺の顔は、木や石で作った顔やないど。顔の下に、血イ通うとるンじゃ。その血イがどんなに、泡食って騒いどるか、おのれはヒャクも承知の癖、何ちゅう悪党じゃァ)

「さあ、あとはアタマや。これは、まだあんたには無理やから、儂がやりまっさ」

ガチャリと、手荒く椅子を立てた。

当然、鏡が眼の前に来る。しかし、政吉は眼をつぶったままだ。

「政はん。眼エあけたら、どや。なんで、眼エつぶる。顔が、しわ寄るがな。どこにも化物、居よらへんでエ」

政吉は、聞かぬふりをして、瞼が痛いほど眼をつぶっていた。できたら耳も押えたいぐらいだった。心が、まるでパルプみたいにザクザクに刻まれ、頭に熱ッぽい煙が満ちているようで、何を思い、何を考えることも、この場の政吉には出来ぬ。ただ、子供のように、子供が恐い映画を見たときのように、一途《いちず》に眼をとじるしか、手がなかった。

「政はん。あんたは、やっぱり、桃子はんに惚れとるな」

バリカンを入れながら、大学教授は、政吉の耳もとで、ずるそうに囁《ささや》いた。

(違う。俺《わい》は、そやない。自動車が、電柱にぶつかったら、どうなる。つぶれて、機械はストップするやろ。俺の今は、それや。意外なことにぶつかって、エンジンがストップしよっただけや)

大学教授が、電気バリカンの刃を調整するために、理髪台を離れた。

そのスキに、まったく反射的に、そうだ、政吉の意思が命じたわけではない。——反射的に、眼をパチッとあけた。

眼の前は、鏡だ。鏡に店の様子が映っている。その鏡に映った向うの、タオル蒸器《むしき》の蔭から桃子がこちらを向いたのと、ほとんど同時だった。視線が合った。桃子の眼はごく自然に細まって、ニッコリと笑ったのである。

(あッ……)

可哀そうに、電流を通されたように、政吉は理髪台から跳ねおりた。

「おっさん、また来る」

そう声をかけたのが、精一杯だった。夢中で北久太郎町通の衛生館をとびだした。

衛生館をとびだしてから、下駄の横鼻緒が切れるほど、ガタビシと夢中で歩いたが、ただそれだけなら、齢《とし》にも似あわぬ馬鹿初心《うぶ》な奴というだけで、済んだかもしれない。

政吉が、ちょうど生地卸商「亀屋伊予」の前まで来たとき、下駄の先にコロリと当ったものがある。コロコロところがって、路《みち》のまん中でとまった。グニャッとした感触だ。

「何やろ？　財布やろか」

そっと近づいてみると、

「なあンや。ネズミか」

スクーターにでもひかれたらしく、ぺちゃんこになって死んでいる。——そのまま一蹴《ひとけ》り蹴って立ち去れば、それは常人だが、ガタ政の頭にふしぎなカンが閃《ひらめ》いた。

「さては、亀屋伊予——」

立ちどまって、店内を覗《のぞ》きこんだ。誇張していえば、猫が屋根裏を窺《うかが》うような姿勢である。眼は、店内の薄暗さを見通すために、やや細く光って、瞬《また》きもしない。さきほどの理髪店での浅間《あさま》しい慌てぶりとは、まるで別人のような姿が、路上にあった。ガタ政自身、その頭から先刻のことは、煙のごとく消え去っていたにちがいない。

ガタ政は、やにわに駈けだした。こんどは、先程の駈け方よりも、速かった。おどりこむように自分の店にとびこむと、

「新コ、近所の早耳の噂《うわさ》をきいてこい。亀屋伊予が潰《つぶ》れよった！」

新コは、横っとびに駈けだした。

ガタ政は、商品台の上に肘をつきながら、深刻な表情をした。

「亀屋伊予」が潰れたのがなぜわかったか、それはガタ政に訊《き》いても解らない。それはカンだ。丼池で叩きあげた商人《あきんど》の心のみが持つ商機以外のカン、理外の直覚だ。

「やっぱり、大将のいう通りや。たった二千万円の手形が落せんで、ボシャリよった。古い店もあかんな。一代商人にイカれてまう時代やからなあ」

新コが帰ってきて、報告した。その報告を横面《よこづら》で聞きつつ、ガタ政は返事もせずに、ますます深刻な顔をした。

なぜ、ガタ政が深刻な顔をしたか、むろん理由がある。

「亀屋伊予」は、丼池の北の唐物町では、古くから知られた店である。規模《やたい》は大きくないが、先代からの信用で、山陽、伊予、讃岐《さぬき》など、瀬戸内方面の地方店と手堅い取引の伝統をもっていた。もとは京都にあった店で昔は菓子司だったという。元禄の頃に宮中から「伊予大掾《だいじょう》」と

いう位を貰ったというから大層な店だったらしい。先代が転業して大正の始めから唐物町で店を張ったが、その創業者が四、五年前亡くなった。あとを継いだのがK大の経済学部を出たという一人息子だ。大学を出て、しばらく繊維の貿易会社に勤めていたのを、呼びかえされたらしい。当時、丼池筋の商人《あきんど》たちは、

「ふん、サラリーマン上りに、何が出来るかい」

と、寄ると鼻で笑った。そのころから、ガタ政はこの「亀屋伊予」に眼をつけだしていたのである。「あれは、潰れよる」

いつ潰れるか、まるで死臭の漂いだした病人の上に、鷲《わし》が舞うように、彼はしぶとく眼を光らせていた。潰れたら、すかさず買う、老舗料は、あの程度なら手頃だ。ガタ政は、千二百万円と踏んでいた。

「そやが、こっちの算盤《そろばん》より早う潰れくさった」

これが、ガタ政の深刻な表情の理由だ。いま、すぐ手を打てる金がない。年来、唐物町進出のために貯めこんできた金が、ざっと七百万円ある。それに、この台店の老舗を売って、まア二十万円もない。商品はいつも動いているため、十万円もない。

「あわせて、まず七百五十万円か。アア、軍資金が足らん！」

ガチャンと算盤をほうりだして、毛を掻《か》きむしった。半製品の頭から、パラパラと毛が散り

落ちた。いつのまにか、外は真ッ暗になっていた。新コは、低気圧を感じてか、そッと表へ出たらしい。

その時だ、どたどたと靴音がきこえて、大学教授が入ってきた。

「何じゃ、夕方は。散髪途中で駈けだしたりして、気イでも違うたか。もう一度、店へもどってくれ。いまなら空《す》いてるから、ゆっくり刈り直したる」

「……」

「どうしたンや、青い顔して、不渡でも出したんか」

「不渡は、唐物町の亀屋伊予はんや」

「アッ、お前。……そうか」

さすが丼池に住んでいるだけに、彼は理髪業を営んでいても、サトリは早い。唐物町ときいただけで、ガタ政の胸三寸に渦巻いている雄渾《ゆうこん》な戦略を読みとった。

「ナンボやろ？」

「千二、三百万円はする。あの店の場所からみて、それ以上はせんやろ」

「金エ、あるか」

「ない。半分ある。せやが、それだけでは店開いても、資《もと》がない。やっぱり、まだ無理かなあ、また四、五年時機を待つか。しかし、諦《あきら》めきれんな。誰かほかの奴があの店へ入りよると思うと、たまらんなあ。あれは、俺《わい》には打ってつけの店のような気がする。あれは、俺の店や。俺のために、今まで建ったアった店や。ええイ。もう二年、遅う潰れくさったらなあ」

ガタ政のボヤキを背中できいて、大学教授はどこかへ電話をかけていたが、やがてふりむいて、

「阿呆《あほ》なこと思わんと、もうぼちぼち嫁エ貰うて、ええ家庭作って、地道に楽しゅう世の中渡ってゆく算段したら、どや」

「また、引抜屋の娘か。ひつこい奴やな」

「あかん、か」

「あかん。お前に、結納の一割もうけさすために、俺《わい》は独身守っとるンやないわい」

「ほんまに、あかんか」

「しぶといな。あかんちゅうたら、あかん」

「ほなら、相手が桃子はんでも、か」

「えッ。いや。な、なんで、ここでいとはんの名前エ出さンならんねん。俺《わい》は、あんな女、昔ッから好きやあらへん。そら、丁稚の頃はちイと頭に血が上った。そんなん、何《ど》うちゅうことない。今の高校生が、アメリカの女優にのぼせよるのと、おンなじや。第一、あの女の前エ出たら、俺は、昔の丁稚根性が出ていかんわい。まあ、俺にとっては悪女やな」

「そうか。そら仕様ない。儂《わし》も諦めた。実を云や、な。今晩、ここへ来たのは、桃子はんをお前に橋渡しするつもりで来たンや。もっとぶッちゃけたら、もともと儂は、この縁談、まとめたろと思うて、作戦練ってたンや。桃子はんに頼まれたンやない。儂の、まア趣味やな。先刻《さつき》、桃子はんにそう云うたら、そら政どんやったらええ、甲斐性者《かいしようもん》やさかいと、こういう返事で、あの人、一つ条件を持ちだしたンやが。……そやが、止《や》めた。お前の頑固に負けた。お前は、損な奴やなあ」

「何が、損や」

「縁談と一緒に、お前は出資の話まで潰してしもうた。桃子はんは、な。先代が死んだあと、養子から分家料として、キタの曾根崎《そねざき》にある土地五十坪わけてもろたンや。その後あの辺が発展して、いまは坪三十万円ちゅう高値や。どや、計算してみい、ナンボになるか。それを売って、理髪店のいい店でも持ちたいというのが桃子はんの考えやったのやが、儂は反対した。それより、いっそ、あんた。政やんの店の出資人になンなはれ。あんたが常務で、政やんが社長や。あの男は、やがて大商人になりまっせ。ほたら、あんたは大重役や」

「………」

「その上、ついでに夫婦《めおと》になったら、どうや、とこう、儂がいうた。まア、家庭株式会社や。どうや。丼池らしい、ドライな結婚やないか」

聞いて、ガタ政は、ぶるぶると慄《ふる》えだした。黒い顔が赤くなり、太い眉がつりあがって、見る見る額から汗が噴きこぼれた。

「が、がしんたれ！　おのれは、この俺《わい》を何と見くさった。丼池の商人《あきんど》は、金にゃア、汚い。金のためなら、馬の糞《くそ》でも舐《な》めてはやるが、魂まで金で売買《うりかい》せんぞう。様子《みてくれ》は汚い替り、うちらは、お前らやそこらの月給取より綺麗《きれい》なもんじゃ。ええか、よう聞きさらせ。俺は、な。本当《ほんま》を云えば、桃子《いと》はんが大好きやったンじゃ。今でも、好きで、好きでたまらンわい。そやが、……そやがそんな話を聞いた以上、もう嫌じゃ。死んでも、嫌じゃ。帰ってくれ。帰れ！塩オ、まいたるぞ」

ガタ政は、怒号しつつ、やがてポロポロと涙をこぼしはじめた。自分が大事にしていた胸の奥の何かを、泥だらけの手でゴシゴシとこすられたような感じがした。

ところが、意外なことに、このガタ政の怒号を、大学教授は、冷然と受けとめたのである。そして徐《おもむ》ろに眼鏡をずりあげ、ゆっくりと、ガタ政の椅子へ歩を運んだ。

「ガタ政よ。よく聞け。今の話は、ウソじゃ。桃子はんは、金なんぞ一文も持っとらん」

云い終ると、背をえびのように枉《ま》げて、弾けるように笑いだした。

「ハッハッハッ、とうとう、泥オ吐きよった。儂の知恵に負けたか。桃子はん——。政どんは、あんたと連れ添いたいと、泣くように白状しよったぞ」

大学教授は、大声で、表へ呼ばわった。

ガタ政は、女ばきの利休の下駄の音が、床を軽く軋《きし》ませながら近づいてくるのを、椅子にもたれ、眼を虚空に見開いたまま、茫然《ぼうぜん》と、こけのようになって、聞いていた。

頭に、何一つ、考えらしいものが泛《うか》んでこない。ただ、手足からみるみる力が抜け、十二年の気負いの疲れが、一時に全身を浸しはじめたような思いがした。やがて、彼の重い唇から、聞きとりにくいほど、微《かす》かなつぶやきが洩《も》れた。

（仲人料、儲けくさったか……）

大阪商人

初出「面白倶楽部」一九五七年十二月号。

「あかんなあ、俺《わい》は。どうもあかん。これはつまり、混血児の悲哀やろか？」

そんな奇妙な自己批判に、大阪丼池《どぶいけ》の「ガタ政《まさ》」こと駒田《こまだ》政吉は、ついつい、のめりこんでしまうのである。

「すけなくとも、俺は、大阪のサラブレッドやあらへんなあ」

取引先の奸計《かんけい》に引っかかったときなんぞ、ガックリそれを考えこんでしまうのだ。

大阪の商人街というのは、三つの主なる人種から成り立っている。まず最初に近江《おうみ》系。こいつは、馬でいえば、サラブレッドだ。大阪では「掏摸《ちぼ》に目エ離しても、江州《ごうしゅう》人に目エ離すな」という。この近江系が、世にいう大阪商人の代表選手だ。ずるくて、汚なくて、天性、ソロバンが脳細胞のひだの中にある。

「俺《わい》はなんで、近江に生れて来なんだンやろかい」

ガタ政がしみじみ羨望《せんぼう》するのは、そこだ。

これに対抗する二大人種は、河内《かわち》系と泉州《せんしゅう》系である。泉州系には、中国の浙江《せっこう》商人に比せられるほど豪放な商人かたぎの持主が多いが、ただ、投機が好きだ。倒産率の高さが、この人種の豪快さを示している。これにくらべて、河内系は抜群のズルサである。ただ、身上《しんしょう》ができると、芸事に凝る。芸事だけでなく、河内人は女にもろい。「好きになっても女に惚れるな」これは大阪商人の諺《ことわざ》だが、どうも河内人だけはこれが守れない。やがて身上をつぶしてから眼がさめるというのが、西鶴《さいかく》、門左衛門《もんざえもん》以来の河内人の光輝ある伝統だ。

このほか、大和《やまと》系というのがある。これは問題にならない。「近江泥棒に奈良養子」といって、養子か、番頭むきだ。近江系や泉州系に使われて、勤勉に店を守る。

ガタ政の父親は大和人であり、母親は泉州女である。だからこそ時に「えい糞《くそ》、張ッてこましたれ。商いは、勝負じゃあ」と景気のいい所をみせるかと思えば、「やっぱり、あかんわ。〝入るより出すな〟と昔から諺もあるわい」と、大和的退エイ消極主義におちいる。大和は、明治以来、陸軍大将は一人もなく、大臣は木村篤太郎氏一人というお国柄なのである。

自然、豪放と消極の混血児だから、ガタ政のド根性は、もうひとつ、鉄筋コンクリートとまでいかない。そこが彼の悩みであり、暮夜ひそかに想う修業目標であるわけだ。そこで、彼はいつも、こう思って奮起するのだ。

「どうせ、銭儲《ぜにもう》けは仏はんのやる仕事やない。悪人の仕事や。その点唐物町《からものまち》のべんじゃら松は、見あげたもんや。あいつは、商人《あきんど》は、泥棒並みの善人では、とてもつとまりまへんでエ、とぬかしよった。少しは、俺《わい》もあいつに見習わんとなあ……」

噂《うわさ》をすれば影、という。ガタ政がそんな述懐をした翌日、当のべんじゃら松がめずらしく、丼池福昌会館の北隣りのガタ政の店にひょっこり訪ねてきた。折しも十一月のはじめ、丼池の冬物繊維街に秋風がたってテンテコ舞いのにぎわいをみせている頃、舞いあがるケバで太陽が真ッ黄色にみえるという修羅場《しゅらば》の午《ひる》さがりだ。

「へい、ごぶさた。ガタはん、居やはるかいな」

ふりむいた小僧の新コが、思わずドキリとしたほど、船場《せんば》唐物町帽子生地卸商尾西松次郎は、真ッ昼間の幽霊かと見まがうほど、憔悴《しょうすい》してみえた。第一、服装からして違う。いつもなら飛びッきりのお洒落《しゃれ》で、同業者から仕入値で叩《たた》いた英国製の既製服をリュウと着こんだこの男が、きょうはヨレヨレのジャンパーにゲタバキといういでたち、一ト目みて、新コはジリジリとあとじさりしたくらいだ。

「ガタはん、どこに居やはる」

薄ッ気味わるい猫なで声で、新コに迫ってくる。新コはまるで気圧《けお》されるように、クリクリの眼を見はって、あとじさりしていたが、やがてパッと身をひるがえすと、バタバタと奥の別室へかけこみ、そこで広島の足袋《たび》製造屋の番頭と取引していた踊り政、いやガタ政こと駒田政吉の腕にかじりついて、

「大将、えらいこッちゃ。尾西はんや。べんじゃら松が来よった。どないしまほ？」

「どないしまほ、ちゅうてお前……、相手は立派な唐物町の帽子生地屋の旦那はんやないか。まさか、尾西はんから高利の金エ借りたわけやあるまいし。あわてくさるな」

「えらい落着いてまンな。せやから、大将はキャラメル屋のフンドシやと云《い》われるンや」

「なんや。そのキャラメ……」

「舐《な》めたら、甘いちゅうこッちゃ。近所の人、みんな云うてまッせ。道修町《どしょまち》の鳩仙堂《きゅうせんどう》の嬢《いと》はん嫁に貰《もろ》てから、商いが辛口で無《の》うなったわい、ちゅうてなあ。可愛がられすぎて、塩気が無うなったちゅうて、えらい噂や」

「阿呆《あほ》。子供のくせに余計なことを抜かすな。それで、何か。尾西はんが、どんな……」

「それが、大将。ジャンパーに下駄ばき……」

「えッ。ジャンパーに下駄ばき？」

みるみるガタ政の表情は、リングに飛びだした軍鶏《しやも》のように引き締まった。

「そ、そらいかん。帰って貰え。大将は親類の不幸で堺の宿院まで行った、となる。それも、金エ無うて、香奠《こうでん》まで天満《てんま》の親戚《しんせき》で借りて行かはったと、丁寧に云うて帰って貰え」

「ガタ政はん。そら、遅い。わしア、もう、ここまでお邪魔してしまいましたがな。へえ御無沙汰《ごぶさた》やなあ。せやが、古い友達ちゅうのは、いつ見ても眺めの良《え》えもンや。ホウ、だいぶ儲けとるな」

いつの間に入ってきたのか、尾西松次郎はニコニコと融けそうな笑顔を作りながら、土間に積みあげた別珍《べつちん》の反物を舐めるように見あげた。

ガタ政はムッツリ黙って、広島の客と算盤話《そろばんばなし》（算盤玉を弾きあって、ほとんど無言で商談をすること）で取引を済ませてしまうと、まあ掛けなはれ、とべんじゃら松に椅子をすすめて、しぶい顔で向きあった。べんじゃら松は、若禿《わかはげ》のトウガン面《づら》を鷹揚《おうよう》にほころばせて、相変らずアゴで反物の山をながめている。その様子を、弱いけものが草むらの中の怪獣を見すかすような眼付で、ガタ政はジッとうかがった。

（おンドれ。用心じゃ用心じゃ。七化けのべんじゃら松にかかるまいぞ）

というこの尾西松次郎、丼池では資本金五千万円のイッパシの問屋だが、この男を丼池界隈《かいわい》の名物男にしているものは、その資本金ではない。その融けるような笑顔だ。女を蕩《とろ》かす笑顔なんぞは、その被害はタカが知れている。べんじゃら松の笑顔は、男をクナクナにとろかしてしまう笑顔だ。この笑顔を丼池の商人衆《あきんどしゅう》は、「生き牛のキンタマ抜き」とよんで畏《おそ》れている。生きた牛までこの笑顔にとろかされて、知らぬまにキンタマをべんじゃら松に切り落されているという謂《いい》だ。

彼には、こんな伝説がある。いや、伝説ではない。その頃、ガタ政はこの男と組んで、同じ闇《やみ》仲間だったんだから、確かな事実だ。その頃、——昭和二十年。終戦宣言のその日。大阪城下の砲兵工廠《こうしょう》を、二人の徴用工が脱走した。一人は、ガタ政であり、一人はべんじゃら松だ。「祭じゃ祭じゃ。二千六百年にタッタ一ぺんの大祭じゃ。戦争終《しも》うたら、戦争に使うた品モンは、みんな二束三文のボロじゃ。戦争もボロなら日本もボロじゃ。そのボロを安うハタいて買いとるンじゃ」

敗戦、一億総ざんげの感傷なんぞは、この男どもにはカケラもない。もっともガタ政のほうには「天皇はん、可哀そうやなあ」などとメソメソする一面はあったが、べんじゃら松は、そのガタ政の優柔不断を叱咤《しった》して「天皇はんは、明治以来儲けすぎはったンや。こんどは、俺《わい》らの儲ける番や」と、びっこのガタ政の手を引きずるようにして、名古屋行きの満員列車に乗った。元徴用工の身分をかくすためには、大阪の土地を売らねばならぬ。彼らは、愛知県知多半島に飛んで、中島航空機工場の門をゆうゆうとくぐった。

「おい、ガタはん。あんたは〝尾西金属株式会社〟の専務はんやでエ」

「すると、お前《ま》はんは？」

「社長や」いつのまに作ったのか、べんじゃら松は、尾西金属株式会社という角印と、自分とガタ政の名刺を示し、そして胴巻からチラリと一万円の束を見せた。

「これが資本金や。砲兵工廠の経理部の男を抱きこんで、こさえたンや」

それから、べんじゃら松は、中島航空機の工場長次席に名刺を出し、例のとろかすような微笑で、男性ロウラクの秘術をつくした。

「工場内のゴミ取りに来ましてん。全敷地内のゴミを、安う払いさげとくなはるか」

中島の工場のほうも、これからどうなるという、てんやわんやの真最中だったもんだから、大阪から来たゴミ取り屋なんぞに、かまっていられたものではない。「ああ、適当にし給え」と、ゴミ取り権を千円で払い下げたのが運の尽きだった。

日没後、裏門を通過して粛々と入ってきたのは、十台の馬力であった。べんじゃら松は、十数名の男を指揮して、始めは事務所の指示どおりの吸取紙の廃品や事務用箋《ようせん》の新品屑《くず》などを運びだしていたが、次第にこんどは電線などを外しはじめ、やがて工場内に忍びこんで小はロクロ旋盤から、大はプレス盤まで取付ボルトを抜いて馬車へ運びはじめた。

「祭じゃあ、祭じゃあ」

べんじゃら松は、景気よい掛声をかけて、どんどん運んでゆく。

「祭じゃあ、祭じゃあ」

ついには、守衛の注進によって、青くなった工場長次席が社宅から飛んできたときは、陸軍一式戦闘機まで一台、エイコラサと馬車へ積みこんでいる真最中だった。

「ど、どうしたんだ、これは」

「へエ、ご苦労はんだす。さすがは、天下の中島航空機だすなあ。屑は屑でも、持ち重《お》もりしますなあ。偉いもンや。わしら、こんな重たい屑ウ、持ったン始めてや」

「し、しかし、何も、こんなものを屑と云った覚えはないぞ」

「へへへへ、旦那《だん》はん、そら、世界観の間違いや。考えてみなはれ、軍国日本はぜんぶ屑になったやおまへンか。これからは、新品の日本が生れよる。以前のは、みんな屑や。いうたら、まあ、貴方《あん》さんも、廃品のうちやおまへンか。何なら、尾西金属で拾いあげてもよろしおまッせ。へへへへ」

ぼう然としている工場長次席をあとに、べんじゃら松らの馬車隊《キャラバン》は日没後の闇《やみ》の中に消えていった。

これで味をしめた二人は、明石《あかし》と岐阜の川崎航空機、名古屋の愛知航空機、同じく三菱航空機などを順次に忙《せわ》しく訪問して、そのスクラップを、大淀川の御幣島《みてじま》の空地に積みあげた。

名古屋の愛知航空機に現われたときなんぞは、どういう理由《わけ》でか、進駐軍の小型連絡機が敷地内に置かれていたのを、べんじゃら松にかかっては、日米の差別はなかった。その飛行機まで積みこもうとして翼に手をかけたとたん、泡をくって飛んできたのは、当の可哀そうな進駐軍の飛行士だった。彼は、青筋をたてて拳銃に手をかけた。それを、まあまあと、笑顔で押しとどめ、

「こら、えらい済ンまへん。毛唐はんの飛行機だっか。鈍なこと、してしもた」

それから、身ぶり手ぶりをまじえ、まるで天理さんの踊りのようにベラリクラリと奇怪な超国際語を駆使しつつ、あッ気にとられた相手の油断を見すかして、クモをカスミとずらかってしまった。

「べんじゃら松は、偉い奴ッちゃ。終戦のドサクサに、アメリカ軍の飛行機まで叩き売ってしまいよったそうや」

こんな伝説が生まれ、彼は丼池の商人仲間から別格の尊敬をうける神話列伝中の大人物となった。

大阪の御幣島の埋立地に積みあげたべんじゃら松の敗戦航空隊は、戦闘機五台、爆撃機三台、偵察機六台という堂々たる陣容で、それをスクラップの値上りを待って次々と売りとばしていったが、さてこの飛行隊で大汗をかいて働いたガタ政の分け前といえば、純利益百万円のうち

タッタ一万円。それと、べんじゃら松は、どういうつもりでか爆撃機の胴体だけを「現物支給やでエ」と、恩に着せてガタ政にあたえた。

「こら、どもならん。尾西はん、何とか、色オつけとくなはれ」

「不足かいな。それでもだいぶ奮発してまっせ。爆撃機は、まあ、オマケや。わしの生国の近江に諺がおましてなあ。〝知恵は九分ちからは一分〟ちゅうて、知恵エ出しよった奴が、余計とる。あんたは、力だけや。アタマが留守や。不足なら、爆撃機イ返して貰おか」

なるほど考えてみれば、ガタ政は、廃品を馬車に積みこんだり、御幣島《おごそ》でスクラップの山を監視したり、専ら、肉体出資にまわってしまった。べんじゃら松は、厳かに、トドメを刺すように、

「まだある。近江にはなあ、こんな諺もある。〝知恵とチンポコはこの世で使え〟となあ。あんさんも、せいぜい気イつけて知恵使いなはれや」ハイ左様《さい》なら、で、尾西金属株式会社は解散してしまったのである。

一万円の金をにぎったガタ政は、スクラップからきれいに足を洗った。終戦直後で、重工業はほとんど動いてない。スクラップの値がウナギのぼりになるはずがなかったからだ。天下を

観望して「これからは、キリモンや」とヒザを叩いた。キリモンとは大阪弁で着物、つまり織維だ。軍事予算の要《い》らん日本は、これからは消費産業の栄える国になりよるやろ、と見た。ガタ政は一万円の金をにぎって、船場の日本一の大繊維街丼池に進出した。仕入れれば売れるという時代だったから、瞬《また》くまにイッパシの別珍卸問屋になり上った。繊維の専門知識なんぞ、カケラも必要なかった時代だ。というのは、いまでこそ天下の丼池だが、その当時といえば、ガタ政同然、他の同業者も風雲に乗じた転業者が多かったからである。

そうした丼池仲間に、べんじゃら松もまじっていることを、やがてガタ政は知った。

彼は、さすが近江系だけに、ガタ政のように手持の一万円を全部はたいて、セッカチに新商売に乗りだすという下策には出なかった。まず、一反風呂敷をかついで、丼池の客になったのである。最初に客になった、これが「七化けべんじゃら松」の七化け伝説の一つになった。

「なんぼや。このオシメカバー」

最初に現われたのは「アルプス印オシメカバー」の問屋の店先だった。今日でこそここは丼池大手の一つになっているが、当時はまだ新丼池通りの角のサージ屋の店先を借りていた「台《だい》屋《や》」にすぎなかった。

「一点、五円だんな。大将」

「三円にせえや。ほたら、在庫みんな買いしめたる。どや」

「アホな。仕入値が切れまンがな。これでも、わてエら、闇米買うて生きてまンねで」

「米？　そうか。米が欲しけりゃ、一点について一勺《しやく》つけよう。それで三円。どや」

あッ気にとられている番頭たちを尻目に、べんじゃら松は予《あらかじ》め手配したトラックを呼んで在庫五千点を積み、入れ替ってやってきたオート三輪がドンドン闇米をおろしはじめたのである。

同様の手で、べんじゃら松は地方問屋の主人といったふれこみで、労働服専門店や地下足袋屋などを歴訪し、値を叩いては米を付け、その商品を地方店へ流した。

いつのまにか、べんじゃら松は、その特有の笑顔と組織力で、岡山、津山、尾道、今治、松山、福井、武生、徳島、小松島などの遠隔の穀倉地帯の地方衣料店に渡りをつけ、それぞれの地方店に品物を安く売ってやるから農家から米を集めておけと、云いふくめてあったのである。その組織間の連絡と物資運搬には、スクラップ屋当時の男から気《き》の利いたのを十人選抜して当らせた。

しかしこの仕事は長くは続かなかった。経済警察が眼をつけはじめたからだ。べんじゃら松は、未練なく六カ月でキッパリとやめた。

「闇屋じみた仕事は、永うは続かん。商いは、やっぱり根エや。根エを持たんと、世の中が安定してきたときに消えてしまわンならん。根エちゅうのはな……」

店舗だ。がっちりした老舗《しにせ》である。その頃べんじゃら松が握っていた金は、丼池界隈のうわさでは、五百万円を越すといわれた。二十一年当時の金で、だ。

この金を、全部張った。張って、戦前唐物町屈指ののれんといわれた「世界屋」という帽子生地卸問屋を「居抜き」のままで買いとった。居抜きのまま……、むろん店名も店舗も設備もなにもかもだ。このなにもかもの中には、世界屋のお内儀《かみ》さんまで入っていたというから、丼池の商人《あきんど》たちも驚いた。

世界屋の主人権藤梅太郎は、すでに、位牌《いはい》になっている。戦争末期に長崎の親戚に不幸があって旅行し、旅先で原爆のため惨死した。残ったのは、満子というまだ三十を越さぬ美しい妻である。終戦後唐物町がぼつぼつ復興しはじめた頃、彼女は女ながらも空襲で半焼になった店舗を修理し、メーカーや古い得意先にも挨拶状《あいさつじょう》を送って、なんとか店を引継いでゆこうと決心した。近江の膳所《ぜぜ》の実家にたのんで、繊維の商いを昔やったという六十過ぎた在所の隠居を番頭に雇い、ほそぼそ商売をやりはじめたのだが、なにしろ、女の勝気と、老番頭の旧式な経験だけでは、戦後の荒ッぽい丼池商いはとてもできっこない。にっちもさっちも行かなくなったとき、ひょっくり現われたのは、べんじゃら松である。

「へえ、尾西松次郎と申しますです。亡くなられましたご主人とは、偶然博多から長崎へ行く汽車の中で同席しましてな。名刺を交換しまして四方山《よもやま》のお話をするうちに、なんとなく話が陰気になってゆく。御主人がされる話というのは、わしが死んだら家内はどないしよるやろ、とか、幸い心臓弁膜症のお蔭で兵隊にはとられなんだが、何やら空襲で死ぬような気がする、とか、まあ縁起でもない話ばかりでござりやしたが、たまたま今日、用事があって御近所まで来てみますと、御主人があのあと長崎の原爆で亡くなられたという。ほんまに、ご主人の霊が導いているような気がしましてな、あまりの懐しさと不思議さにちょっとお寄りしたわけでして……」

終戦直後のあの混乱時代、人間の結びつきなどはホンのちょっとした感傷の媒介で、百年の知己のような気持になったものだ。満子がコロリと、このべんじゃら松の口説《くぜつ》に参ってしまったのも無理はない。眼のふちに手巾《ハンカチ》をあてながら、

「あ、そんな店先なぞにお坐りになりませいで、さ、どうぞ、どうぞ奥へ……」

ズイッと奥へあがりこんでしまえば、あとはべんじゃら松の独壇場だ。丼池の商人《あきんど》どころか、毛唐の飛行士までとろかしてしまった一流の弁舌にちょいと油をさせば、満子ごとき不幸な寡婦を丸めこむなんぞは、手間ひまがかからない。ご主人と長崎へ行く汽車の中で同席したなんてのは真ッ赤なウソで、どうせ近所でかきあつめてきた噂を筋立てして参上に及んだのが真相だろうと、丼池筋では今では常識的な定説になっている。

それから、べんじゃら松は毎日のように闇米を一斗二斗と提げていっては、満子のご機嫌を伺った。満子も、女手一つで心細いものだから、何くれ、商売の相談などをする。やがて、「こ

の店の、老舗を、わてエがうんと高い値段で買って、貴女《あんた》はんの名儀で商売を見てあげよう」

といううまい話になる。このときべんじゃら松は現金《なま》で二百万円ポンと出したというから凄《すご》い話だが、その後得意の蕩《とろか》し戦法でズイズイと奥の奥まで入りこんで、とうとう満子の亭主になってしまったのだから、あの二百万円、何のことはない、見せただけでべんじゃら松はビタ一文損をせずに老舗「世界屋」を手に入れてしまった勘定になる。この筋立て、あまりにも理詰めにできていたもんだから「世界屋」の親戚筋からも何の横ヤリも出なかったらしい。なにせ、神代の頃のようにふしぎな出来事の多かった戦後の混乱時代のことだ。このとき、べんじゃら松、三十三歳。


「いやア儲けとるなあ。隠さんでもよろしおまンがな。儲けとる店ちゅうのは、同じ品物でも何とのう光沢《つや》がちがうもンや」

「何の用事だす？」

「なあに、用事ちゅうことない。久しぶりで古い友達の顔オ見よと思うてなあ」

「……」

ガタ政は、なおさい疑ぶかい眼で、べんじゃら松の様子を、ねっとりと、瞼越《まぶたご》しで見あげていた。

「奥さん、お達者だっか」

(なに抜《ぬか》しやがる。ほんまに、魂胆のわからん奴や。しかし、何か、企《たく》んどる。あの服装オ見い。ジャンパーに下駄ばき。このやつし(《お洒落》)が何を企みくさったか)

ガタ政が、そう疑ぐったのも、無理はないのだ。七化けべんじゃら松の妖術《ようじゅつ》のうちには、こういう逸話がある。

昭和二十八年五月、べんじゃら松の店「世界屋」は、風も吹かぬのに倒産した。風も吹かぬのにというのは、たいした不況でもないのに、フッと消えるように倒産してしまったのである。当時さしたるニュースのなかったときだから、大阪の繊維業界紙は筆をそろえてこのことを大きく報道した。記事の書き方がふしぎと各紙そろって同情的だった。思惑に失敗したというのである。上質の冬物紳士服地をうんと買いこんだのはよかったが、値あがり予想がみごとに外れ、ついに三百五十万円の不渡小切手を出して「世界屋」はつぶれた。業界紙の記事の調子も手伝って、これは丼池の業者仲間にちょっとした同情をよんだ。

「遣《や》り手の尾西はんも、目エ擦るちゅうことが、あるンやなあ。猿も木から落ちるというのは、このこッちゃ」

べんじゃら松は、その時もジャンパーに下駄ばきという恰好《かっこう》で、損害をかけた取引先に土下座せんばかりにして謝って回った。形だけではなく、天下茶屋にあった家屋敷も売り払って、豊中の私営アパートに引移り、ひたすら謹慎の実を示した。

「感心なもンや。天下茶屋の家など売っても知れたアるのに、一円でも債権者の迷惑を軽くしたいというので、そうしたらしいわ。引越した岡町のアパートには、鍋釜《なべかま》とフトンのほか、何にも無いそうやでエ」こういう好評判が丼池界隈にパッと立ったが、さらにべんじゃら松、尾西松次郎の人気をいやが上にも高めたのは、配当だ。

「えッ、五割！　それで、尾西はん、店が再興できまッか」

普通、店舗が倒産したばあい、在庫は何もかも売り、売掛金も全部とりたてて、それで債権者に支払われる金というのは、貸した額の一割か二割というところだ。十万円貸して一万円とりたてられれば、まあいい方というわけである。それをべんじゃら松は、五割、つまり半分返済した。これには、丼池じゅうが、わッと沸きたった。

「偉いやッちゃ、尾西はんは。ぜひ、あの店はわれわれ取引先の手で再興したろ。品物なんぼでも貸して、商いさしたろ」

こうなったのだ。商人《あきんど》の心理というのは、妙なものである。生き馬の眼を抜くようにハシカイかと思うと、こういう甘いところもある。もともと売掛金というのは、十万円貸して、十万円取りたてるのが当り前ではないか。それが倒産したというので「まあ、一割も返ってくればええ方やろ」と、泣きをくっていたところが、五万円も返ってきた。「わア、四万円儲けた！」と、こうなる。大阪商人は、諦めがいいと云われる。諦めていたところへ思わぬ額が返ってきたもンだから、まるで儲けたような錯覚におちいるのだ。利に敏《さと》い者は、敏すぎて飛んだところで盲点をつくる。べんじゃら松は、この心理を巧妙に突いたのである。

ガタ政は、幸い債権者ではなかったが、友達の仁義として、幾莫《いくばく》かの見舞金を持ち、債権者の詰めかけるアパートへ行った。

アパートは、阪急岡町の駅をおりて、東へ二町ばかり行ったところにある古びた木造建築である。部屋は二間つづきだが、入るとプンと黴《かび》の匂《にお》いのする日当りの悪い陰気な部屋だった。

すでに先客があった。いずれも債権者らしく、尾西松次郎が平身低頭の応対をしていた。

「一年とは云いません。せめて半年、待っとくなはれ。尾西松次郎も男だす。半年待って貰うたら、モトに利とお礼もつけて、きれいにお返し申します。まあここは、一人の商人《あきんど》を育てるちゅう親心で、なんとかご辛抱ねがいまへんやろか」

ねたりと、客の顔を下から見あげた。見様によっては、狐のような薄ッ気味のわるい眼だ。傍《そば》にいる女房の満子も、これに負けず、「ほんまに、宜《よろ》しゅうに……」袖口《そでぐち》に眼をあてた。もう初夏もちかいというのに、冬物の薄汚ない銘仙を着ている。もともと美人なだけに、その落《らく》魄《はく》感が、かえって色ッぽくみえた。

（ははあ、この夫婦《めおと》、演技《しばい》してくさるな）

満子の眼の涙をみて、ガタ政は何となくそう思った。その証拠に、客が帰ってしまうとケロリと満子の眼から涙が蒸発して、ガタ政をつかまえて妙な色ばなしを始めたのである。満子は勝気だし、世帯持ちもよく、商売の道にも明るくて、商人尾西松次郎の女房としてはこの上ない女だが、たった一つ、色ばなしが好きだという癖《へき》がある。

「ガタはん。この前、桃子はんが云うたはりましたで。うちの人、ああ見えて、夜のこと、ほんまにあかん。ことに晦日《みそか》前になるとまるで死んだようにならはる、とな。あんま放ッといたら浮気しやはりまっせ」

「商人《あきんど》というのは、案外あきまへんな。ことに、手形を追ッかけ回しているときは、神経つこうて、それどころやあらへん」

「へえ、うちの尾西と反対だんな。うちの尾西ときたら……」

際限もなくなるのだ。ガタ政は、腹が立ってきた。

（ド畜生め、ほんの先刻《さつき》まで泣いていくさったと思うたら、もう手放しの色ばなしか。ふふん、尾西も、こんな愁嘆場になってても、まだ女房《よめはん》に色オあるンかい。読めた。さては、こんどの倒産はペテンやな。昔から、商いは色気の敵《かたき》、ちゅうわい。商いが詰って、夜も寝られんちゅうときは、色気はコトリとも無いもんや。べんじゃら松め、化けの皮が剝《は》げくさったか）

阿呆らしくなって、ガタ政は折角もってきた見舞金を、出す気にもならず、早々にアパートを出た。岡町の駅で梅田行の普通電車を待っているあいだ、尾西松次郎が打った芝居の筋を読んでみたのである。

まず、思惑で失策《しくじ》ったというのはウソだ。多少の思惑で手傷は負うたかもしれないが、それを誇大に宣伝した理由《わけあい》は、それ以前にすでに計画的に、商品を手形で買って買って買いまくっていたのだ。〝現金操作〟と称して、それを右から左に原価スレスレで叩き売りにする。手許《てもと》にどしどし現金が残ってゆく勘定だ。約手で買って現金で安売り。その現金は満子の妹で岸和田の市役所の吏員に嫁いでいる鎌田秋子名儀で貯金してゆく。隠し金である。その隠し金が五千万円ぐらいに達したときに、手をあげた。不渡を出したのだ。隠し金の預金先を、ガタ政が満子の妹と踏んだのは、彼が岡町のアパートを出るとき、入れちがいに入っていった女が彼女だったからだ。

(あれは、たしか、満子はんの妹やったな)

振りむきながら、ガタ政はクビをひねった。市役所の吏員の女房にしちゃ、服装がよすぎるじゃないか？

(ははア、左様《さよ》か)となったのである。つまりこれは、商いの世界で研《と》ぎすましたカンというものだ。べつだん、証拠があって、ガタ政がこう考えたわけではないが。

半年ののち、べんじゃら松は堂々と店を再興したのである。店舗だけは、債権者たちの同情によって競売されなかったから、再興も早かった。商品はたちまち、土間から倉庫にかけてうず高く積まれた。

「満子の里方が、山を五つばかり売って金をこしらえて呉《く》れましたンでなあ」

と来る人ごとにべんじゃら松は語っていたが、どうせ真ッ赤なウソだろう。隠し金をドッとダムのように注出した自己資本だ。むろん、その隠し金は、他人の商品をタダ同然の値段で買って叩き売りした金である。「世界屋」は、倒産を経て、いちだんと太った勘定になる。

そんなことがあったものだから、ガタ政も用心したのである。おまけに、ジャンパーに下駄ばきという、七化けの企んだような臭い風体《ふうてい》だ。いわば、田舎道で狐がシキリと葉ッぱを頭にのせようとしているのに似ている。誰だって、用心して逃げだすのは人情だ。

「用がなかったら、またゆっくり来て貰いまひょか。わてエらの冬物繊維は、秋が忙しゅうてなあ。儲かりもせんのに、痩《や》せる想いや」

「結構やないか。商人《あきんど》は、忙しいのに越したことあらへん。ガタはんは、頭がええうえに、商売熱心やから、末が楽しみやなあ。やがて、伊藤忠や伊藤万を凌《しの》ぐかもわからん」

「阿呆な。いくらべんじゃらでも、そら、見え透き過ぎるわ」

「ウソやない。商人《あきんど》は、たとえ今ボロを着てても、馬鹿にできるもンやない。いつ、大会社の社長になりよるかわからん。終戦直後わしの家に出入りしとったクズ屋が、いまでは、億ちゅう金エ持っとるそうや。それでも、生野《いくの》区の腹見町《はらみちよう》の三十軒長屋に住んで、金エあるかとも見えん。相変らず、クズ屋の親方や。それからみると、わしなんかはあかんなあ。店の見かけは派手やが、中身は火の車や」

「えらい、謙遜《けんそん》やな」

「そうやない。商人《あきんど》は、いつ億万長者になるかわからんかわり、いつ首くくらんならんとも限らん。年の暮の新聞見てみい。昔から月給取りで首くくったやつはめったにないが、毎年、自殺しよるのは商売人や。商売人はつらい職業や。命をかけた職業や。今の自衛隊より殉職率は高いでエ」

「縁起のわるい話やな」

「いやいや、年来の友達やから云うねン。あんたとは、古い仲やからなあ。お互い、死んだら、よろしゅう頼みまッせ」

「こらどうも、挨拶の仕様のない話や」

「つまり、兵隊でいえば戦友やな、あんたとわてエは。今の兵隊より死亡率が高いとなると、しっかり玄界灘《げんかいなだ》で手を握ってな、死んだら骨を頼むぞ、と云わんならんとこや」

　さんざんそんな話をして、尾西松次郎は出ていってしまった。

後ろ姿を見送りながら、ガタ政はチェッと舌打ちをした。

（くそ縁起のわるい。何思うて、来さらしたンやろ、あの餓鬼……）


その翌《あく》る日、大変なことになった。尾西松次郎の店「世界屋」は、再び不渡小切手を出したのである。あれから四年目だ。丼池でもいっぱしののれんといわれた「世界屋」も、再度の不渡で、もはや再起不能とみられた。こんどは、もうその元気もないらしく、尾西松次郎は、債権者の家を訪れもしなかった。ガックリ参って、一日目は家の中に閉じこもって寝たッきりだったが、二日目から強度の神経衰弱という医師の診断で、扇町の北野病院の精神科に入院してしまったのである。債権者への応対と店の後始末は、もっぱら満子が当った。

「弱り目にたたり目というのは、この事でんな、駒田はん」

見舞に行ったガタ政に、満子はそんなことを云って眼頭をぬぐった。

「入院しても、うちの人は、いちンち、黙あッたきりで医者《せんせい》や看護さんにも物言わはらしまへんさかい、病院でも、こら、発狂するンやないかと心配したはりますねン。これから先、どないしょう……」

あとは、ぼそぼそと云って、また涙だった。

（なるほど……。このあいだ妙なことばかり云っとったが、だいぶアタマに来とったンやな。するど、戦死やのうて、こら、戦傷というわけやなあ。何にしても、他人事《ひとごと》やない。いまの金融引締めはまだ続くから、俺《わい》もしっかりせんと、気イが……）

ガタ政も思わず貰い泣きしてしまった。

すると、それから数日たった夜八時ごろ、店へ満子から慌《あわ》ただしい電話がかかってきた。

「ガタ、いや駒田はんだすか。えらいこと、なりましてン。うちの人、病院から脱走しましてン」

「えッ。行先は？」

「判れしまへん。親戚や心あたりに全部電話してみましたが、朝、病院を出ていったきり、どこへ行ったか……」

「映画でも見て、ひょっこり、帰ってくるのとちがいまッか」

「そンなら、よろしねけど。……いま、警察に保護願い、出したところです」

こら、いよいよ本物や、気イ違いよった、ガタ政は、受話器をおろして、ウームとうなった。

翌朝、商売の手スキをねらって、唐物町の「世界屋」に行ってみると、満子はぼんやり店先で坐っていた。

「まだ、見つかれしまへんか」

「はあ……」

昨夜来一睡もしなかったという顔で、物を言うのも億劫《おっくう》な様子である。ガタ政も、見えすいた慰めなど云いかねて、何となく黙っていると、そこへ、小僧の新コが駈けこんできた。

「大将。ああ、しんど。ここに居やはったのか。えらい探しましたでェ。大将まで家出しやはったンやないかと思うて」

「何を、へらず口、叩きくさる」

「ほんまやがな。家出や心中やちゅうのは連鎖反応というて、一人がやるとマネをする奴が出るという話でッさかいな」

「阿呆。俺《わい》はまだ大丈夫じゃ。早う、用事を云わんかい」

「そやそや。大将宛に、いま世界屋の大将から速達が来ましてなあ」

「ド阿呆、どこまでお前は阿呆じゃ。そンならそれと、早う見せんかい」

ひったくるようにして封を切ると、パラリと一枚の粗末な便箋が出てきた。

拝啓　取引先皆様に御迷惑をかけて申訳これなく、その上再起も覚束《おぼつか》なく候《そうろう》ゆえこのうえは自決してお詫《わ》び致します。貴兄とは永いつきあいで、御厚誼《ごこうぎ》に何の酬《むく》いることもなく相果てます段、幾重にもわび申しあげます。小生他界後は、妻満子の身のふり方が唯一の気

懸りにて、この段よろしく御高配を賜《たまわ》りますよう、お願いいたします。　草々

口の割には下手くそな文章が、案外律義な書体でそう認《したた》められてあった。横からのぞき見していた満子が、読み終るとワッと泣きふした。ガタ政は、封筒の裏を返してみた。ただ、尾西松次郎拝と書いてあるだけで、発信した場所がない。切手の消印をすかして見ると、かすかに、福井、と読める。日付は、十三日だ。昭和三十二年の十一月十三日。福井郵便局管内での投函である。

「新コ、すぐ警察へこの手紙持ってゆけ。今から手配すれば何とかなる。早う、走らんかい」

「走っても、もう遅いがな、大将。こんな手紙書くぐらいなら、今ごろどっかの浜で死んどオるわ。走っても無駄走りや」

「お前は、ほんまにドライな奴やな。形だけでも、こういう時はバタバタ走るもンや」

後刻、同様の手紙が、各取引先にも来ていることがわかった。大阪府警では時を移さず福井県警に手配し、その翌日までに判明したところによると、

福井駅前の宿「うたや」に昨夜来泊っていた客小田松次郎（宿帳記載・四二歳）が人相風体からみて当人らしく、翌朝宿賃を精算し女中に多額のチップをはずんで、そのまま東尋坊《とうじんぼう》へ向ったという。東尋坊は、高さ数十丈の岩壁が日本海へそそり立つ北陸地方最大の景勝地だが、同

時に自殺の名所でもある。あの岸壁から飛びこめば、途中で気を失って意識不明のままあの世へ旅立てるということで、自殺者の魅力をそそるらしいのである。

聞くなり、満子は福井へ急行した。所轄署や福井の同業者が東尋坊近辺を精細に踏査してくれたが、死体も遺留品も見つからなかった。

「なにしろ、ここは飛びこんでも底潮の加減で死体の上らぬことがありましてな。お気の毒ですが、ここで自殺されたら、お骨は諦めて貰わんと……」

地元の消防団の若い人が、満子に慰め顔でそう云った。

満子が福井へ発《た》った夕、大阪の各紙夕刊が、尾西松次郎の失踪を報じた。「自決しておわび、経営難の商店主取引先へ手紙」という二本見出しで失踪のあらましを報じたあと「同氏は大阪業界でも〝誠実な人〟として信用があったが、最近仕入商品の売行きがわるく、さらに金融引締めの悪材料も重なってメーカー関係だけで千数百万円の負債があったといわれ、六月初め百五十万円の不渡小切手を出したことが失踪の原因とみられている」。

これを読んだガタ政は、新聞をつかんで床へ投げつけた。

「たった百五十万円の手形が落とせなんだとはなあ。尾西はんも薄見ッともない死に方をしたもンや」

「ほなら、大将なら、ナンボで死にます？」

新コが、横から口を出した。

「俺《わい》か。俺なら、百や千、いや五千万の不渡を出しても、死にはせんわい。潰れる潰れんは、兵家の常や。そんなことで一々丼池の商人《あきんど》が自殺してたら、大阪の人口、減って困るやないか」

「なるほど。大将でも、そう思いまッか。大将でもそう思うなら、世界屋の大将はもっとえげつないんや。煮ても焼いても食えんド性骨《しょうぼね》やいう話やから、こんなことで死んでるはずはおまヘンな。今ごろ信州の温泉かどこかで、現ナマ腹イ巻いて、次の打つ手、考えたはりまッせ」

「ふうむ。なるほどなあ、七化けべんじゃら松、ちゅうさかいなあ。こんどは、死人に化けさらしたか。いや、そやろ。それでこそ尾西松次郎や。こんどは丼池を売るつもりで隠し金を作ったたな。すると、億か。億は作りさらしたやろ。ふうむ。……さすれア、腹は立つが、見上げたド根性や」

ガタ政は、しばらく天を仰がんばかりにして嘆じ入っていたが、やがて気をとりなおしたように、「商売や商売や。この忙しいときに、つまらん時間《ひま》食うた。他人《ひと》が死のうが死ぬまいが、俺《わい》の知ったことやない」いそいで受話器をとりあげ、地方の得意へのダイヤルを回しはじめた。

それから数カ月たっても、尾西松次郎の行方は杳《よう》として知れなかった。そのあいだ、満子はテキパキと店を整理して債権者の納得のいく精算を済ませ、膳所の実家へ帰ってしまった。

「世界屋」は、かくて潰れた。丼池は今日があって昨日《きのう》がないという世界だ。毎日、戦場のように駈けまわっているこの土地の商人には、過去を想いだして座興のタネにするほど酔興な時間はない。尾西松次郎のことも、自然、人々の記憶から消え去った。——そのころのことである。

商用で東京へ行ったガタ政が、渋谷の駅の改札口を出たとたん、あッと思わず声をあげるところだった。前を、ゆうゆうとべんじゃら松が歩いてゆく。まごう方なく洒落た英国製の服を着た、尾西松次郎その人ではないか。その傍らに寄り添った和装の女性は、これまた満子。

(ふうむ。やりおったな、七化けべんじゃら松……)

ガタ政は、まるですばらしい風景画でもながめるように、三嘆した。べんじゃら松が東京で何をしているのか、また何を始めようとしているのか、むろんガタ政には判らない。

「しかし、あいつなら、何かさらす」ガタ政はそう呟《つぶや》いた。繊維は、儲けが実直すぎて大きくない。「大をなそうと思えばこれからは石油や」いつかそんなことを、べんじゃら松は云っていた。

「さあ、こんどは何に化けよるか」次の幕が、楽しいような気がして、人混みの中に尾西松次郎が消えてゆくまで、飽かず後姿を眺めた。声をかけないことが、この場合、戦友愛というものだったろう。

兜《と》率天《そってん》の巡礼

初出「近代説話」第二集（一九五七年十二月二十日）。

その寺は、洛西の嵯峨野《さがの》に在って、上品蓮台院《じょうぼんれんだいいん》という。不断念仏宗の末寺である。中世の末までは真言宗仁和寺《にんなじ》の門跡《もんぜき》に属し、古刹《こさつ》であったが、宝物といえる程のものはない。寺域をめぐって古い土塀があり、真竹の藪《やぶ》の中に崩れ残っている。植物病でもあるのか、藪は痩《や》せて枯色がすさまじかった。本堂は、弘化の失火で灰となり、以後、檀家のないまま再建もされない。境内は存外にひろく、草の上に、わずかに弥勒堂《みろくどう》と庫裡《くり》ひと棟が現存している。

ポツダム政令によって京都のH大学を教職不適格者として追放された法学博士閼伽道竜《あかどうりゅう》がこの寺を訪れたのは昭和二十二年の夏であった。

道竜は、この暑気に帽子もかぶっていなかった。汗がまぶたを刺すごとに、幼児のようなしぐさで手の甲を目にあてた。そのしぐさが妙に似合う貧相で小柄な男だが、後ろから見れば痩せた肩が七十を越している。しかし瞳だけは小動物の仔《こ》のように濡《ぬ》れていて、ものに触れて休みなく動いた。おそらく、五十をいくつも出ていまい。

庫裡の戸は立てつけが悪かった。入ってすぐ古いカマドがあり、屋根裏を重い梁《はり》が這《は》っている。そう辛《かろ》うじて分別できるほど内部は暗く、その暗さが陰湿な冷気となって、あるじの応対をまつ道竜の皮膚にはいあがってくる。極度に無口なのか、この男は、頼もうともお邪魔とも声をかけず、暗い土間で陰気な表情をうかべたまま突ったっていたが、やがて、かるい作り咳《ぜき》を二度ばかりして、来客のあることを報《し》らせたつもりだった。が、なんのいらえもない。咳の音は、そのまま庫裡の奥に吸われて空《むな》しく消える。

人がいないときまると、道竜の目は急に落着きをうしないはじめた。暗さに目が馴《な》れるにつれ、カマドの上に小さな大黒像が置かれてあるのを知った。道竜はそれをすばやく摑《つか》み、底を返し、指頭で叩《たた》き、埃《ほこり》を払ってみたりしたが、やがて失望したように旧《もと》の位置へ戻した。たいしたものではなかった。どこの荒物屋の店頭にもある安物の貯金箱にすぎない。

彼は歩きはじめた。そのまま土間を通り抜けて裏口へ出た。午後の陽《ひ》が境内の一隅をかしゃくなく焦《い》りつけている。その二十坪ばかりの土が乱暴に掘り散らされ、蔬菜《そさい》が植えられていた。

辛うじて、この寺が無住でないことがわかる。

その向こうに、一宇《いちう》の堂が建っていた。しばらく眺めていて、やがてそれが弥勒堂であることを確かめると、ためらわず、彼はその階《きざはし》をのぼった。腐朽がはなはだしく、一足ごとに堂が揺れる。とびらに錠もなく、手をかけるとぐゎらぐゎらと苦もなくひらいた。マッチを擦り、須弥壇《しゅみだん》の下を手探って、数本のローソクを得た。ローソクの灯は、わずかに堂内の闇《やみ》を払った。

——台座がある。

台座には仏像がなかった。堂の名からみて、この仏像は弥勒菩薩《ぼさつ》でなければならない。しかし、何代か前に盗難にかかったか、すでに売り払われたものか、蓮台に厚い埃がつもっていた。

彼はローソクを用心深く掌でかこって、須弥壇の裏へまわった。長持があり、曲ろくがあり、天蓋《てんがい》がある。それらがローソクの灯影《ほかげ》の向こうにゆらめいて、まるで妖怪の踊りたつような影をつくった。道竜は這うように進み、やがて背面の壁に至る。壁にひたひたと掌をあててゆくと、程なくざらついた膚質を感じた。火を近づけると、黝《くろ》ずんだ色彩がある。壁画である。道竜は背伸びしてローソクの灯を丹念に壁に匐《は》わせていたが、やがて灯に隈取《くまど》りされた彼の顔のしわが動き、喜色をむきだしにした。道竜の求めていたものは、この壁画である。

道竜が予《あらかじ》めしらべたところによると、この堂は明暦元（一六五五）年の再建、三百年を経ている。当然壁画も同時代の作であろう。が、異説はある。寺の創建は古く平城京遷都以前に遡《さかのぼ》り、その後数次の火災に遭《お》うた。遭うたびに壁画のみは焼失を免《まぬ》がれ、明暦の再建のときに補色して今日に至ったともいう。なにぶん公式な文化財調査をこの寺は一度も経ていないため、説に格別の根拠はない。道竜の考えではたとえこの壁画が創建以来のものでないにしても、再建の都度《つど》模写を新たにして往昔の原型を引き継がれたため、少なくとも藤原期の様式は強くのこしていよう、と。いや、その詮索《せんさく》も彼にとっては、さしたる興味はない。

道竜に必要なのは、この壁に描かれている諸菩薩、諸天子、諸天女のうち、たった一人の天女であった。

——ただ、この天女を求めるに至った道竜のいきさつは、余人からみればとりとめもない。

閼伽道竜は、かつてはドイツ政治史の教授の位置にあった。妻があった。妻は子をなさず、四十三歳の春、突如発病した。

妻の名を波那《はな》という。この妻のおかげで、閼伽道竜はH大学の教授の地位を得たと、彼を好まない多くの人々は取沙汰《とりざた》した。それほど、副手として大学に残った当時の彼の資質は、豊穣とは云《い》いかねた。

云うには及ばぬことだが、教授の席は講座に一つしかない。たった一つの椅子をめぐって教室員の人生というものは成りたっている。副手に簡抜された秀才達が、助手、講師、助教授と階梯《かいてい》を経るにつれ、マラソンの落伍者《らくごしゃ》よりも哀れに、次々と脱落してゆく。このマラソンに堪《た》えてゆくには、才能よりもむしろ金であると当時いわれた。

学問もまた、財力ある土壌にあってこそ伸びやかに育つ。道竜より高等学校は数年後輩である高名な理論物理学者は大阪の病院主に入婿《いりむこ》することによって、その業績を全世界の評価に堪えうるまで伸ばすことができた。金のみが外国図書をふんだんに買い入れさせ、私設助手を恣《ほしいまま》に傭《やと》わせ、必要とあれば海外にまで調査の足をのばさせることができる。教授は通常、貧家の出身をその後継者にしないものであった。道竜は肥後の真宗寺院の五男に生まれ、苦学して大学を出た。当然、官庁商社に就職すべきところを、数人の富家の子弟とともに大学に残る栄誉をもちえたのは、当時の主任教授が、福井の出身とはいえ同じ宗門の寺院の、いわば真《しん》宗同朋《しゅうどうぼう》であったからである。助手に昇格した当時、助教授への道に三人の競争者があった。このまま行けば道竜の人生には、地方の専門学校の法律教師に出てゆく程度の札しか残されていなかったが、幸運は必ずしも一定の運動律をもって落下してくるものとは限らない。そのとき道竜の掌へありうべからざる弧線を描いて落ちた札というのは、

「閼伽君。たしか、きみだけが独身だったたな」

ある日、研究室へ入ってきた主任教授の一声がそれであった。その声をきいて、同時に顔を

あげた三つの顔のうち、二つが血の気を退《ひ》いた。教授がそのとき道竜をふくめた三人の助手の前で話したのは、神戸の大地主から持ちこまれた縁談であった。教授は上衣の隠しから兵庫県地図をとりだして、この地方財閥のぼう大な土地山林をまるで仲買人のような熱心さで克明に説明した。

「つまり、そうなれば、姫路から西に散在している分、これだけが君のものになる」

教授は、すでに決まった話のように、道竜の肩を叩いて笑った。道竜は茫然《ぼうぜん》としていた。いや、茫然たる様子を装わねばならなかった。顔を動かせば、他の二人の助手の視線と合う。すでに、道竜はうなじに激しい視線を感じている。二人のうち一人は大阪の流行医の子であり、一人は金沢の素封家《そほうか》の出だった。彼等は決して鋭い才能の持ち主ではなかったが、道竜と比べてより愚かであるとは云えなかった。彼等が愚かであったとすれば、それは生家の富に頼りすぎていたことのみに掛る。彼等は結婚を、平凡に行ないすぎた。閨門《けいもん》に頼らずとも、道竜をのぞく二者択一の勝負ならば、あとは才質と努力で決しうると安易に考えすぎていたのである。もしこの内の一人がまだ独身を守っていたとすれば、道竜の僥倖《ぎょうこう》はその者の手に落ちていたかもしれぬ。いずれにせよ、予想表にも載らなかった馬が、突如巨大な実力を身につけてコーナーを疾駆しはじめた。勝負はついた。数年ののち、この二人の競争者は、教授に世話されるまま、東北の高等商業学校と熊本の高等学校にそれぞれ都落ちして行った。

といって、道竜のこの栄進の契機は学者一般の慣習として愧《は》ずべきものではない。ある大学の工学部は、教授、助教授の半ばが閨門を通じての縁戚《えんせき》の閥を張るに至っている。閥ではなく、一種の資源網であろうか。財閥もまた、その家門の虚飾として学者を一族にもつことを望んでいる。その意味からゆけば、この慣習は富と頭脳の相互扶助に過ぎないのではないか。

さて、道竜は学者として順風のみちを進んだ。妻波那は、一緒に住んでいても、彼女がたてる物音というものをついぞ聞いた記憶がないほどひかえめな女であったが、道竜は可憐《かれん》な、いつまでも少女の匂《にお》いの消えぬこの女を限りなく愛した。道竜は、凡庸といわれても、その生活は学者である。読書と調べものが毎日夜おそくまでつづいた。波那は、良人《おっと》よりも先に床に入る。書斎と夫妻の寝室は、襖《ふすま》を隔てて隣りあっている。書斎の灯は、時に終夜消えないこともあった。道竜は幼少時、檀家四十軒で仏飯《ぶっぱん》も食いかねた貧寺に育ったせいか、体質は虚弱であり、性に関する興味も、通常人よりやや稀薄ではないかと、自ら思うことがあった。調べものが連日続くときなど、つい夫婦の間のことは忘れるともなく淡泊にうちすぎた。波那の華奢《きゃしゃ》なからだもまた、夫婦のことを多く欲しない。しかし、このひかえめな妻も、時に間歇泉《かんけっせん》のように欲求のうまれることがあった。一月にわずか一度に近いそのかぼそい欲求でさえ波那は波那らしく、内気にそれを表白した。そのときは大抵、ひと寝入りしたあとふと目をさます。多く、横に良人はいなかった。隣室の灯が、なお消えずに襖の隙間《すきま》を透して寝室に射しこんでいる。

その灯は、波那に激しく良人への渇《かわ》きと懐しみを覚えさせた。彼女は、静かな聞きとりにくいほどの小さな声で、襖の向こうへ声をかけるのである。

「なにか、お呼びでしたでしょうか」

そのために私は目を醒《さ》ましたのだ、というさりげない口調であった。道竜はその声をきくと、それが長い、あるいは生まれた時からの慣習でさえあるかのように、本を閉じる。そして、書斎のあかりを消す。灯が消えると、彼女は深いやすらぎを得たように、良人の愛撫を待ち、薄い瞼《ひとみ》をとじるのである。波那との生活は、かくて二十年続いた。良人による平凡な、幸福な後半生を作りとげたのち、波那は死ぬ。道竜は妻を想いうかべるときに、この妻の二十年繰返しつづけた求愛のことばが、いきりょうのように鼓膜の奥から生き昇ってくるのを覚えるのである。彼自らも、時に声を出してそっと呟《つぶや》くことがある。「なにか、お呼びでしたでしょうか」。そう呟くと、この沙漠のごとく情感の湿りに乏しい男にも、云い知れぬ哀切な、それこそ自らの命のなお生き続けていることを、只今にも断ち切りたい、いや事実そう狂気するが如く、死者への慕情に迫られるのである。

波那の直接死因は心臓麻痺《まひ》であった。昭和二十年の初夏、ほとんど慢性化していた糖尿病が急速に悪化した。京都ではかなり信用のあった西陣の内科病院に入院し、入院後さらに病状が進んで、わずか一月ののち末期症状に入り、ついに心臓障害を起こして死に至った。重態に堕《お》ち入ってからわずか十日目であった。病状の経過がただそれだけであればよかった。実をいえばその最後の十日間、波那の意識はすでに地上になかった。病床に横たわっている者は波那ではなく、別の女であった。さらに云えばシーツの上に、人ではなく別の毛物《けもの》が横わっていた。糖尿病の悪液質がすでに脳へ侵入しはじめていたのである。数日来の不眠の看病で疲れはてた道竜が、ある朝、目がさめてベッドを降りようとすると、暗灰色の壁際から、ふたつの目がらんと彼を射すくめているのに気付いた。波那である。波那にはちがいなかったが、昨日まで殆《ほとん》ど肘《ひじ》をついて己れを支えることさえ出来なかったこの病人に、どれほどの体力が残されていたのか、病床からすっくと起きあがって、塑像《そぞう》のような姿で道竜をじっと見つめていた。

「波那。どうかしたのか」

云い知れぬ怖《おそ》れが背筋を奔《はし》って、道竜は思わず声をかけた。波那の目は青色を帯びて、瞬《また》くこともなかった。むくみ切った青黄いろい顔が厚い粘土を塗りこめたが如く、しかも動かなかった。これは、波那ではなかった。

「波那。どうした」

道竜は一歩近づこうとした。途端に、波那は裂けるばかり口をひらいた。叫んでいた。しかし、声には出なかった。追いつめられた毛物のような恐怖が、波那の顔いっぱいに噴き出た。彼女は毛布を纏《まと》ったまま床に転げ落ち、道竜が抱きとめようとしたとき、はじめて、ひいっと、

笛のような音を咽喉《のど》から突きあげて、扉に向かって奔った。扉に当たって倒れ、倒れたまま手足を蛙のように泳がせて、

「怖いィ。お前の、お前の顔……。ああッ」

抱きとめて共に転がった道竜の髪を、波那は力まかせに引きむしった。幾本かの良人の頭髪が波那の骨のような手に残った。医師と看護婦が駆けつけたときは、波那は意識を失って昏睡《こんすい》状態に堕ち入ったのちであった。

ベッドの上の波那の胸をひろげ、型どおり医師は診察して、看護婦に毛布をかけさせると、そのまま部屋を出ようとした。道竜は押しとどめて、彼が来る直前までに起こった異変を細かく報告したが、医師はただ当惑したように首をかしげるだけで、

「が、異常はない……」

道竜はこの男を殴りつけたい程の激昂《げっこう》に駆られた。しかし、すぐ昂奮は冷えた。この男には無理なのかもしれない。もともとこの病院を選んだのは院長が糖尿病の権威として名があったからだが、その院長が入院後十五日目に応召した。残された数名の医員のうち、偶々《たまたま》この朝医務室にいたのは、この七十近い老医師である。検定試験制による最後の医師で、戦争末期の医師払底《ふってい》時代でなければ、医療施設の現役業務には堪えがたい技倆《ぎりょう》と思えた。道竜は看護婦を指さして、直ちにH大学の精神科の医局員を招《よ》ぶよう命じた。老医師は、医師としてその処置と

責任を無視されたのを、腹を立てるでもなくうっそりと部屋を出た。ほどなく大学から医局員が現われた。ここでも教室のほとんどが応召で出払い、主任教授はたまたま名古屋大学に出張して不在で、道竜の前にあらわれた医師は、臨時医専部の助手であった。名刺の肩書を見て、道竜は軽侮はしなかったが、かるい不安を覚えた。しかし、この医師は道竜の報告をきいて、分の厚い笑顔と信頼感のもてる語調で、静かに云った。

「すぐ大学の内科病棟にお移しになる方が宜《よろ》しいでしょう。内科と連繋《れんけい》の上、出来るだけの処置をさせて頂きます。きわめて稀《まれ》だが、糖尿病の末期には精神をそこなうことがあります」

それから数日を経て、波那は殆ど昏睡のまま死んだ。永眠の日が丁度終戦の日であったが、道竜にはそれに関する記憶はなかった。八月十五日の自分を思い出すにつけ、国家の存在などは、個人の人生にとって妻の存在に比すればはるかに卑小なものではないかと、奇妙な感動をもって考える。同時に、その国家に関する、いわゆる社会科学の研究を自分の生涯の職業としてきたことに、舌を噛《か》みきりたいほどの虚《むな》しさを覚えた。これは彼がその後追放になったときに、ふと教室員に洩《も》らした述懐である。彼は理論をもたぬ学者と云われた。彼の理論は、若い頃ベルリン大学のR・トライチュケ博士について学んだそれのみを愚直に祖述した。この最後の述懐だけが、彼の大学生活中に述べた唯一の独創的意見ではないかと、彼に好感をもたぬ同学部の一教授が嘲《あざけ》った。

妻の死は彼にとって大きな打撃であったが、それだけではなかった。悲しみのほかに別な掻《か》き傷を、彼の胸の内壁に残した。傷跡それ自体はすぐ癒《い》えたかもしれないが、やがて別な肉腫《にくしゅ》となって彼の後半生を支配することになった。この物語はそれを述べるために語り起こされたものである。

平凡で順調だった道竜の前半生は、追放をもって閉じた。が、正しくは、妻の発狂をもって彼の後半生が始まったと云わなければならぬ。それほど、波那があの朝、突如人格を一変させたことは、道竜にとって名状の仕様のない驚愕《きょうがく》であった。あの波那の目を、道竜は記憶の網膜を剝《は》ぎとっても忘れることができぬ。目をつぶれば、闇の中にあの波那の目がらんとして光ってくる。それは理由なき恐怖と理由なき敵意に燃え、傍に寝ている道竜が如何《いか》なるいきものであるか、判断に喘《あえ》いでいる目であった。波那のからだに突如、いっぴきの粗毛のあら立つ毛物が這入《はい》りこんだとしか思えなかった。変身した波那の目から見れば、隣りでうずくまる道竜もまた、不可解な毛物であったろう。その毛物が起《た》ちあがって、波那に挑《いど》もうとした。そのとき、波那は最後の十日間にたった一度だけ人語をなした。「怖いィ。お前の、お前の顔……」これはなんの意味なのか、道竜は執拗《しつよう》に考えている。詮ないことであろうが、あの従順だった妻が、生を終える最後に至って示した良人への反逆が、彼には堪えきれぬ悲しみになっている。妻が自分にあらがうことは、天地が覆《くつがえ》るとも有りえぬことと思って来た。如何なる潜在意識が、如何なる因によって触発されたものか。その潜在意識が良人である自分と関連性をもつものであるのか。道竜は、妻との二十年の人生を振返ってみた。それは他人からみれば拍子ぬけするほど波瀾《はらん》のないくらしの連続であった。そのどの部分を截《き》りとってみても、波那はその生活に満足し、自分を静かに愛し尽してくれた穏やかな歴史であったとしか思えぬ。自分もまた、妻の愛情に愧じるような行為は毫末《ごうまつ》もなかったように思われる。世のいかなる良人が二十年の歳月を振返っても、これ程のことが云い切れるであろうかと、道竜はむしろ自分を誇らしくさえ思えるのである。そう想い至ると、妻のこの最後の裏切り、……あえて裏切りと云いたい。いや印象としてはそれ以上のどすぐろい不快さがあった。その裏切りに対して、誰を責めればよいのか。何者が、波那を自分から裏切らしめたのか。その者をつきとめねばならぬと彼は思う。それは、学者としての自分の責任ですらあろうと。

そう思うとき、いや波那の狂態をいま想起するとき、彼女の背後の壁にべたりとへばりついていたくろぐろとした何者かが、目に見えるような気が道竜はするのである。その得体の知れぬくろい者。道竜には、やがてそれが明瞭《めいりよう》に見えてくる。彼は、その者へあざけって問いかける。ふん、お前は、遺伝、ではないのか？　問いかけるたびに、その者は道竜の目の前で、みるみる黒い姿をひろげてくるようであった。

教職追放によって大学を去った道竜は、下鴨田中関田町《たなかせきでんちょう》の自宅を出ることも少なかったが、その日鮨詰《すしづ》めの国電に乗って大阪へ出た。あのときの医専部助手に会うためであった。軍医養成機関としての医専部は、すでに生徒募集を停止していた。あの助手もまた大学の職を離れて、大阪の住吉にある私立の精神病院に就職していた。かれは道竜の来訪をけげんな顔で迎えたが、やがてその用向きが判ると、

「閼伽先生、じゃ、お子様がおありなのですか」

と、彼は道竜の問には答えず、却《かえ》って質《たず》ねた。道竜は、相手の余りにも職業的な明快な態度に、彼の精神の調子が瞬時適合しかねたのかもしれぬ。しばらく押黙って、口をひくひくさせていたが、やがて「ない」と、不快そうに答えた。

「なければ、お調べになる必要はございますまい。遺伝系譜の調査などは素人《しろうと》が考える以上に面倒なものですし、調べたところで曖昧《あいまい》なものです。たとえ、奥様に精神病の遺伝がおありだったとしたところで、すでに患者は死亡し、子孫もない。遺伝子は永遠に人類から消えている。それを今更おつつきになるのは社会的にも無意味な上、死者に対する冒瀆《ぼうとく》でもあろうと思いますが……」

職能に対する過度な自信というものは、人を傲慢《ごうまん》にさせるものらしい。死者に対する冒瀆、

と、この男が医師としての立場を越えた忠告にはみでたとき、道竜の小さな顔に血がのぼった。

「余計なことではないか。私は妻への強い愛情からこれを知ろうとしている。妻と私を、最後の瞬間に割《さ》かせた何者かの実体を知りたいと思っている。これは学問的な情熱でさえある」

「学問的？　どういう……」

「君は、私が精神科学者でもないのにと云いたいのだろう。私のいう学問的とは……」

「先生、議論をしても始まりません。奥様が発狂されたということも、私は医者として確認していない。あれから、心臓が停止するまで患者は昏睡を続けていた。取乱されたというのは、先生のお言葉をきいて知っただけです。仮に精神病が発病したとしても、糖尿病の悪液質が脳を侵したと見るほうが妥当でしょう。だとすると外因性のものだから、遺伝とは無関係です」

「君は、生まれは何処《どこ》です」

「神戸です」

「家内の実家も神戸だ。すると、家内の実家と関係があるね。だから、そんなことを云うのだろう。私に、調べさせまいとしているのだろう」

医師は持てあましたように首をふった。道竜はそれを言い切ると、振りむきもせず病院の玄関を出た。医師は玄関から、その後ろ姿を、あらためて興味が湧いたような目《ま》ざしで見送った。闕伽道竜氏、夫子《ふうし》自身こそすでに発病寸前にあるのではないか。

道竜は、病院を出るとすぐその足で神戸へ行った。神戸の須磨海岸に波那の実家があった。すでに舅姑達は日支事変の勃発《ぼっぱつ》前後に相次いで死亡し、あとを長男夫婦が継いでいたが、この男は戦時中ひとのすすめに乗って、東満の石頭、北満のハイラル東辺、さらに興安嶺山脈にあるという有望鉄鉱脈の試掘にほとんど全財産を注ぎ込み、終戦直前には大満州鉱業株式会社という会社まで作ったが一グラムの鉄をも出さぬまに満州国はほろんだ。戦後、その打撃から廃人同様になって、波那の葬儀にも来ず、既にそれも抵当に入っている須磨の自宅に引籠《ひきこも》っている。ものぐさな道竜は妻の実家を訪ねるということは絶えて無かったから、この義兄に会うのも十年ぶりというに近かった。応接間に、見違えるほど黄黒く老衰した老人が座っていた。しかし、見違えたのは、道竜の方ばかりではなかったかもしれぬ。応接間の老人は、入ってきた道竜を見て、一瞬不審そうに目を細めた。これが妹の良人の、元H大学教授閼伽道竜なのか。頬《ほお》の落ちたその相貌《そうぼう》は七十を越えた老人のそれである。道竜と義兄とは同年輩で、五十を一つしか出ていなかった。

部屋に入るなり道竜は、その老人の目の中に指を突き立てるようにして云った。

「あんたの実家には、精神病者は居なかったか」

「――聞いたことが無いねえ」

唐突な問いに驚きもせず、老人は答える。その死魚のように物懶《ものう》げな目は、すでに驚きという機能を喪失していたのかもしれなかった。

道竜はそれから三時間程老人と対座した。老人の知りうる限りの係累の性格、性癖その他人格に関することを訊《き》きだしたつもりだったが、なにものをも得なかった。ただ知り得たことは、この義兄は親類縁者とは殆ど交際しておらず、その個々についての知識も驚くほど乏しく、時には顔さえ想いだせないものもあった。

「この家は、明治以前は何をしていたか」

「お百姓さ。神戸が兵庫といい、さらに武庫《むこ》水門《みなと》と云った頃からのお百姓だよ。百姓としては古い家柄といわれている。あまり自慢にはならないがね。この家の本家というのが播州《ばんしゅう》にある。尤《もっと》も、今は没落しているが、当主が小さな神社の禰宜《ねぎ》をしているはずだ。その神社がこの家の家系と関係があるというのだが、なんなら場所を調べてやってもいい。行くか」

「うむ。行ってみよう」

「しかし、三百年前に分かれた本家だぜ。精神病の調査に、そんな古いものまで必要があるのか」

「必要がある。……なくても、行って得心のつくまで調べる。波那への僕の義務だ」

「義務、か。人間、没落すると妙なものを義務にするらしい。俺が毎朝五時に起きて柴犬のノミをとるようなものだろう」

やがて、義兄は、神社の場所を書いた紙切れを道竜に手渡すと、ぐったり疲れたようにソファから体をずり落して、目をつぶった。用が済んだのなら、早々に引取ってほしいという顔付であった。

兵庫県赤穂郡比奈《ひな》　大避《おおさけ》神社

道竜の握りしめている紙片に、そう識《しる》されている。禰宜波多《はた》春満《はるみつ》という。

その奇妙な名の神社を訪ねるために、道竜は須磨からいったん神戸へ引返した。神戸駅から、山陽線に乗る。

降りたのは、相生《あいおい》である。そこで一泊して翌朝、比奈という部落を目指して、二里の田舎道を歩いた。道は、暑かった。

何に憑《つ》かれて、炎天の田舎道をこう歩かねばならないのか。これは、今となっては、己れのことながら道竜自身にも測りがたいものになっている。元々は、波那に関する精神病の遺伝系統を調べる筈《はず》であった。これについてはさすがの彼も無意味に近いことが判りかけている。とは云っても（道竜のために開きなおるようであるが）、追放後の彼の生活ではいま何を為《な》すこともなかった。真空内での物体の運動は、それを阻止する抵抗がない限り永久にとどまらぬ如く、目的の殆どを喪失した道竜のこの行為もまた、追放という時間と精神の真空内にあっては、ただ運動のみが残されたが如くであった。道竜は、とにかく調査せねばならぬ。いわば、至純といっていい一種の学問的情熱であった。悪くいえば、理性を失った学問的情熱であったろう。学者としては、ある意味では、これほどみごとな情熱は稀なことかもしれなかった。

比奈の部落は、赤穂郡南部のひくい丘陵群が海に落ちこむあたり、なだらかな山ひだに囲まれて散在している。

郷社があり、大避神社がそれであった。村道を外れると自然石を積んだ十数段の石段になり、登れば森に入る。石鳥居が傾き、くぐると、屋根に苔《こけ》をおいた小さな流れづくりの社殿があり、貧寒たるたたずまいであった。ただ、森の中に湖の香りがする。神社が背負っている丘の頂きに登ると、内海が一望に見渡せた。近くに散在するのが家島群島であり、遠くに望見できるのは、小豆島である。

社殿の東側に、社務所がある。藁葺《わらぶき》白木造のまぐち二間ほどの建物で、社殿と同様、蒼古《そうこ》として海風の中に立っている。道竜が軒先で汗をぬぐっていると、うしろで、草履《ぞうり》で土を踏む足音がして、

「客人かな？」

道竜がふりむくと、媼《おうな》のように物柔らかな色白の老人が立っていた。

「私が、当社の宮司代務者波多春満だが、御用は？　いや御参詣《ごさんけい》かな」

道竜は、手短かに用件をのべた。その用件が理解できたかどうかはわからない。まあまあと、人懐っこく道竜を座敷へ招じ入れ、

「まず、上衣をおとりなされ。当社は無人な上、収入もない。従って何のおもてなしもできかねるが、茶だけは自慢にしている」

自ら茶を汲《く》んで、茶たくを道竜の前へ押しやった。

「といって、茶の葉ではない。この葉は、番茶です。自慢は、湯ですな。つまりこの水です。さ、喫《の》まれよ。何なら、水だけ差しあげてもよい」

云われて、道竜は、茶わんをとって一気に咽喉へ流し込んだ。別に、どうという味の変わりばえはなかった。

「違うでしょう。この水は、千数百年来、大避の神水《こうず》とよばれている。境内に在って、いすらい井戸というものから湧《わ》く。これほどの甘露は、全国に二つしかない。どうですか、いま、一杯」

「もう一つの井戸と云うのは？」

「京都の太秦《うずまさ》にある大酒《おおさけ》神社、そこにやすらい井戸という古い井戸がある。いすらいと、やすらい、語呂《ごろ》が似ていますな。大避神社と大酒神社、これも訓が通じている。この謎《なぞ》を大正の中

期、英国のゴルドンという女学者が興味をもって、熱心に調べたそうだ。あなたも、それを御研究なのか？」

「いや、私は法律の教師です。いま、精神病の遺伝について調べている」

「遺伝？　何のことだ」

「妻に、精神病の遺伝があったかどうか……」

「あなたの御家内に？」

道竜は、あらましを話し、波那の神戸の実家の係累を貴老はよく知っている筈だときいて来た――そう訊《たず》ねると、

「なるほど。幾らかは知っている。私の家はかつて、室津にあった。両家はもと同系で徳川初期に分立した。その後も代々縁組その他何等かの形で接触がもたれ、つい先年まで両家の間に交際があったが、今はない。私のほうが没落したからです。というより、当主の私が家を出て、こんな、神官の真似事《まねごと》をして世を捨てたからでもあるでしょうな。神官といえば、この神社もいわば両家の氏神といっていい。で、遺伝……？」

「精神病の、です」

「それは、なさそうだ。少なくとも、明治この方は聞かない。色情狂ぐらいは居たかも知れないが。――まあ、私です、むろん若い頃の。……それと、もう一人居た」

「誰です」

「秦《しん》ノ始皇帝です」

「からかわれては困る」

「からかってはいない。秦ノ始皇帝ということに、私の先祖は一応なっている。これは、日本書紀に明記されている。始皇帝の裔《えい》功満王の子弓月《ゆづき》ノ君が、山東百二十県の民を率いて日本に帰化した。その移民団が、どこに上陸したか。それは、あなたが今いるこの岬に上陸した。そしてこの神社近辺に定着し、まず井戸を掘った。その井戸から汲んだ水が、いまあなたが喫んでいるその茶です」

「………」

「ということに日本書紀ではなっているが、私は秦ノ始皇帝とは思わない。むかし、田村卓政やゴルドン女史が、説をたてた。その説に私は従っている。つまり、ユダヤ人だったんだ」

「………」

「あなたの奥さんは、ユダヤ人の移民団の子孫だった。精神病については知らないが……」

「ユダヤ人……」

道竜はどういう訳か、ひくっと頸《くび》をのばして老人の笑顔を見た。そしてすぐ、目を離してきょときょと視線を座敷の調度品に移していたが、やがて頸をふって庭先を見た。柴垣に囲まれた十坪ほどの蕪雑《ぶざつ》な庭である。芭蕉《ばしょう》が一本、松が四本、雪ノ下が二株、石が五基……道竜の目はうっそりと光を喪《うしな》ったたまま、それを数えてゆく。ふしぎと石燈籠《いしどうろう》が一基もなかった。あるじはおよそ、住いや庭に興趣を起こさぬひとらしい。庭はそのまま丘の傾斜につづき、その頂きに立てば海が見える。海には、いま白帆が浮かんでいるだろうか？

道竜は、心のどこかで慌《あわ》てている自分を感じていた。なんと、睡《ねむ》い。俺はいま、何を考えている。何も考えてはいない。考えようにも、頭が、脳の中がまるで幼児のころのようにどろどろと白濁してしまっているではないか。俺は目をあいている。老人を見ている。老人の微笑が、媼のような微笑が、だまって俺を見ている。しかし、何とねむい。瞼が開いているだけで、俺の大脳は、いや小脳も、すっかり眠りこけてしまったようだ。どうしたのだろう。以前にもこういうことがあった。いや考えてみると、子供の頃から度々あったようだ。外界は、何もかも見える。色も、形も。しかし脳は鼾《いびき》をたてて眠っている。こういうことは、最近では何時《いつ》あったか？　想いだせるか？　ひょっとすると？　そうだ、俺は脳の生理がおかしいのではないか。俺こそ、いや俺のほうが、精神病の遺伝があるのではないか。国の寺はどうだろう。享保《きょうほう》のころ、その代の住職が妻をもちたいばっかりに、真言宗から浄土真宗へ転宗した。浄土真宗のみに、女犯《にょぼん》の罪がなかった。魚肉を食うことも寺社奉行から保証されていた。きっとその坊主は転宗当座、まるでかたきのように女と魚肉をむさぼり食ったことだろう。梵妻《ぼんさい》と寝ながら、宗祖上人に心から報謝の念仏を捧《ささ》げたことだろう。その肉を食った坊主から七代、その七代目が俺だ。七代の間、癲《てん》、狂、佯《よう》、いずれかに属する坊主は出なかったか？　梵妻の系統はどうだ。たとえば、俺の母親。あれはひどいヒステリーだったように思う。親父が村の代用教員に手をつけた。いやつけもしないのにつけたと邪推して、死ぬの生きるのと書置を遺して裏山へ身を隠した。檀家の男どもが総出で山へ探しに行ったのは、俺のたしか、九つの時だった。櫟山《くぬぎやま》の上に、一本だけ松の木が生えている。その枝に縄をかけて、ぼんやりと立っていたお袋を村の衆がみつけて走り寄ると、お袋は急に死ぬ死ぬとわめいて縄を首に巻きつけた。それを引きむしって皆で抱きすくめると、こんどは手足が見る見る硬直して絶倒したそうだ。みんなが青くなって騒ぐと、一人の物知りが進み出て、待て待て騒ぐなと制した。女の血の道の病いというものはな、野中の一軒家では起こらんばい。人が見ている場所で起こる。散れ散れ、みんな身を隠せ。身を隠してみながそっとお袋を見ていると、やがてのこのこ起きあがってあたりをズッと眺めたげな。女のさがというのは、なんと哀しいものだ。それが精神病だとすると、俺もそのけがないとは云いがたい。――しかし、これは何という睡さだ。死ねば、この睡さはなおるか。それでも不思議なことに、ちゃんと目だけは開いている。あいて、老人を見たり庭を眺めたり。……老人の顔が、笑っている。薄い唇だ。その唇が動いている。何か話しているのだ。あ、俺も話している。

「地蔵盆は、いつでしたか?」

なんとも、奇妙な質問に、老人は笑顔をとめて道竜を見た。道竜も自分の声に気づいて、いま口から出て宙に消えた言葉のあとを、あわてて追う目つきをした。瞳が、小刻みにせわしなく動いた。

「この辺は旧暦ですから、八月の二十四日でしたか。——明後日だな」

「カンナが、植わってますね」

そういえば道竜からは、やや斜め後ろになって、視野には入りにくかったのだが、庭の北隅にひとむらのカンナの花が、ややかげりはじめた夏の陽の中で小さく燃え盛っている。道竜は、ふとそれを声に出してから気づいた。あのカンナの赤が犯人であったに違いない。あの赤が、さきほどから俺の網膜の端をちくちくと刺し続けていたのだ。自然、意識に軽い被膜が出来て、俺は擬似催眠状態に堕ち入った。というような理屈が、心理学にはありはしないか。俺は童子のような、混沌《こんとん》たる心になりかけていたのだ。地蔵盆も、これによって解ける。幼いころ、寺の小さな庭にも幾茎かのカンナが植わっていた。地蔵盆の前後には、これが、どの茎も真紅の花をひらいた。この花の色がいつのまにか網膜を透しつつ複雑な屈折を経てついに意識の深奥に達し、深奥部に潜《ひそ》んでいる幼少の頃の記憶を、屈折した反射光によって意識の上層部に浮かびあがらせたものではないだろうか。ならば、罪はカンナであって、俺が精神病であるとは、

誰もいえない。そこまで道竜は考えると、ほっとしたような表情になり、いままで休みなく動いていた瞳がはたと止まって、

「で、波那が、ユダヤの子であると云われる?」

「いやいや、われわれ秦《はた》氏の祖先が、あるいはユダヤ人でなかったかという訳です。波那さんが、ユダヤ人というわけではない」

「その証拠は?」

「証拠という程のものはないが……。これは一種の学説です。むろん、単なる奇説であるかも知れん。しかし、日本人の先祖を知るには重大なことでな。波那さんの遺伝がどうあろうと、放《ほ》っては置けぬ。あなたも日本人ならばだ。しかも法律とはいえ、学者ではないか。どうです、この説を聴きますか。聴くなら、今日はお泊めせねばならぬ。お泊めした以上、いや聴いた以上、あなたはそれを今後演繹敷衍《えんえきふえん》する義務がある。その気がありますか」

「その気がある。波那への供養にもなるかもしれない」

道竜は、胸の隠しから吸殻と煙管《きせる》をとりだして、マッチを擦った。火は、紙くさい煙をのこして、吸殻の先をぼっと燃えあがらせた。しばらく主客の間に薄い悪臭が漂っていたが、やがて道竜の肺へ吸いこまれた。脳の被膜にニコチンの軽微な酩酊《めいてい》がひろがるにつれ、道竜の皺《しわ》んだ小さな顔に、はじめて、伸びやかな寛《くつろ》ぎに似たようなものが浮かんだ。なにが、明日から始

まるのかは知らない。しかし、少しでも波那に関することを日常の「仕事」としてやってゆくことに、道竜は快い安らぎを覚えた。暮らしてゆく目標が、仄《ほの》かながらも、これで出来た想いでもある。

「さ、ごあんないする。陽が暮れ落ちぬまに、境内でお見せしたいものがある」

波多春満は、庭へおりて踏石の上に庭下駄を置き、客のために鼻緒をそろえた。道竜も庭へ降りた。春満の痩せた肩に従いつつ、庭を南へまわって社殿の裏側に出た。さらに山の脚部に沿って羊歯《しだ》を分けながら、長身の春満は、ほろほろと風に吹かれるような足どりで歩を進める。

「雨かな？　あすは」

春満は蚊柱をうるさそうに手で払いつつ歩いた。呟きを打ち消して、頭の上で、からからとひぐらしが鳴いた。

「やはり、雨ではないな。あすは」

老人は、空を眺めた。それにつれて、道竜も空を眺めた。べつに、あすが雨であろうと晴であろうと、明日に特別な期待をもたねばならぬ二人でもなかった。空が、乳灰色に曇っていた。西雲の表皮に、濁った血のような残照をのこして、今日の陽は、いまようやく沈みはじめようとしている。

径《みち》があった。この径は、ほそぼそと山の凹部を通って、頂上へ這いのぼっている。径の起点のあたりに、やや深いどくだみの叢《くさむら》があった。湿った植物の陰性な匂いが、鼻をつく。土が、ここ一面に水気を重くふくんで、足を踏み入れると、靴の裏に生きものの体を踏むような、妙になまなましい感触が残った。

道竜は、暗緑色の叢の中に、苔を厚くかぶって埋もれている石の堆を見つけた。

「お墓ですか」

「井戸ですよ、さっきあなたが喫まれたのはこの井戸から汲みあげたものです。この井戸は、海浜が近いくせに、ふしぎと潮気がない。舌にころがすと、なにか甘い。珠を融かしたような味がする」

「別に、私にはしなかったが……」

「舌が、鈍感なのではないか？」

波多春満は、袴《はかま》の裾《すそ》をたくって叢の中を歩きだした。が、二、三歩すすんで、ふと足をとめ、道竜のほうへ振りむいて、

「今から千四百年ばかり前、欽明《きんめい》天皇の頃だ。大和ノ国泊瀬《はっせ》川で洪水があった」

春満は、それが昨夜の出来事であったかのように、大和盆地をひたした濁流のありさまを具《つぶ》さに描写するのである。東のほうを指さし「川上を見るがよい……」道竜は指先に従って、東

を見た。南赤穂特有のなだらかな饅頭《まんじゆう》形の丘が眼前にあり、丘の上の空に鳶《とび》一点がゆるやかに移動している。春満の指先に従って眺めると、聞き手の道竜の目には、なだらかな丘が忽《たちま》ち消えて、野を浸し丘を乗り越えて奔流する視野いっぱいの洪水が見えはじめるようであった。

「村人がまずそれを発見して騒いだ。川上から、赫《あか》い壺に乗った童子が流れてきたのだ」

舞いあがるその鳶が、物語の童子のごとく道竜のほうへ舞い寄って来るようにも覚えた。

「童子は、三輪山の杉の鳥居のあたりまできて止まる。朝廷から有司《ゆうし》が出て童子を検分した。見ると、異相をそなえ、雅《みやびや》かなること玉の如くであった。帝、即《すなわ》ちこれに秦姓《はたせい》を賜う。童子は長じて、欽明、敏達《びだつ》、用明、崇峻《すしゆん》、推古の五朝に仕え、のち勅勘を蒙《こうむ》って配流《はいる》された。配流の場所が、この土地だ。赦《ゆる》されて大和に還《かえ》ってから、土地の者その徳をしのんで祠堂《しどう》を建つ。即ち大避神社である。

と、この神社に遺《のこ》る社伝では伝えているのだが、実はこれは別の経緯を仮託したお伽話《とぎばなし》にすぎぬ、と私は思っている。むろん、日本書紀もそれをはっきりさせている。その童子は、川上から流れてきたのではなく、百二十県《あがた》の異民族を率いてきた移民団長であることは、正史にまちがいはない。ただ、私の気になることは社伝でいう、異相という言葉だ」

「一体、祭神はどういう……」

「三柱が在《おわ》します。まず、天照大神《あまてらすおおみかみ》。ついで春日《かすが》大神。天照大神は大和朝廷の氏神であるし、春日大神は藤原氏である。秦一族は、自ら異民族であることを愧じ、かつ当時の二大勢力への気兼ねから、まず両柱を奉《たてまつ》った。三番目の神こそ、これが秦氏が信奉する唯一無二の神だ」

「それは――」

「大避大神だよ。この神名、古事記にもない。申せば、つまり、異教の神だ」

「仏教の神かな。例えば本地垂迹《ほんじすいじやく》した八幡大菩薩や、また金比羅《こんぴら》権現のような――」

「秦の一族が渡来した頃は、人皇十五代応神天皇の頃だから、仏教はまだこの国には入っていない。それから約三百年、欽明朝に至って、漸《ようや》く入った」

「支那や朝鮮の土俗神だろうか」

「ちがうね」

「すると、……」

「キリスト教の神だよ。宇宙の唯一神ゴッドだ。なぜかと云えば……」

「………」

「この神社は、延喜式《えんぎしき》以後大避神社と書くがそれ以前は、大闢《だいびやく》とも書いたと古記録にある。大闢、だいびゃくとは、――漢訳聖書を見たことがあるか」

「ない」

「ダビデの漢訳語だ。この神社は、ダビデの礼拝堂であった。秦一族は、古代キリスト教の一派景教を信じていたというのが私の説である。この井戸を見給え」

波多春満は、長い骨張った人さし指を、井戸の底へ向けた。道竜は引きこまれるように体を乗り出して井戸の中を覗《のぞ》いた。水は、はるか下のほうにくろぐろと、永遠の夜の色を湛《たた》えていた。

「この底は、民族の歴史の永遠の闇の中に通じている。誰か、この底に降りて、その闇を探る者はいないかと、私は年来その者の現われるのを待っていた。あなたが、現われた。私はこれで、田舎神社の宮司代務者として死ぬ。安心して死ねそうな気がする。この井戸の名前は、教えたな」

「いすらい井戸」

「そうだ。イスラエルの井戸。古来、地の者はそれを知らずして転訛《てんか》している」

道竜は、その夜、神社で一泊したのち、翌朝、京都へ帰った。帰ったその日から、彼は憑かれたが如く図書館に籠《こも》った。まず秦という異民族がはるばる日本に来た遠い経緯から手をつけねばならぬ。

知らねばならぬのは、景教という、すでに地上から亡びた古代キリスト教の一派の東遷についてであった。

とくにその始祖、コンスタンチノープルの悲劇の教父《エピスコポ》ネストリウスについてであった。

彼は、文献を渉猟《しょうりょう》してゆくうち、その想念は遥か千数百年の昔に遡り、魂は古代を游歴《ゆうれき》しつつ、遂に地を離れてコンスタンチノープルに飛び、さらに天山北路を東へ越えてシナに至り、潮路を東へ流れて播州比奈ノ浦、また山城太秦《うずまさ》ノ里に遊ぶといった、奇妙な遊魂の巡歴をはじめる。

ここまで書いて、実をいえば語り手は閉口している。こんな奇妙な動機で、のめり込んだ彼の仕事なのだが、一体、どの程度まで正気で閼伽《あか》道竜が景教の研究などに凝《こ》りはじめたのか、この物語の語り手にも疑問である。真ッ正気ならば、あまりにもその心象は玄妙不可思議すぎる。狂気の部類であろう。彼の妻は、秦氏の子孫であるという。秦氏の日本来航は、いくら少なく見積っても千三百年前のことだ。ある数学者の計算によれば、先祖などは高が知れたもので、凡《およ》そ八百年前に遡ると、今の日本人は大てい同じ先祖になるという。秦氏であろうが、朝鮮人であろうが、土蜘蛛《つちぐも》であろうが、高砂族《たかさごぞく》であろうが、また藤原鎌足《かまたり》であろうが、源頼朝であろうが、親鸞《しんらん》上人であろうが、いずれを先祖と名乗っても、気随気儘《きまま》なわけである。秦氏は、道竜の樹立した説によると、ユダヤかペルシャか、とにかく日本よりうんと西の方の、碧眼《へきがん》紅毛の民族であったらしい。しかも、キリスト教の一派景教の信者であった。となると、仏教渡来以前に、日本にキリスト教が入っていたことになる。日本民族というのは、実に世界史上、奇怪な性格を帯びることになるわけである。

道竜が、妻波那への疑問の起点を、五世紀の東ローマ帝国の首都コンスタンチノープルにとったことは、一見、奇妙な飛躍であるとみえる。しかし、この男の想念では、造作もないことだ。妻波那は、死の寸前において発狂した。彼は、彼女の遺伝系統を調べはじめた。さしたる結果はえなかった。それだけで済めば、この物語も出来上がらず、ふしぎな想念の世界へ遊戯してゆく道竜の遍歴もなかったであろう。道竜は、自分の行為を研究と名付けていた。妻の発狂の因に関する研究であるという。しかも、医学の研究ではなく、じつに、深遠幽玄なる妻の血に関する研究なのであった。遺伝の調査と歴史の研究とを、彼の頭の転轍機《てんてつき》は観念のながれのどこかで切り誤ったのであろうか？

とにかく、道竜の魂は、波多春満がダビデの礼拝堂であると断言した兵庫県赤穂郡大避神社の境内のあたりから、地を離れた。ゆたゆたと虚空に舞いあがり、もはや天を駆けめぐって、古代世界地図の上をとめどなく遍歴しはじめた。まことに、玄妙不可思議の旅であるが、この物語の語り手もまた、道竜の道案内に従って道竜の頭に描かれた古代地図の上を歩いてゆくより、このところは手のないように思われる。

五世紀のころ、波那の先祖と道竜が信ずる一群のキリスト教徒が、コンスタンチノープルの都城からはるか東方へ追放された。物語もまた、このあたりから虚空へ舞いあがらねばならない。

闍伽道竜は、いま、金角湾を抱いてボスポラス海峡を見下ろす五世紀の東ローマ帝国の都城コンスタンチノープルの城門の前に立たされている。額から流れでている血は、老獪《ろうかい》な陰謀者に踊らされた市民の投石によるものであり、目に沁《し》む汗は、洞穴の蛇をも蒸し殺そうという八月の黒海沿岸の炎暑によるものであった。四三一年の八月四日。太陽は、シリアの砂を熔《と》かしている。

「悪魔。新しきユダ。われらに天国の門を閉ざした男！」

悪罵《あくば》がやむと、また一しきり石が飛んできた。忽ち瞼をはれあがらせ、唇を切り、肩の肉を破って、流れた血はすぐ黒く干上がり、また新しい血がその上を濡らした。この男、史上の名はネストリウス。つい先刻まで首都の教父《エピスコポ》として、すべてのキリスト教寺院を総攬《そうらん》した男である。キリスト教史上最初の神学論争といわれた八月四日の大宗教会議において彼の追放が議決された。彼の意見に関するすべての文書は焼却され、その後ローマ帝国の続くかぎり、彼の思想に加担する者は死罪をもって酬《むく》いられ、カトリック教会の続くかぎり今日に至るまで、彼の思想は教会史上最兇の邪説の一つに数えられるに至る。

兇悪なる閼伽道竜《ネストリウス》は、詩人のような澄み徹《とお》った目と数学者のような広い額と、闘士のような頑固な唇をもっている。ただその二つの腕だけは彼の所有ではなく、胸甲をつけた衛兵達によって身動きも出来ず押さえられていた。石の一つが頭部に当たって驚くほど多量な血を肩へ流した。彼はたった一つ自由になる唇を、天にむけて叫んだ。

「陰謀者たちよ、地獄に堕ちるがよい。首都の市民たち。私はお前たちを怨《うら》まぬ。お前たちは、キリスト教会に巣食う悪魔どもに踊らされているのだ。私は、論争に敗れたのではなく、陰謀に敗れたのだ。市民よ、心を平《たいら》かにして聖書を読むがよい。私の意見の正しさは聖書のみがそれを認めてくれる。投げよ、石を投げて私を死に至らしめよ。必ず天国へ昇って、私は私の見解の正しさを実証するであろう」

彼の邪説というのは、ただひとことで説明できる。マリアを認めなかったのである。

由来、キリスト教は一神教であるといわれる。全能の唯一神以外に神の存在を認めないはずであったが、のちにそれに似たものがあらわれた。キリストと、マリアである。預言者イエスは、自ら神のひとり子と名乗って神の座に迫ったが、マリアは何者であろう。ただイエスを生んだ子宮にすぎないではないか、と説いたのが、ネストリウスの属した、五世紀のアンテオケ教会閥であった。彼等は、有名な章句を残している。「彼女は、神の容器《テオドコス》であったかもしれないが、神の母《テオトコス》ではない」――しかし、この説は、アンテオケ教会閥に対抗するギリシャのアレクサンドリア教会閥の活躍によって敗れた。実をいえば、原始キリスト教会におけるマリア崇拝の最初は、ギリシャより起こった。ギリシャ人は、もともと女神を好んだ。その土俗信仰が、あたらしく勃興したキリスト教に習合したのは当然なことであったし、そのギリシャに本拠をもつアレクサンドリア教会閥が、布教の現実問題としてマリアの神性を掲げ、その神性を否定するあらゆる見解を叩きつぶそうとしたのは、むしろ自然の勢いであったといわねばならぬ。ただ、その手段を公正な論争に頼らずして、陰謀をもちいた。陰謀の主役は、キリルという僧正であった。

キリル僧正はアレクサンドリア教会閥の代表者であり、ネストリウスは、アンテオケ教会閥の代表者である。両閥拮抗《きっこう》して当時の教父職を争奪してきた関係上、両名は宿命の競争者の位置にあった。因《ちな》みに、ネストリウスは、西シリアの貧しい農夫の子に生まれた。彼を溺愛《できあい》した師のテオドル監督の引立てがなければ、到底コンスタンチノープルの教父にはなれなかったであろうという点、それは現実の闍伽道竜と似ている。性格も道竜に似て、温和であったということにすれば、この物語の理解がやすかろうと思う。

キリルは、それと異なる。ギリシャの女哲学者を教会内に引きずりこんで、貝殻で削り殺したという剛愎《ごうふく》な男である。女は、ハイペシアという名の、新プラトー学派の新進哲学者であった。「彼女の名が都鄙《とひ》に高まりつつあるのを嫉《ねた》んだ」と、史伝にある。原始キリスト教会の敵の一つは、ギリシャ哲学であったといわれる。彼は、神への忠実な下僕であろうとして、この教会と並び立とうとする異質な精神の権威をゆるしておけなかったのであろうか。教会内に無《ぶ》頼漢《らいかん》を養い、彼等を使嗾《しそう》して、アレクサンドリアの街路上で若い美貌の女哲学者を捕え、衣服をぬがせてなぶり殺したうえ、死体を寸断してキナロンの地で焼いた。キリル僧正は死後、聖者の称を与えられている。

闍伽道竜、いやネストリウスを葬る為《ため》に、聖キリルは、まず百人の美女をコンスタンチノープル府に送りこみ、その口から妖言を飛ばさしめて、民衆を惑乱した。さらに、宮廷の女官を買収して「ネストリウスを教父に頂くかぎり、皇帝、皇妃、高官に、天国の門はひらかれないであろう」と首都の要路の者に説かしめた。その審判を下す大宗教会議の当日、ネストリウスを支持するアンテオケ教会閥の議員団の到着せぬまに会議を成立させ、しかも各議員の背後に無頼漢を立たせて「新しきユダを追え。然《しか》らずんば後ろを見よ」と、短剣の鋩子《ぼうし》を隠顕させてみせたといわれる。

かくてネストリウスは追われ、キリルの行為は宗教会議の議決により、カトリック教会の続くかぎり永劫《えいごう》の正義となった。地上の闍伽道竜のかなしみもまた、ここにある。道竜は、その日記に書き遺している。

「予と、連合軍司令部との関係もまた、かくの如くではなかったか。予は、脅迫と陰謀によって追放された」と。まことに重大な記述であるが、これは、どうやら道竜がネストリウスへの感情移入のあまりの悲壮感が描いた幻覚らしく、道竜の追放にはその事実は皆無なようである。地上の閼伽道竜の追放に関するいきさつは、やや滑稽《こっけい》なかなしみに満ちている。

閼伽道竜の不幸は、戦時中、Rという同僚と多少の交渉をもったことにあった。Rは、その当時、皇道法哲学という奇妙なイリュージョンを仕立てあげて、時の人気に投じた男である。この男は常々道竜の凡庸を陰に陽に軽侮していた男であったが、そのときどうしたはずみか「山陰のY市から講演をたのまれたが講師が一人たりない」と、いやがる道竜を無理矢理に引きずって行ったのである。現地へゆく汽車の中でも、道竜は、弁当を一箸《ひとはし》つけたまま仕舞いこんでしまうほど顔色が冴《さ》えなかった。

「どうしたんだ」

「喋《しゃべ》ることがない」

「馬鹿だなあ。あれを喋ればいいじゃないか。何てったかな、君の調べてるあれ。あれは時局むきだよ」

「北畠顕家《あきいえ》か。別に調べてるってほどじゃないんだが……」

真宗寺院には、どういう訳か北畠顕家の血流という寺が多く宗内で二十一カ寺もある。道竜の寺もそのうちの一つであった関係上、寺伝の古文書があったり、口碑によって彼自身も多少の智識はなくもなかったが、無論、それ以上のしろものではない。道竜は、そう弁解すると、

「しかし、君は歴史学者じゃない。だから正確を期する必要はない。要は、史伝に対する解釈と見方だ。顕家というのは、いくつで死んだ」

「二十一だったか」

「それァ若い。若いだけに都合がいい」

と、Rは顕家に対する新しい見方を道竜に教えた。道竜は、その通り話した。二十一歳で戦死した南朝の公卿《くげ》の子が、まるで偉大な哲学者であったかのような新説を、その後講演を頼まれるごとに喋っているうち意外な人気を得て講演速記までが出版された。ただそれだけの材料で、戦後道竜は大学を出なければならなかった。あるいは、ネストリウスの追放も、もとを洗えばその程度のことであったかもしれない。なぜといえば、マリア人間説は、実は彼の意見ではなく、彼を引き立てて首都の教父職につかせたその師テオドル監督の学説を祖述したものにすぎなかったからである。

かくして、ネストリウスは追放後その生まれ故郷に監禁され、その徒はローマの支配圏をのがれて、東方に逃亡した。東洋史上、景教徒とよばれるその遍歴はこのときから始まる。閼伽道竜にすれば、もしコンスタンチノープルの大宗教会議がなければ、彼の妻波那はこの世に生

を享《う》けなかったはずであった。なぜなら、彼女は古代に日本に漂着した景教徒の子孫であった。彼等が去ってから百年後に施行されたジャスチニアン帝編纂《へんさん》になるローマ法全典コーデックス第一巻のしかも第一章第一節に彼等が極悪人であることを規定している。その子孫は、死刑を免れることなしに再び故郷に帰ることはできなかった。遍歴の道竜にすれば時間と空間の制約をもたぬ、ローマ法が自分と妻波那を結びつけたと信じ込んでいたが如くであった。事実、道竜は妻の亡魂を抱いて時空の上にある。

この流亡の景教徒が、地球を半周して古代中国に現われたのは、七世紀の中頃であった。大唐の隆盛期、太宗の貞観九(六三五)年五月のことである。

長安の楊柳は、日ましに生色を重ねて夏の近きを思わせた。

晩春の陽が、都城の西、金光門をあかく彩って落ちはじめた時刻、城門下に男女百二名の胡《こ》人《じん》の旅行団が着いた。駱駝《らくだ》の背に旅塵《りよじん》がつもり、どの胡人も衣が裂け落ちて、彼等が経てきた歳月の並々でなかったことを偲《しの》ばせた。

衛兵が、型のごとく問う。

「いずれの国びとにて、いずこより、何の目的にて長安に来、しかして首長以下何人であるか」

長老らしい七十近い男が、まず駱駝より降りて衛兵に一揖《いちゆう》した。

「これは守牟礼奴《スムライヌ》。安息《ペルシヤ》の民。国を経ること三十五国、河を渡ること二百九十三、漠を越えること十八、その間二百四年、父は祖父に継ぎ、子は父に継いで、ついに世界を支配する唐《タムガジ》の都長安《クムダン》にくがれ着き申したるものども。大帝の庇護《ひご》により、向後、長安においてわが宗旨の安穏を計ろうと存ずる。開門お通しのうえ、大帝に御伝奏くだされたい。わが名は、守牟礼奴。弥尸訶《メシア》の教えを奉ずる者」

彼等はとりあえず、金光門近辺の客舎に分宿せしめられた。当時、長安は世界の中心といってもよく、塞外《さいがい》の蕃民はおろか、西域、南海、遠くは大秦《ローマ》より来る異俗の旅人が踵《きびす》を接して入唐《にっとう》し、たとえば徳宗の貞元三（七八七）年などは京師に滞在する諸国の国使とその従者のみで、四千を数えた。衛兵が、碧眼《へきがん》の胡人を見て、殊更に怪しまなかったのはむしろ自然であったといってよい。

数日を経て、太宗は、竜首山の緑の中に青丹の粧《よそお》いをこらした宣政殿において、長老守牟礼奴を謁《えつ》した。

「弥尸訶の教えとは、身毒《インド》の釈教のようなものであるか。仏、菩薩のうち、何を尊ぶ」

「釈教と異なり、仏は唯一人しか在《おわ》しまさず。エホバと申し、皇帝に天国を約束する仏でございまする。皇帝をエホバの国まで導きます者を救世主と申し、釈教にては候わず」

唐は、武宗が出るまでは他民族の信教についてはきわめて寛容であり、異国趣味を世界の主人の位置から愛したといわれる。太宗は、宇宙に唯一人しか神がいないという奇妙な宗教を、最後まで首をかしげながら聴いていたが、別に理解に努めるという風でもなく、聞き終わると童子をよんで襟くびから風を入れさせ、老胡人に向かって破顔しながら、

「もうよい。仲々面白そうだが、今日は暑い。この暑さに、大唐の主が汗に堪えつつ聴かねばならぬほどの教えでもなかろう。まず、長安に倦《あ》くまで存分に住むがよい」

太宗の好意を約束された胡人達は、西域との商業に従事しつつ、三年ののち、貞観十二年、長安の西坊に大秦寺という寺を建てた。貞観十二年といえば、長安にはわが国の遣唐使犬上御《いぬかみのみ》田鍬《たすき》や薬師《くすし》恵日《えにち》が滞在し、また学僧恵隠、恵雲などが西明寺で梵語《ぼんご》を修めつつあった頃であろう。当然、彼等が長安の街角に出現した、形からして奇態な大秦寺の堂塔を眺めたこともあったにちがいない。

大秦寺に関するきわめて稀な資料の中に、宋の嘉祐七（一〇六二）年のころ、蘇東坡《そとうば》の弟蘇《そ》子由《しゆう》が作った「大秦寺」という詩がある。当時すでに長安の都は亡んで麦畑と化し、この寺はかろうじて礎石を遺すのみであった。詩にいう。

大秦、遥カニ説クベシ
高キ処、秦川ヲ見ル
草木ハ深谷ヲ埋メ
牛羊ハ晩田ニ散ル
山平ラニシテ麦ヲ種《う》ウルニ堪エ
僧魯禅ヲ求メズ
北望スレバ長安ノ市
高城遠クシテ烟ニ似タリ

さらに降《くだ》って、金の官吏楊雲翼という者がこの寺の廃墟を過ぎた。

寺ノ廃基空《むな》シク在ス
人ハ地ニ帰シ　自ラ閑《しず》カナリ
緑苔ハ碧瓦ヲ昏《くろ》ウシ
白塔ハ青山ニ映ユ
暗谷ニ行雲渡リ

蒼煙ニ独鳥還《かえ》ル
喚《よ》ビ回スベシ塵土ノ夢
聊《いささ》カ此レ澄湾ヲ弄ス

楊雲翼の詩の如くであれば、唐の長安の西坊にあった大秦寺は、屋根に緑碧の瓦をふき白堊《はくあ》の塔を天に突きあげた異風の結構をもっていたはずである。

この寺がまだ健在であった頃、ひとりの胡女が寺に住み、なにがしと云った。唐の武宗の会昌年間（八四一～四六）のことであった。胡人の女は、闍伽道竜の想念を珍重して、仮に、この物語の上では波那と名乗らせたい。この女は、駱駝に乗って遠く西方から来たものの子孫であった。長安の人々は、彼等胡人を胡傴《あぶれもの》とよんで軽んじている。事実、彼女も衣食しかね、寺の物置に住み、稀に来る同族の参詣者たちの慈悲にすがってその雑用をしては、辛うじて生きていた。

彼女は、十六歳になる。古い木綿の白布を纏っただけの粗末な身なりであったが、開花の季節は争えるものではない。日に月に、四肢にみずみずしい脂肪が成長しはじめ、参詣者の目をみはらせた。彼女はギリシャ文字も、シリア文字も、ペルシャ文字も、唐の文字も、いかなる国の文字も読めない。性格は、人が時に呆《あき》れるほど従順であり、智恵も人並のようではなかったかもしれないが、その碧《あお》い目はふかぶかと澄んで、それをふと覗《のぞ》く人に、この女はその目の奥で、人間が原初から抱きつづけているいのちの悲しみと疑いと諦《あきら》めを、彼女の脳髄さえそれに気付かず、その目のみが孤独に深く考えつづけているように思えた。

四歳のとき彼女が孤児になって以来、この教会で育ててきた寺の閼伽道竜教父《アウギンゾム・エピスコポ》は、ことにそう思うのである。この魯鈍《ろどん》で経典をさえ読めない女だけが、その目の奥で確かに神を見ているような思いさえする。

「波那よ、女は櫛《くしけず》らねばならぬ」

彼女の蓬髪《ほうはつ》を見かねて、長老は母親のような注意を与えねばならぬことがある。時に、居室から櫛をとって来て、自ら彼女の背に廻って梳《す》いてやることもあった。

そのときふと、彼女は瞳をあげて、平素ふしぎに思っている疑問を長老に問うた。

「なぜ、この髪は黒くないのでしょう。長安の他の娘のように……」

「民族が違うからじゃ。黒くなりたいのか」

「はい。瞳も。胡僵とよばれずに済みます。私達が、貧しいからこんな髪や目の色をしているのでしょうか」

「わからぬかな、民族がちがうのだ。お前の祖父の時代に、我々はこの長安にやってきた。そのときは百二人もいたが、そののち生活が思わしくなくて、ある者は辺疆《へんきょう》の甘州へ行ったり、ある者は西域の花剌子模国《クワラズム》へ流れて行ったりして、今は長安府に十家族五十二人しか止《とど》まっておらぬ。教えを守るのも辛《つら》いが、貧しいのも辛いな」

「私のお祖父《じい》さんというのは、どこから来たのでしょう」

「何処《どこ》ということもない。故郷を追われてさすろうて来た。もとは、ここから気の遠くなるほど西の国、青い海峡と白い城壁のある都だが、わしも見たことはない。夢でときどき見ることがあるが、恐らく美しい都であろうな」

「長安より美しい？」

「さあ、どうかな。とにかく、その都から西の方には、お前やわしのような顔をした人間ばかり住んでいて、唐にも負けぬ書物や画や彫刻もある。お前は、自分の民族を恥ずるにはおよばないのだ」

長老は、彼女の肩に落ちた毛を払ってやりながら、ふと生まれぬ前の昔を偲《しの》ぶような、遠い目付をした。

この女が、武宗の後宮に徴せられたのは、彼女が十七歳の時、会昌三年の秋のことであった。後宮の役目の者が、路上で彼女の異国風な美しい姿を目にとめたものであろう。

その内旨が下ると、聞き伝えた同族の者達が、ささやかな祝いをするために、教会の庭に集まってきた。持寄った酒で顔を火照《ほて》らせているその者達の服装も、胡�の蔑称《べっしょう》にふさわしく、いずれも薄汚れて貧しかった。長老は、笑いさざめいている庭の一群を、じっと会堂の窓から眺めて庭へ出ようとはしなかった。窪《くぼ》んだ目に、暗い淋《さび》しみがしばたいていたが、やがて使僧の一人に、波那をよぶように命じた。

彼女は自分の身にふりかかった事態が、どういうものであるかは、充分にはわからなかった。しかし、長安の他の娘のように自分もまたお嫁にゆけるごとくでもあるし、何よりもうれしかったのは、今朝から着更《きが》えたこの衣裳であった。後宮の役人が持ってきてくれたこの衣裳は、長安のどの娘も手を触れたこともなさそうな真紅の裾と衿《えり》、それに軽紗《けいさ》を何枚も重ね着してしかも肩に羽毛の重さほども感じないうちかけであった。彼女は、それを風に泳がせながら、会堂に入ってくるなり、

「長老さま」

と、童女のように抱きついた。

「これで、波那は長安の他の娘よりきれいでしょう……」

くびをかしげたその姿を見て、長老は、ああと小さくうめいた。不意に、どういうわけか、自分たちの宗旨の始祖ネストリウスが、マリアの神性を否定したのは抜きがたい誤りであったのではないかとさえ思った。

それが誤りと思うならば、この娘を見るがよい。この娘の清らかなのど、眉《まゆ》、唇、そして目、

これほど美しいものが神と無縁な道理があろうか。この美しい者は、自分の美しさに、いまけがれなく酔うている。この酔いの美しさに、神が宿っていぬ筈《はず》があろうか。例えていえば、処女が自らの処女を守ろうとする本能は、自らの処女の中に宿る神を守ろうとする本能でもあろう。処女が羞《はじ》らい、処女が喜悦し、処女が驚く、すべて神によらざればああも美しく人をうたぬ。その清らかな永遠の象徴が、処女マリアというものではあるまいか……。

「ああ、お前はマリアに似ている」

「マリア？　イエス様を生んだ？」

「そうだ。処女のままでな。……しかし、お前は、遠からずその清らかさが失われよう。ただの人間になるのだ。なまぐさい、ただの人間に。しかも異教の、異民族の王によってその処女は失われる」

長老は、思わず彼女の体を、両腕でしかと抱きしめた。清潔な血のたぎりが、薄い紗を通して、長老の胸にうしおのごとく伝わってくるように思えた。地上の闍伽道竜は波那をめとった夜の、あの哀しげな女体の鼓搏の音を想い出している。

「波那よ」

云ってから、長老は、何を云うべきか言葉を失った。長老は、いま胸に浮かんで消えた一つの想念の行方をまさぐった。しばらく抱きしめたまま黙っていたが、やがてその老いた顔に血

をのぼらせると、不意に女を離し、

「波那。わが民族の中に、お前の処女を置いて行け。よいか。これが、流亡のわれわれのせめてもの誇りであるかもしれぬ」

「処女を……。どのように……？」

「わしがその役目をしてやってもよいが、すでに老いている」

長老は、老いを理由にして、神に仕える身であることを理由にしなかったのは、当然、彼の胸の内にすれば、この行為そのものが神への祈禱《きとう》に等しかったからであろう。彼は、同族の中から、眉目《びもく》の清らかな若者を選んで、その夜、波那と室を共にさせた。

波那が、寺を去って竜首山の宮殿へ行ったのは、その翌日である。

彼女が、屍《しかばね》になって寺に帰ってきたのは、それから七日ののちであった。

武宗は、処女を好んだといわれる。死罪の理由はそれであったに違いないが、理由は何等明示されず、累が大秦寺に及ぶこともなかった。ひとりの胡女が、老いた長老の心に掻き傷を残したのみで長安の人々の記憶から消えた。

大秦寺が破壊され、僧俗が国外へ追放されたのはその翌々年、会昌五年である。

大秦寺のみが目標にされたのではなく、むしろ武宗の仏教嫌いの巻きぞえを食わされたものといえる。会昌の廃仏毀棄《きき》令は徹底をきわめ、毀《こぼ》たれた仏教寺院の数は四万六千、還俗《げんぞく》または追放に処せられた仏教僧は二十万を越えた。

かくて東洋史上景教徒といわれたネストリウスの一派は、会昌五年以降、歴史に消息を絶つ。甘粛へ流れたか、土耳機斯坦《トルキスタン》へ行ったのか、マリアを持たぬ五十一人のキリスト教徒は再びのちの史家の目のとどかぬ孤絶の天涯をさまようたのであろう。

もし、それから約千年の後、明《みん》の天啓五年、西紀一六二五年、昔の長安の地である陝西《せんせい》省西安において大秦景教流行碑なる黒色半粒状の石灰岩の碑が発掘されなければ、七世紀のなかば、既に古代キリスト教の一派がシナに入っていたという事実は、ついに知られなかったはずであった。

この碑が発掘された時でさえ、多くの疑問が投ぜられた。発掘したのは西安の農夫であったが、最初に報告したのは、アルバレー・スメドレーというカトリックの宣教師であった。ヨーロッパの学界は、このくろぐろと炭化した奇妙な石と碑文をめぐってまず、誰も知らなかったことが一つあった。景教とは一体いかなる宗教であるかという点、それがキリスト教の一派であることは何人も知らなかった。それほど、五世紀以来のローマ法の禁令は峻厳《しゅんげん》をきわめ、その史実の片鱗《へんりん》さえ後世に残されなかったようである。第二に、これは中国人の擬史癖からみて偽作であろうといわれた。この疑惑は執拗《しつよう》に学界を支配したが、ようやく一八九四年に至り、フランスの「通報」という東洋専門誌に発表された「大秦寺の僧景浄に関する研究」という一文によって、その偽作でないことが明らかにされた。因《ちな》みに、発表者は、わが国の高楠《たかくす》順次郎氏である。高楠氏の名は、この一文によって全世界の東洋学界に喧伝《けんでん》された。

碑の大きさは、高さ九フィート、幅三フィート六インチ、厚さ十・八インチ、重さは実に二トンもあった。碑頭は二匹の蛟竜《こうりよう》の彫刻によって飾られ、蛟竜は十字架の紋章をいだいている。碑文は、漢文とシリア文とをもって刻まれ、大唐の皇帝の庇護によって景教がいかに興隆したかという教会の側の撰文らしい示威の文章が綴《つづ》られている。大秦寺の隆盛時に、その門前に建っていたものであろうか。

付記すると、碑が発掘された程遠からぬ地点から、人骨一体が出土している。当然なことだが、この報告については、専門学者のたれもが、年来かえりみなかった。閼伽道竜は、この報告に多少の執念をもった。彼は専門学者でない。その自由な想念から、これを唐詩にある「胡女呼珊」の死に結びつけたのが、如上の物語であった。これを端的にいえば、妻波那への想い出に結びつけたものであろうか。彼は、もともと情念によってこの研究をしている。

閼伽道竜の巡歴は、ついに日本に至る。景教徒の日本渡来は、道竜および大避神社禰宜波多春満の説によれば、唐よりもはるかに古く、仲哀帝の八年、秦ノ始皇帝の三世孝武王の裔《すえ》と唱える功満王なるものが一族を率いて来朝したのがその第一梯団《ていだん》であったという。むろん、これは信憑《しんぴょう》のよすがもない。仲哀帝の頃などは、国史は模糊《もこ》として無史料時代に近く、しかも記紀の年号に作為があり、仲哀帝が西紀何年の人かと言うことさえこんにち明瞭でないようである。また第二梯団は、功満王の子弓月ノ君が率いて応神帝の頃来着したといわれる。これまた事実であるにしても、直ちに西暦と照応するのは大胆に過ぎるであろう。

いずれにせよ、これらは秦一族の作った家伝の神話と見るほうが無難なようである。弓月ノ君ののちは、真徳王、雲師王、武良王、普洞王と続き、推古朝に至って秦川勝《はたのかわかつ》の名が、ようやく信ずべき形で世に現われるに至る。六世紀のことである。コンスタンチノープル府におけるネストリウスの追放後、百年を経ている。

つぎの話が、秦氏のどの先祖であるか、かりにここでは闕伽道竜の信ずるごとく、普洞王であったとしよう。波那の遠祖である。

普洞王とその民族がいまの兵庫県赤穂郡比奈ノ浦に上陸したのは、大和地方の政権はまだ中央集権の形をとらず、各地の部族相拮抗《きっこう》し、天皇家は祭祀《さいし》の具をいだいて各豪族の勢力の均衡の上に辛うじて権威を保っていた奈良朝以前に遡《さかのぼ》る。国土は河川の流域しか耕されず、渺茫《びょうぼう》たる草のはらには、人よりも走獣の数のほうが多かった。

普洞王とその集団は、上陸地点比奈ノ浦をもって最初の都と定めた。まず、ここを固めねばならぬ。これ以上、未知の土地へ前進することは、流亡してきた民族の損耗を、さらに重ねることになろう。それに、故郷のボスポラス海峡を偲ばせる瀬戸内海沿岸の風光は、彼等の目に安堵《あんど》と懐しみを覚えしめた。

推測するに、彼等はコンスタンチノープルを東へのがれ、ペルシャを経てインドへ入り、インド東岸から陸を離れて中国沿岸をつたいつつ東海の比奈ノ浦へ流亡してきた。同じくペルシャの地から中央亜細亜の高原を越えて唐へ入った集団とは、出発と経路を異にする。

彼等が最初にやった仕事は、丘の上に大闢《ダビデ》の礼拝堂を建てることであった。これが、禰宜波多春満の説によれば、兵庫県赤穂郡比奈ノ浦大避神社の前身である。さらに、礼拝堂のそばに、イスラエルの民の宗教生活の慣習として、井戸を鑿《ほ》った。比奈ノ浦にはシリアの風沙の地とは異なり、水を汲むべき小川は幾筋も流れている。しかし、それらは神の飲料に適すまい。彼等はまるで、地軸まで突きとおしそうな深い井戸を鑿った。比奈の人々が神水とよび、禰宜春満が道竜に甘露を誇ったのは、この井戸であろう。

彼等が比奈ノ浦を都として、いつのほどから播磨平野の経営に志を起こしたか、漠として知りがたい。しかし普洞王には為《な》さねばならぬことがあった。この山と草と水の美しい国に、いかなる神が住み、いかなる気質の種族が棲《す》んでいるかはまだ未知であるとしても、まずその者どもの女を娶《めと》らねばならぬということであった。普洞王は自ら大和のくにへ旅立った。

津のくにを経、河内のくにを経、たけのうち峠を越えて大和のくにへ入ると、国ばらの上に青霞がたち、てのひらで優しくかいなでたような緑の丘陵が起伏して、烈《はげ》しい太陽や地殻をむきだした岩と沙《すな》の野を故郷の風土にもつ普洞王の一行は、思わず声をあげて泣きたいほどの感動を覚えた。

「風が絹のように柔らかい。光が、たわむれるように肌にまつわる。此処《ここ》には、人間の膚骨を刺戟《しげき》する何ものもない。このようなくにに住む者達は、一体、悪というものを知っているであろうか。悪を知らなければ、おそらく善をも知るまい。善悪を知らずして生涯をすごせる天地こそ、天国というべきであろう。われわれの民族は、ようやく安住の地を得た」

普洞王の目がうるんでいる。左右も、ただ黙って大和盆地をながめながら首長のことばにうなずいていた。彼等が神を忘れた最も重大な瞬間は、このときであったかも知れない。やがて神を喪う最初であった。

由来、膚骨を刺す自然の中にこそ、すぐれた神は生まれるものである。インドに仏教が生まれたのは、偶然ではなかった。風がやめば酷暑は人を殺し、ガンジスとインダスの両川が年に一度は荒れて曠野《こうや》の風景を一変させるというインドにあってこそ、肉体をもつがゆえの現世の苦悩から解脱《げだつ》する冥想《めいそう》が生まれたのであろう。シリアの荒蕪《こうぶ》の地で、ただ星と沙をながめて暮らしてきたユダヤ人の間からこそ、星のかなたに住む唯一人の神によって天国の平安を得たいという救済の教えが生まれたにちがいない。自然が人間の肉体を虐《いじ》めない所に神は育たない。温和な気候と美しい山河と豊穣な土地に住み、いのちを愉悦しつつ生涯を送れる者に、現世の解脱や救いの教えはどれほどの必要性を持とう。大和の地にはまたそれなりの神はある。しかし、それは生命の解放に必要な神ではなく、彼等の現実の欲望をさらに充足させるための生活の友人ともいうべき神である。少なくとも、インドやシリアの神からみれば、個性の弱い、温和な、妥協性に富んだ生活の神々であった。この国の神も人も、普洞王の民族を、彼等が経てきた他の国々の神や人のように追放しようとはしなかった。しかしこの風土が、微笑をもって、彼等がやがてその神を祭ることを忘れせしめるようにした。日本での景教の衰滅のただ一つの理由は、ここにある。やがて百年を経ずして唯一神エホバの神は、日本の神々と同格になり、それぞれ名を変えて各地の神社に素姓も知れずに祀《まつ》られ、かくして今日にいたる。

さて、大和国原に入った普洞王を語らねばならぬ。たけのうち峠をおりきった葛城山麓《かつらぎさんろく》の長尾ノ里で数日足をとめ、土酋一言主《ひとことぬし》から大和国家の事情を聴いたのち、一行は飛鳥《あすか》の天皇《おおきみ》の宮居をたずねた。

「その役の方はおられるか。海のそとから来た普洞王と申す者、おおきみに願いごとがあって比奈ノ浦より罷《まか》り越した。取次ぎの方は、どこにおられる」

宮殿の庭で遊んでいた一人の村童にたずねた。宮殿とはいえ、ありようは藁《わら》ぶきの物置にも似た小屋である。用材の肌がちょうなで削られているのと、床がたかどのになっている点だけが、付近の民家と辛うじて区別のつく外観であった。まことにみじめな、しかし王の宮殿がみじめであるだけに、この国は平和であろう。そのあまりの平和さの故に、普洞王の一行は、咽喉もとから思わず笑いがこみあげる思いがした。例をあげると、雄略帝のころ、小子部栖軽《ちいさこべのすがる》というあわてものがいた。輔弼《ほひつ》の重臣兼雑役係という役柄で、帝《みかど》の身辺の侍臣はこの栖軽ひとりであったらしい。おおきみは栖軽を粗忽《そこつ》と善良のゆえに愛し給うたと、「日本霊異記」は伝える。大和の盤余《いわれ》に宮居をもたれていたころ「天皇、后《きさき》と大安殿に寝《いね》ます。栖軽、知らずして参入す。天皇恥ぢ止みたまへり」というから、侍臣一人が宮居の中をうろうろしても、おおきみと后の御寝のさまたげになるほどの狭さであったようである。

普洞王の場合も、おおきみは庭先の人声をきいて、自ら高殿まで出られた。白い麻の裁ちものを無造作にひきかぶった小柄な、憚《はばか》りなくいえば貧相な老人である。同じような風俗の侍者が数人、おおきみの左右にたち現われて、ふしぎそうに普洞王の一行をながめた。その変哲もない帝王と側近の服装から、この国の文化の貧しさを思って、普洞王はかえって親しみを覚えた。

「播磨に漂着しました普洞王と申しまする者、天皇《おおきみ》の御稜威《みいつ》を伝え聞き、貢物を運んで参りました」

「変わった貌《かお》じゃな」

おおきみは、呆れたような風で、まじまじと普洞王一行の貌をながめた。

「出雲《いずも》でもあるまい。百済《くだら》でもあるまい。さては、蝦夷《えみし》か」

「いえ……」

普洞王は、ちょっと言葉をつまらせた。このような極東の島国の、しかも山垣でかこまれた国の王に、コンスタンチノープルの話をしたところで理解がとどくまい。

「西でございます。ずっと西……、波の上を一年もかかります西……」

と言ってから、普洞王は、ふと漢民族が、ローマを中心とする勢力圏を「大秦《たいしん》」とよんでいるのを思いだした。

(後漢書巻八八西域伝――其ノ人民皆長大ニシテ平正、中国ニ類スルモノアリ。故ニ之《これ》ヲ大秦ト謂《い》フ。

――さてこれがローマ帝国そのものを指すのか、安都城《アンテオケ》を首府とするシリア地方を指すのか、まだ明らかでないという)

「大秦と申す国から参った者」

「大秦――?」

おおきみは、傍らを顧みて、物識《ものし》りらしい侍臣の一人に発言を促した。

「はて、秦という国はむかし在ったかに聞いておりますが……。今は亡んでございませぬ」

「ならば、なんじ等は、その亡んだ秦の王族であるか」

のち、秦氏が、秦ノ始皇帝の子孫だと称するに至ったのは、凡《およ》そ、こうしたやりとりからであったろう。中国とシリアとを取りちがえられたところで、この大和では大差はあるまい。むしろ同じ外来の民なら、史上著名な帝王の子孫と称するほうが、先着の民族に対して万事好都合である。これは秦氏だけではない。応神帝の頃、十七県の民を率いて帰化してきた中国からの移民団の長は、漢の皇族の劉宏の裔であると大和朝廷へ届け出ている。

「なにか、のぞみはあるのか」

「大和の娘どもを欲しゅうございます。これによって子を成し、この国の土に適《あ》う皮膚と血をつくらねばなりませぬ」

「さて、娘どもが、お前たちの貌に驚きはせぬか」

「それは――」

普洞王は言ってから、まずわがためにみかどのひめの一人を給えと、跪《ひざまず》いた。媛《ひめ》の一人が、庭先へ導かれてきた。普洞王はその手をとり「媛よ、普洞王とて、顔かたちは変わりこそすれ、おのこには変わりもうさぬ。いざ」と、従者たちに人垣をつくらせて、その垣の中でやにわに抱きしめ、充分に抱きおえたのち、人垣を払って、みかどに申しあげた。

「目があおく、鼻梁がたかくとも、かくのごとく、大和のくにのおのこと変わりはございませぬ。いや、大和びとにまして、慈《いつく》しむ覚悟がございます」

この媛は、そのまま宮中にとどまっていたが、やがて子を生み、播磨へくだった。その子長じてさらに倭女を娶《めと》って子を生む。それが、秦川勝であるといわれる。いま、洛西の太秦《うずまさ》広隆寺にある秦川勝の古像は、容貌雄勁《ゆうけい》で、眼瞼大きく鼻梁兀出《こつしゅつ》し、いかにみても蒙古型の扁平《へんぺい》な造作ではない。

おおきみは、直ちに国中にふれして、五十人の娘を召し、普洞王に与えた。これを比奈ノ浦に連れ帰って、種族の若者たちとめあわし、その混血と繁殖を待って、この一族は播磨の平野地方の勢力を固め、さらにその植民地として当時無人の原野であった山城地方を開拓するに至った。


山城の空は、端倪《たんげい》することができない。晴天に浮かんだ一朶《いちだ》の雲が、急に黒く変ずるかと思えば、朝からの霖雨《りんう》が突如夕立に変じ、と思うと、拭《ぬぐ》ったように青く雨気を払ってしまう。その日も、下鴨《しもがも》の家を出た閼伽道竜は、市電壬生《みぶ》線に乗って四条大宮まで至ったときに、ひがしの赤い祇園《ぎおん》社の楼門を抱いた華頂山は、飛沫《しぶ》きあがる雨気の中に隠れてしまった。市電を降りて、阪急四条大宮駅の庇《ひさし》の下に逃げこんだ道竜は、向いの嵐山電車に乗らねばならぬ所用がある。

四条大宮駅と嵐電四条駅との間に、市電路線の走る鋪道がある。鋪道の谷間に、滝のごとく、雨の数百万の白い条線がふりくだっていた。

道竜は、ほうけたように、雨をながめている。その貌の、耳朶《じだ》の下からあごにかけて、普通人にはありうべからざる皺《しわ》がふかぶかと二すじ走りとおっていた。その暗い左右の皺が、時に道竜の顔を猿のごとくにも見せ、時に、得体のしれぬ黯《くろ》いかなしみの翳《かげ》のようにも見させた。死霊のかなしみ、いや、生けるものが無機物に化したときに現われ出るあの髑髏《どくろ》の物憂くかなしげな表情が、道竜の相貌にもきりきざまれていた。祥月ではないが、きょうは波那の命日にあたる。波那の死から、死者の国に旅立った道竜には、もはや生きた街の街角に立てぬ冷えびえとした死霊の温度が、その身辺からたちのぼっていた。丸刈の頭から滴《したた》った雨は襟を通して背筋を濡らした。いつのまにか、道竜は雨の谷を歩いていたのである。

秦一族は、播磨平野を固めおわると、比奈ノ浦を同族の聖なる地として神社ひとつを遺し、主力を山城にうつして氏族の都を太秦《うずまさ》の地にさだめた。道竜は、いま、その地へゆこうとする。

さて話は千年の昔にもどる。普洞王の裔、川勝は、大和の太子に対して深く謝するところがあった。大和の太子とは、聖徳・厩戸《うまやど》ノ皇子であろうか。

「太子よ、一度山城へおいでになりませぬか」

川勝は、絹を貢進するために大和のみやこへ来るごとに、執拗に太子に勧めるのであったが、この秀麗な容貌と円熟した教養と物静かな挙措《きよそ》の持主は、いつも笑って首をたてにふらなかった。川勝は、三十になっても太子の位置にあるこの王子に、父のようないとおしみをもっている。彼は、なぜ太子が山城へ来ないかを知っていた。秦の都に行けば、いやでも見ねばならぬものがある。太子は、後世の仏教僧から和国の教主といわれた。仏陀の教えに帰依《きえ》する太子にとって、山城の太秦は、外道《げどう》の都であった。異教の廟所《びようしよ》があるように聞いている。秦一族は、その族の通称として、これを大闢ノ社《だいびやくやしろ》と名付けていた。閼伽道竜が、いま赴こうとするのは、その大闢ノ社であった。大闢はのちに大避と誤記し、さらに降って今では大酒神社といわれる。比奈ノ浦にある大避神社と、同神のやしろである。太秦広隆寺の摂社として、いまにいたるまで千数百年の社齢をけみした。

「太子よ、ぜひ今度こそ、おいでねがわねばならぬ。太子は蒲柳《ほりゆう》におわす。政《まつりごと》に倦《う》まれたとき、気を休める別墅《べつしよ》が必要でございましょう。それを、太秦のよき台地を選んで、川勝が建てもうした。ぜひ、おん車を迎えねばならぬと、秦の国びとも沸いております」

当時大和には、天の飛鳥のとぶ路をさえ支配するという強大な豪族蘇我氏がいた。今上《きんじよう》もまた、その蘇我一族より出している。太子は、叔母の女帝を輔《たす》けるために摂政に選ばれた。蘇我氏との調整は、太子の生涯の中での最大の心痛事であった。調整には、金が要ろう。太子の政治資金のために、財宝の無償供給をし続けたのが山城の秦氏であった。姓が織《はた》と同訓になったほど、当時の秦氏の織物の生産量はぼう大をきわめていた。その財宝をおしむことなく太子のために割いたのである。道竜は思うに、あるいは無償の供給ではなかったかもしれない。仏陀の徒であった摂政の太子は秦氏が異教の神をいだいていることを暗に知りつつも陽に口を緘《かん》していたようであった。秦氏の感謝は、かくて政治資金に現われるのである。それにもまして、秦の長者川勝は、この魅力ある怜悧《れいり》な青年と語れる快感をできるだけ多く持ちたかったのも本心であろう。

迎えの供が仕立てられ、太子は日を定めて秦の都太秦の地を訪れた。そこには目もあやに、大和にもない大厦《たいか》高楼が翠巒《すいらん》の中に丹青を誇っていた。

「この社は、見馴れぬ結構をしている。祭神は、何と申しあげるか」

「は……。先祖以来奉仕いたして参った社でございますが、祭神は、はて、そう、天御中主《あめのみなかぬしの》命《みこと》でありましたな」

川勝は答えた。天御中主命とは、大和の種族の神話にある造化の神であった。

「ほう、それはめずらしい」

太子は、微妙な表情で社殿をながめた。事実、この神は記紀にも造化神として簡単に説明されてはいる。しかし、ふしぎにも延喜神名帳にさえ、この神を奉祀《ほうし》する社名を伝えてはいない。

民族の宗教生活の中に実在した神ではなく、物語の中のみに存在した神であったように思われる。しかし、唯一の例外はある。今日なお、太秦にのこる大酒神社のみは天御中主命と大避大神とを祀る。あるいはこれは、秦氏が日本的神名に仮託したエホバとダビデの変名であったのだろうか。――川勝は、社殿の前にながく立たれることを怖れるかのように、太子の手をとり、

「それよりも……」

森を指して、導いた。森の中に入ると、中央はひろびろと伐り拓《き ひら》かれ、丹《に》の色も乾かぬ壮麗な伽藍《がらん》が、輪奐《りんかん》を陽の中に輝かせていた。太秦広隆寺が、聖徳太子の別墅として秦一族から献上されたのはこのときである。献上の年代は、諸説があって今日ではもはや伝説の霧の中にある。安置された仏の一つは、釈迦入滅後五億年を経て地上を救済しようという仏教の中では最もシリア思想に近似した弥勒《みろく》菩薩であった。ネストリウスの追放から発した流亡のキリスト教徒の信仰への意志は、こうした所にまで、まるで怨念《おんねん》のごとく残ったのであろうか。

闍伽道竜はこんにちの太陽の下に立っている。彼は、いまは京都郊外の中級住宅地と化した太秦を歩いていた。先程の雨はすでにやみ、ただ道竜の濡れた肌着の中にのみ重く残っている。道竜は、嘘のように青く拭われた八月の空をながめた。どうしたことか、一羽のかもめが空に舞っていた。ふしぎと思わねばならないが、道竜にすれば、この海のない土地にも、かもめの一羽ぐらいは住み残っていても差支えないとも思われるのである。道竜のかもめは、森の多い

太秦の丘陵群の上を、空に消えもせず、地に降りようともせず、悠々と舞い漂うていた。それを眺めつつ、彼はふと、また秦氏の先祖が住んだというボスポラス海峡の海のあおさを想った。

道竜は、大酒神社の森の中に入った。変哲もないこの村の郷社ともいうべきたたずまいであったが、社殿へ進む道竜の心を、どことなく掻きみだしてゆく何かがある。やがてそれが、一つの匂いであることを、道竜は気付いた。濡れた或る種の苔の匂いであるとも思われ、あるいは、どくだみの刺すような匂いとも思えた。この匂いは、どこかでかいだ記憶があった。道竜は、匂いに惹《ひ》きいれられるように社殿の裏へと歩を運んだが、すでに彼はまざまざとその記憶に思いあたっている。兵庫県赤穂郡比奈ノ浦大避神社の背山の麓《ふもと》でかいだ匂いも、この鼻の奥の粘膜を眠らせるような甘い陰湿な匂いであった。

やがてその匂いの根源の場所まで来たとき、すでに森は深まっていた。日射しは天に在って、辛うじて木洩れの日が、薄暮のような光の中に数条の白い帯を地に落していた。

道竜は、一足抜き、さらに他の足を落してまるで忍び入るような足どりで、そっと歩を近づかせた。そこに、泉があった。細い流れが、泉から発して森の下手へこぼれるように流れている。泉は、畳十枚ばかりの浅い水溜《みずたま》りのていをなし、底の砂が、一粒々々、さまざまな光を反射して、水の色を複雑な黄金色にみせていた。櫟《くぬぎ》と樫《かし》が泉を囲み、繁みきった枝が水面にかぶさるあたりで彼の足は急に止まった。つまさきに泉のふちがある。彼は低いうめき声をあげた。

背筋をのばし、やにの溜まった小さな目を見ひらいて、彼はそれを見あげた。彼の前に迫っていたのは、一基の不気味な鳥居であった。

鳥居は石で出来ている。その基座は泉の中に踏み抜かれ、あたかもぶざまな巨人が、水の中にはだかって放心したように森の天蓋《てんがい》を仰いでいるかたちに見えた。不気味さはそれよりも、その鳥居が三本足であったことだった。二本足は前に、一本の足はうしろにある。鳥居の天辺《てっぺん》は普通のそれではなく、二等辺三角形をなし、それぞれの頂点から足が一本ずつおろされていた。三角の五徳のごときものを想像すれば、まず当たっている。石は水際から厚い苔にしかれ、上にゆくに従って苔は薄くなり、やがて白い石の地肌があらわれ、その白さは蒼白《そうはく》な死色のようにも見えた。道竜は、たしかにこれは鳥居であろうと思った。鳥居の変型なものにはちがいなかったが、その形は、ユダヤ人が好んで使うあの意味不明な三本足の紋章になんと酷似していることか。――道竜は森を過ぎてなおも秦の廃都をさまようのである。

広隆寺の境内は徒《いたず》らに広く、地上に残る堂塔の数が少ないせいか、しらじらとした墓地の真昼の虚無を思わせる。境内の固い土が、歩む道竜の頭に一足ごとにこたえた。境内を東から西へ過ぎると、伽藍の跡らしい台地があり、一望の草にうずもれている。草の波をわけてゆく道竜には、目の前の碧落の天の中に自らも融けはてるかと思われ、空と草の青さに身のうちまでこのまま青く染まってゆくかとも思われた。

その原の西辺に、やすらい井戸がある。井戸は頑丈な石を積みあげて囲まれ、底は、里の伝えでは地の魔物の殿舎にまで達しているという。道竜は井戸のふちに手をついて、ふと後ろをふりむいた。井戸にちかぢかと、一軒の小さな農家がたっている。腰板と柱が紅殻《べんがら》でぬられ、戸口の右壁に、二つの紙製の面がかけられていた。その面が、道竜の目には、このやすらい井戸を最初に掘鑿《くっさく》したイスラエルの子孫たちの顔のように見えた。面は鬼に形どられているが、毛と云い、鼻と云い、はるか西の海から流れついた種族の貌もこうであったかと思われた。毎秋十月十二日の夜に、この里の人々はこの面をかぶって摩陀羅《まだら》神なるふしぎな神の祭壇をしつらえ、祭文を読むという。その祭文の文句は、いまだに何語とも知れず、ふしぎな言語で綴られている。

道竜はさらに歩いて、この旅のついの終着地となった冒頭の上品蓮台院を訪れるのである。大避神社を訪れた夜、波多春満は道竜に教えた。「嵯峨の上品蓮台院に秦一族の誰かが絵師に描かせた古い壁画がある。その仏たちの顔を仔細に点検すれば自然私のいう説の謎が解けるであろう。それは悉《ことごと》く日本人と異なる。或いは天女の中の一人にあなたの奥さんの顔もあるかもしれない」と。……道竜は、春満の説を疑わずに信じた。

物語を、冒頭のくだりにもどしたい。

上品蓮台院弥勒堂の闇は、千年の歳月に沈澱して堂内にうずくまる道竜の皮膚に、黒くねとつくようにまつわった。奈良時代に入って秦一族の何者かが建てたというこの弥勒堂に、兜率《とそつ》曼荼羅《まんだら》の壁画がある。すでに説明したごとく、創建以来のものではなかった。建立後、寺は何度か炎上していた。その都度、この壁画も焼失し、復元または新たに描かれたと見るほうが妥当であった。寺は、千年を経てなお無名に近く、堂宇の殆どは今は礎石さえなく、朽ちこわれたこの弥勒堂の名もなき壁画など、いまは調査する学者もない。人と同じく、建物や壁画にもまた運不運があるもののように思われた。

どのすき間から風が吹きこんでいるのか、道竜の手にもつローソクの灯が、たえまなく動く。幼い頃育った寺で、本堂に人が居なくなると、須弥壇の上にちりばめられた燈明の灯のむれがツイと三寸ものびるという話をきいた。道竜の手のローソクもまた、いきもののように壁をはいずって、堂内の影を動かしてゆく。壁画はすでに剝落《はくらく》して、部分によっては、色も分別しがたかった。

道竜は、やもりのようにひたと掌を壁につけ、目を一寸の近さに吸いつけてじりじりと壁画を舐《な》め進んだ。その姿を後ろからみれば、いっぴきの小さな妖怪のようであったかもしれない。

仏説によれば、天は六つの天によって出来ている。その一つを兜率天《とそつてん》と云い、兜率天に座して下界をながめ、仏滅後五億年の思索をとげているのが弥勒菩薩であるといわれる。弥勒の国に住むものは、弥勒ひとりではない。いま道竜がながめている兜率曼荼羅が、それをあらわしている。この国に太陽はなく、紫金摩尼《しこんまに》の光明が旋回し、光は化して四十九重微妙の宝宮を現出する。住人の寿齢四千歳、その一昼夜は人間界の四百年に当たり、国は人間の地上を距《へだ》てること三十二万由旬《ゆじゅん》の虚空密雲の上にあり、国土の広さ八万由旬。ここに住む男女は、互いに手を握ることによって淫事を行なうといわれる。

道竜のローソクの灯によって照らし出された兜率曼荼羅には、まず中央に宝池があった。宝池の群青の上に金泥でかかれた船が浮かび、宝珠を連ねた橋がかかっている。池をめぐって楼閣がならび、楼閣は廻廊によって方形に連結され、楼閣廻廊の内外には、菩薩、諸天子、諸天女が悠揚と逍遥《しょうよう》している。虚空にはたえず妙音が沸き、さまざまな天女が楽器をだいて天に舞っていた。

秦氏は、どういう理由でその都に弥勒堂をたて、何のため堂に兜率天の曼荼羅を描かせたのであろう。道竜の頭にも脈絡がつきかねた。キリスト教徒が天への幻覚を仏教に仮託しようとするとき、弥勒はキリストに当たり、天国は兜率天に似ると感じたからであろうか。

しかし、壁画に描かれた仏、菩薩、天子、天女のどの顔の眉目《びもく》も剝《は》げおちて、明らかには見定めがたい。春満のいうごとく、どこが異相なのであろうか。仏とみれば仏と見え、猿とみれば猿とも見える。そのいちいちを見つめわたりつつ、やがて道竜は、灯を移動させて、壁画のはしばしを眺めはじめた。はしにゆくにつれて顔料の剝落もはなはだしい。長年月のあいだに吹きこんだ外界の水気が大小の放恣《ほうし》なしみ跡をつくって、それが、ふしぎな次元の壁画をえがき出していた。道竜は、その奇妙なしみの壁画の上を丹念にながめてゆく。ここにも、川があり、海があり、山があり、樹があり、人がいた。それは黒海に面した七つの海をもつ都府コンスタンチノープルの景観のごとくでもあり、磽确《こうかく》たる中央亜細亜の荒沙のごとくにも見え、また、けんらんたる盛唐の長安の街路を歩みゆくがごとくにも見えた。それを見つめてゆくにつれ、それらのさまざまな景観の中を、黒く残った紫金摩尼の金泥の痕跡を背景に、かすかに動いてゆく人のあるのを道竜は見つけた。山を越え、海を渡り、街路を通って、その人はただ独り動いてゆく。どこから来、何の為に、どこへゆく者であろうか。それは、闍伽道竜自身のごとくでもあり、秦一族の漂泊の長者の姿のようにも見え、あるいは個を絶した人間そのもののようにも見えた。道竜が眺め、その人は動いてゆく。ふと、その人は、こちらをむいたかに見えた。その顔は、小さく白かった。道竜は、声をのんだ。やがて狂気したがごとくさけんだ。

「波那――」

声は堂内に反響し、人語とは思えぬ妖《あや》しさで沸いては消えた。道竜は、壁をおさえてもだえ、かれ自らも彼女とともにその壁の中に入ろうとするものの如くであった。

やがて、かれの動作は次第に小さくなり、衰えゆく知覚の中に、壁そのものが満ちた。やがて道竜の手から、ローソクが落ちる。灯は、床の上に散乱した経巻のうえを、緩慢にはいはじめた。火が次第に成長し、程もなく堂内を明るくしたときは、道竜の意識はすでに現実の光の中から消えて壁の中に入っていた。

嵯峨上品蓮台院弥勒堂は、昭和二十二年八月三十一日炎上した。焼跡から一体の焼死体が発見された。地元の消防団の目には、はじめ、男女の区別さえつきがたかった。それが元H大学教授闕伽道竜と認定されるまでに、事件後一週間を経た。

司馬遼太郎短篇作品通観（一）

山野博史

一　司馬遼太郎が雑誌、週刊誌、単行本等に発表した短篇作品の初出掲載分を刊行順に配列した。したがって、本全集の目次と順序が同じでない場合がある。

二　『幕末』（昭和38年12月10日・文藝春秋新社）『新選組血風録』（昭和39年4月8日・中央公論社）『豊臣家の人々』（昭和42年12月5日・中央公論社）といった連作集においても、各収録作品を独立した短篇とみなし、当該初出箇所においた。

三　記載方式は次のとおり。

　掲載誌等の発行年月日、作品名、掲載誌等の名、巻号。＊印は特記事項。＊＊印には、単行本収録作品のとき、初刊本と各種文庫の初版本の発行年月日と出版社名・文庫名を刊行順に列記し、後刊の流布本や文庫の新装版、改版本、共著は割愛した。文藝春秋版「司馬遼太郎全集」全68巻（昭和46年9月30日〜平成12年3月10日）所収作品も同様に採録し、収録巻を「全集㊽」の形式で略記した。本全集の同じ巻に複数回登場する書物については、原則として最初の分にのみ刊記を付し、後掲の分では省略した。文庫名は通例の呼称にしたがった。

四　短篇とみなしうる作品と中長篇ふうの作品を対比して列挙し、司馬遼太郎の執筆状況を概観する試みとして、短篇と同じ記載方式で、連載開始時に中長篇の作品名を掲げた。＊印は同様に特記事項を示すが、＊＊印では、初刊本と「司馬遼太郎全集」の収録巻を記すにとどめた。

五　掲出した作品名は、本全集への収録いかんにかかわらず、すべてゴチック体で示し、中長篇のそれには《》を付した。

六　敬称は略した。

昭和二十五年（一九五〇）――二十七歳

6月1日　**わが生涯は夜光貝の光と共に**　「ブディスト・マガジン」第一巻第一号
　＊筆者名は「福田定一」。末尾に「大阪新聞記者」とある。
「ブディスト・マガジン」は創刊時、西本願寺伝道協会ブディスト・マガジン刊行会発行の月刊誌で、創刊四周年記念号の第五巻第五号（昭和29年5月1日）から「大乗」と改題。大乗刊行会（浄土真宗本願寺派「本願寺出版社」内）発行の第五十五巻第十二号（平成16年12月1日）で通巻六五五号を数える。

11月1日　**「国宝」学者死す**　「ブディスト・マガジン」第一巻第六号
　＊筆者名は「福田定一」。末尾に「大阪新聞記者」とある。さし絵・亀山龍樹。

昭和二十六年（一九五一）――二十八歳

6月1日　**《正法の旗をかゝげて―ものがたり・戦国三河門徒―》**　「ブディスト・マガジン」第二巻第六号
　＊筆者名は「福田定一」。第二巻第九号（昭和26年9月1日）まで四回連載。さし絵・神保治夫。

昭和二十七年（一九五二）——二十九歳

2月1日　勝村権兵衛のこと　「同朋」第三巻第二号

＊筆者名は「福田定一」。末尾に「大阪新聞記者」とある。

「同朋」は昭和25年4月1日創刊の真宗大谷派（東本願寺）宗務所発行の月刊誌。第五十六巻第十二号（平成16年12月10日）で通巻六四四号を数える。

3月1日　流亡の伝道僧　「ブディスト・マガジン」第三巻第三号

＊筆者名は「福田定一」。

6月1日　長安の夕映え—父母恩重経ものがたり—　「ブディスト・マガジン」第三巻第六号

＊筆者名は「福田定一」。

昭和二十八年（一九五三）——三十歳

6月1日　饅頭伝来記　「ブディスト・マガジン」第四巻第六号

＊筆者名は「福田定一」。さし絵・山田規代。

昭和三十年（一九五五）——三十二歳

6月1日　《道化《おどけ》の青春》　「大乗」第六巻第六号
＊筆者名は「司馬遼太郎」（この筆名で発表した最初の小説作品）。第六巻第九号（昭和30年9月1日）まで四回連載。さし絵・山田規代。

昭和三十一年（一九五六）——三十三歳

1月1日　**森の美少年**（花妖譚《かようたん》①）「未生」第三巻第一号
＊「花妖譚①〜⑩」の筆者名はすべて「福田定一」。「未生」は昭和29年5月1日創刊の未生流家元出版部発行の月刊機関誌。財団法人・未生流会館発行の第五十一巻第十二号（平成16年12月1日）で通巻六〇七号を数える。
3月1日　**チューリップの城主**（花妖譚②）「未生」第三巻第三号
＊カット・福田定一。
5月1日　**黒色の牡丹**（花妖譚③）「未生」第三巻第五号
5月1日　**ペルシャの幻術師**　「講談倶楽部」第八巻第五号
＊筆者名は「司馬遼太郎」。画・山崎百々雄。第八回講談倶楽部賞。著者の「感想（「略歴」併収）」が載る。
＊＊『白い歓喜天』（昭和33年7月1日・凡凡社）「全集㊳」（平成12年3月10日）『ペルシャの幻術師』（平成13年2月10日・文春文庫）。

6月1日　烏江の月―謡曲「項羽」より―（花妖譚④）「未生」第三巻第六号
8月1日　匂い沼（花妖譚⑤）「未生」第三巻第八号
10月1日　睡蓮と仙人（花妖譚⑥）「未生」第三巻第十号
＊「別冊週刊サンケイ」第三十七号（昭和35年4月1日）に再掲の際、「睡蓮」と改題。本全集では後者を表題とした。
11月1日　菊の典侍（花妖譚⑦）「未生」第三巻第十一号

昭和三十二年（一九五七）――三十四歳

1月1日　白椿（花妖譚⑧）「未生」第四巻第一号
＊「別冊週刊サンケイ」第三十七号に再掲。
2月1日　沙漠の無道時代（花妖譚⑨）「未生」第四巻第二号
＊「別冊週刊サンケイ」第三十七号に再掲の際、「サフラン」と改題。本全集では後者を表題とした。
3月1日　蒙古桜（花妖譚⑩）「未生」第四巻第三号
5月31日　戈壁《ゴビ》の匈奴　「近代説話」第一集
＊この作品以後、小説発表の際の筆名はつねに「司馬遼太郎」。カット・中村真。
文藝雑誌「近代説話」は昭和38年5月10日に休刊するまで全十一集発行。『近代説話復刻版第

1集』（第一集～第四集収録。昭和43年9月25日・養神書院。巻末に全三巻復刻の付記があるが、第2集〈第五集～第八集〉、第3集〈第九集～第十一集〉は未刊。また同書挿入の出版目録に「今秋、12号より復刊予定」の広告が見えるが、実現せず）がある。

＊＊『白い歓喜天』（凡凡社）「全集②」（昭和48年10月30日）『ペルシャの幻術師』（文春文庫）。

9月1日　**丼池《どぶいけ》界隈**　「面白倶楽部」第十巻第十一号

＊画・和泉二郎。「面白倶楽部」は光文社発行。

12月1日　**大阪商人**　「面白倶楽部」第十巻第十五号

＊画・浜野政雄。

12月20日　**兜卒《ママ》天の巡礼**　「近代説話」第二号《ママ》

＊本全集では「兜率天の巡礼」を表題とする。『司馬遼太郎短篇総集』（昭和46年6月28日・講談社）所収以後、この表題となる。

＊＊『白い歓喜天』（凡凡社）「全集②」『ペルシャの幻術師』（文春文庫）。

――編集部より――

本書に収録した作品のなかには、現在の社会的規範に照らせば差別的表現あるいは差別的表現ととられかねない箇所が含まれていますが、歴史的時代を舞台としていること、作品全体として差別を助長するようなものではないことなどに鑑《かんが》み、また著者が故人である点も考慮し、原文のままとしました。

著者略歴

大正12（1923）年、大阪市生れ。
大阪外国語学校（現・大阪外語大）蒙古語科卒業。
昭和35年、「梟の城」で直木賞受賞。
41年、「竜馬がゆく」「国盗り物語」で菊池寛賞受賞。
47年、吉川英治文学賞受賞。
51年、日本芸術院恩賜賞受賞。
56年、日本芸術院会員。
57年、「ひとびとの跫音」で読売文学賞受賞。
59年、新潮日本文学大賞学芸部門賞受賞。
62年、「ロシアについて」で読売文学賞受賞。
63年、「韃靼疾風録」で大佛次郎賞受賞。
平成3年、文化功労者。
5年、文化勲章受章。
8（1996）年2月12日逝去。
「司馬遼太郎全集」（文藝春秋）ほか著書多数。

ISBN4-16-641460-7

司馬遼太郎短篇全集　第一巻

二〇〇五年四月十二日　第一刷

著　者　司馬《しば》遼太郎《りょうたろう》
発行者　白幡光明
発行所　株式会社　文藝春秋
〒102―8008　東京都千代田区紀尾井町三ノ二十三
電話　〇三―三二六五―一二一一
印刷所　理想社（本文）　大日本印刷（付物）
製本所　大口製本

万一、落丁・乱丁の場合は、送料当方負担でお取替えいたします。小社製作部宛、お送り下さい。定価はカバーに表示してあります。

「司馬遼太郎記念館」への招待

司馬遼太郎記念館は自宅と隣接地に建てられた安藤忠雄氏設計の建物で構成されている。広さは、約2300平方メートル。2001年11月に開館した。

数々の作品が生まれた自宅の書斎、四季の変化を見せる雑木林風の自宅の庭、高さ11メートル、地下1階から地上2階までの三層吹き抜けの壁面に、資料本や自著本など2万余冊が収納されている大書架、……などから一人の作家の精神を感じ取っていただく構成になっている。展示中心の見る記念館というより、感じる記念館ということを意図した。この空間で、わずかでもいい、ゆとりの時間をもっていただき、来館者ご自身が思い思いにしばし考える時間をもっていただきたい、という願いを込めている。（館長　上村洋行）

利用案内

所在地　大阪府東大阪市下小阪3丁目11番18号　〒577-0803
TEL　06-6726-3860，06-6726-3859（友の会）
HP　http://www.shibazaidan.or.jp
開館時間　10:00〜17:00（入館受付は16:30まで）
休館日　毎週月曜日（祝日・振替休日の場合は翌日が休館）
特別資料整理期間（9/1〜10）、年末・年始（12/28〜1/4）
※その他臨時に休館することがあります。

入館料

	一般	団体
大人	500円	400円
高・中学生	300円	240円
小学生	200円	160円

※団体は20名以上
※障害者手帳を持参の方は無料

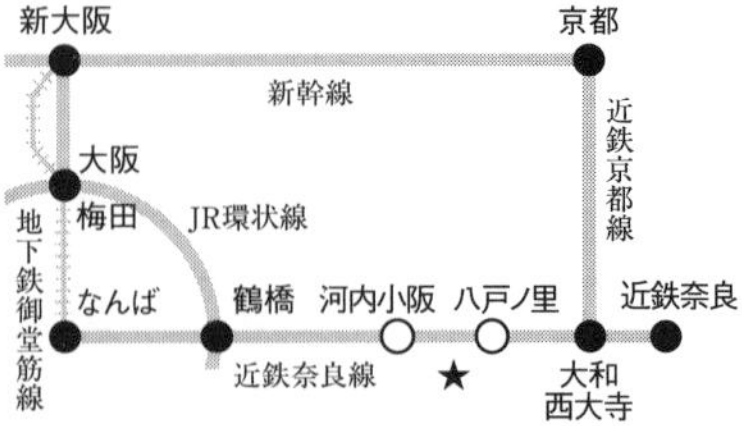

アクセス　近鉄奈良線「河内小阪駅」下車、徒歩12分。「八戸ノ里駅」下車、徒歩8分。
Ⓟ5台　大型バスは近くに無料一時駐車場あり。但し事前にご連絡ください。

記念館友の会　ご案内

友の会は司馬作品を愛し、記念館を支えてくださる会員の皆さんとのコミュニケーションの場です。会員になると、会誌「遼」（年4回発行）をお届けします。また、講演会、交流会、ツアーなど、館の行事に会員価格で参加できるなどの特典があります。

年会費　一般会員3000円　サポート会員1万円　企業サポート会員5万円
お申し込み、お問い合わせは友の会事務局まで
TEL 06-6726-3859　FAX 06-6726-3856